A ÚLTIMA LIVRARIA DA TERRA

Tradução
Sandra Martha Dolinsky

TÍTULO ORIGINAL: THE LAST BOOKSTORE ON EARTH
THIS EDITION IS PUBLISHED BY ARRANGEMENT WITH STERLING LORD LITERISTIC, INC. AND AGÊNCIA LITERÁRIA RIFF.

Diretor editorial **PEDRO ALMEIDA**
Coordenação editorial **RENATA ALVES**
Editora-assistente **LETÍCIA CANEVER**
Tradução **SANDRA MARTHA DOLINSKY**
Preparação **NATHÁLIA RONDÁN**
Revisão **BÁRBARA PARENTE E CARLA SACRATO**
Adaptação de capa **VANESSA S. MARINE**
Diagramação **FRANCISCO LAVORINI**

Dados Internacionais de Catalogação na Publicação (CIP)
Jéssica de Oliveira Molinari CRB-8/9852

Braun-Arnold, Lily
A última livraria da Terra / Lily Braun-Arnold ; tradução de Sandra Martha Dolinsky. -- São Paulo : Faro Editorial, 2025.
272 p.

ISBN 978-65-5957-839-9
Título original: The last bookstore on Earth

1. Ficção norte-americana 2. Ficção LGBTQIAPN+ I. Título II. Dolinsky, Sandra Martha

25-2215 CDD 813

Índices para catálogo sistemático:
1. Ficção norte-americana

FARO EDITORIAL

1ª edição brasileira: 2025
Direitos de edição em língua portuguesa, para o Brasil, adquiridos por FARO EDITORIAL
Avenida Andrômeda, 885 - Sala 310
Alphaville — Barueri — SP — Brasil
CEP: 06473-000
www.faroeditorial.com.br

Para Bea

Peço desculpas por matar
você em tudo que escrevo.

CAPÍTULO 1

Depois de pensar bem posso dizer com certeza que fazer hora extra é um saco. Ainda mais 9.667 horas *extras*.

Talvez você diga: *Que trabalhadora, está correndo atrás!*

Reviro os olhos em resposta.

Em resposta, eu digo: Vou morrer nesta livraria no fim do mundo e ninguém virá para tirar meu corpo em decomposição do chão. Eu vou morrer cercada por Poe, Nietzsche e Shusterman, enfiada entre a seção Jovem Adulto e Clássicos, e um dia um arqueólogo alienígena encontrará meu corpo e o estudará assim como estudamos Pompeia. Mas não dirá: Que trabalhadora, está correndo atrás! Ele dirá ⊑⏃⊑⏃ ⌇⎍ ☊☍ ⟒⍀, cuja tradução é basicamente *Que otária!*

Vou morrer aqui sozinha, de tédio.

Vou morrer aqui, olhando para os diários com cadeado e chave, os bastões de fita e as capas superdramáticas dos livros que enchem a seção de Negócios. *Como ganhar uma esposa e um milhão de dólares em dez passos fáceis!* — dizem os títulos, enquanto um homem com um bronzeado artificial e uma entrada que é um vislumbre de uma futura calvície posa embaixo deles. Na prateleira à minha direita, os cartões de aniversário com frases cafonas sobre a necessidade de beber mais vinho e odiar os filhos desbotaram tanto que estão quase brancos. Tiram sarro da minha cara, como se dissessem: *Por que você se deu ao trabalho de ficar? Tudo aqui está indo embora!*

Nem sempre estive tão sozinha na última livraria da Terra (pelo menos, acho que é a última. A maioria das torres de celular está quebrada e a comunicação no mundo todo está com problemas, então vai saber se esta é *mesmo* a última livraria da Terra? Mas, para mim, é). Antes eu tinha Eva, que era três anos mais velha que eu e vinte anos velha demais para aguentar minhas ladainhas. Eva não media as palavras. Eva não tinha medo de ir ao porão à noite, embora só Deus saiba o que havia escondido lá embaixo. Eva não sabia cantar, mas tentava. Ela foi embora há nove meses e dezessete dias.

Ela disse que queria "explorar". Queria "ver o que restou do mundo". E disse da mesma forma que os pais dizem: "Não estou brava, só estou decepcionada", e "Eu gostei mesmo do show de sua banda e nem percebi quando você errou no décimo terceiro compasso do *Contrapunctus Nine*"[1]. Ela não olhava nos meus olhos.

Eu disse a mim mesma que estava tudo bem e que não estava chateada. Disse a mim mesma que gostava do silêncio que pairava no ar porque, afinal, será que eu realmente gostava de pessoas? Eu precisava mesmo de alguém para falar alto demais e mastigar com a boca aberta? Disse a mim mesma que estar sozinha e ser solitária não eram a mesma coisa. Não vinha tudo junto e misturado.

Falei a mim mesma que ela voltaria logo — como ela disse que voltaria — e contei os dias na parede fazendo marquinhas com um pincel atômico até perder a conta e não aguentar mais. Depois do *quase* fim do mundo, quando percebi que não tinha um lar ao qual voltar, decidi voltar para cá. Eva também, até um dia não voltar mais.

Tiro a placa de fechado da janela da frente e sinto o metal desagradavelmente quente entre meus dedos suados. Tento não pensar em Eva, na contagem dos dias e no calor insuportável que faz lá fora. Fios de cabelo escorregam para minha nuca, tendo conseguido escapar de um

---

1 Contrapunctus Nine é uma das fugas que compõem a obra *A Arte da Fuga* do compositor Johann Sebastian Bach.

rabo de cavalo desleixado. Tento não pensar em nada enquanto olho os quilômetros de nada lá fora.

O centro da tediosa Nova Jersey, claro, não é mais interessante agora, depois do quase fim do mundo. Embora não haja mais motoristas terríveis ou homens dizendo com sotaques assustadores coisas típicas da cidade como "Pork roll" (sanduíche de presunto), "Bruce Springsteen" (cantor de Nova Jersey) e "Down the shore" (expressão que quer dizer "ir para a praia"), também não há mais Coca-Cola, smoothies ou lojas de conveniência. Conseguimos atingir zero emissão de gás carbono.

Coloco a placa na porta com o lado aberto para fora, mas queria mesmo é jogá-la na parede. Mas não jogo, porque fiz isso ontem e não ajudou em nada. Então, olho pelo vidro para o vazio que sobrou. As sombras, onde antes havia pessoas sentadas sob a casca de um carvalho que paira na praça. Rastejando pelos escombros, pelas vidraças quebradas e pela madeira lascada. Deslizando para fora dos carros que espreitam, descartados, na beira da estrada.

Não seria engraçado se tudo fosse um sonho? Como uma história ruim escrita na quinta série que termina com *E então, ela acordou.* Um final preguiçoso para um conto meia-boca. Um pesadelo maldito e confuso. Eu acordaria na cama a mil anos-luz de distância, com um brilho de suor na testa, e olharia para a lua por entre as frestas de minhas cortinas. E diria a meus pais na manhã seguinte no café da manhã, *Vocês não vão acreditar no pesadelo bizarro que eu tive,* e minhas palavras ficariam no ar até que eu lembrasse que tudo *acabou.* Que não importava mais.

Pela janela embaçada, vejo um homem com um casaco de marinheiro desbotado cambaleando pela rua. Ele se atrapalha com os botões do casaco e olha ao redor, para o espaço aberto e desolado. Não me vê o observando ainda. Ele não sabe que é a primeira pessoa que vejo em dias. E não parece feliz por estar aqui.

Não pensei que o veria de novo tão cedo.

Quando vê minha sombra na janela, ele para e olha ao redor da praça deserta, então faz uma careta e caminha para a porta.

CAPÍTULO 2

Quando conheci o homem do casaco de marinheiro desbotado, ou Homem do Casaco de Marinheiro, como comecei a chamá-lo, Eva tinha ido embora há dois dias. Eu mais parecia uma vampira, não dormia e não comia. Não que houvéssemos sido mais que amigas — apesar de minha paixão, que cresceu até virar algo que nunca senti antes —, mas doía como se tivesse sido algo mais. Passava meu tempo mordendo minhas cutículas e as observando sangrar. Não sabia o que fazer, exceto olhar para o teto e chafurdar em minha própria inutilidade.

Pensei que havia enlouquecido quando olhei pela janela pela primeira vez e vi um ser se aproximando. Por um instante, fui transportada de volta aos tempos normais, quando eu passava horas no conforto da loja com ar-condicionado observando as pessoas passarem. É bem verdade que não deveria, mas, sem pensar, sorri para ele.

Não sei se foi ali que tudo começou. Meu sorriso brilhante pode ter sido o catalisador que me levou a esse ponto específico no tempo. Ou talvez o homem fosse entrar na livraria, quer eu deixasse ou não. Talvez ele houvesse virado um zumbi desses de filme e fosse derrubar a porta com uma serra elétrica enferrujada. O fato é que quando ele estendeu a mão para a maçaneta da porta, sorriu também e eu o deixei entrar.

Ele veio comprar um livro sobre pássaros; pelo menos foi o que disse. E até tentou me pagar com uma nota de vinte dólares toda amassada.

— Não tenho mais nada para lhe dar — disse ele.

Ri da inutilidade daquilo, mas peguei a nota mesmo assim. Naquela época, eu não conseguia entender que valor tinha um livro neste novo mundo. Bem, eu sabia o que significava para mim, mas e para o resto das pessoas? Logo ficou claro que eu subestimara severamente o poder da distração. O Homem do Casaco de Marinheiro riu quando perguntei se ele queria um saco de papel ou um embrulho para presente.

— Não, obrigado — disse. — Meu aniversário é só em março. Mas obrigado por tornar meu dia um pouco menos chato.

— Eu que agradeço por ter vindo — disse eu. — Volte sempre.

• • •

O sininho acima da porta toca quando o Homem do Casaco de Marinheiro entra, e eu sorrio. Ele para um instante antes de também esboçar um sorriso e eu vejo os cantos de seus olhos se enrugarem levemente enquanto passa os dedos por seus cabelos suados. Vejo um lampejo de algo em seu rosto, como se ele se perguntasse se deveria esconder as emoções, para me poupar. Escolho por ele, mantendo nossa troca de gentilezas normal enquanto deixo de lado meu exemplar de *A ilha do Dr. Moreau*.

— Está meio quente para usar casaco — digo.

Sinto a parte de trás de minha blusa grudar em minha pele no calor pegajoso de julho. Digo isso como se ele não estivesse com o mesmo casaco todas as vezes que o vi, mesmo que os meses tenham passado e trazido o verão e a temperatura tenha subido. Digo como se não houvesse dito isso um milhão de vezes nas dezessete vezes que o vi nos últimos nove meses.

O homem ri.

— Acabaria perdendo se não usasse. Só não perco a cabeça porque está grudada no pescoço.

Seus dedos tremem levemente enquanto ele puxa a gola da camisa.

— Ah, sei bem como é.

Não sei o nome do homem; ele nunca o disse e eu nunca perguntei. Não quero saber antes de ele estar pronto para me dizer. Pode ser uma grosseria violar alguma regra de etiqueta apocalíptica; essa informação não consta em nenhum livro de etiqueta que tenho aqui na livraria, e isso que li todos eles, por puro tédio. Já li a maior parte da loja até agora e acabei ficando meio afeiçoada aos finais mais trágicos; qualquer coisa que termine pior do que começou.

Todo mundo que entra por essas portas aprende meu nome. *Elizabeth; Liz; Eliza; Lizbeth; E. Não use demais para não gastar.* Não tenho medo de que as pessoas saibam.

Quando a última pessoa que nos conheceu esquece nosso nome, é como se nunca houvéssemos existido. É como se nunca houvéssemos estado ali. *Puf,* sumiu. Acho que vou espalhar meu nome por todo lado, já que sobraram tão poucas pessoas. Vou oferecê-lo a qualquer um que entrar por aquela porta e que esteja disposto a ouvi-lo. Que esteja disposto a se lembrar de mim.

— O que está procurando hoje? — pergunto, entrando no modo atendimento ao cliente.

Aquele tom alegre surge em minha voz de novo, como sempre. Como manda o figurino. Passo as mãos no balcão de madeira traçando curvas suaves na poeira. Vou tentar limpar mais tarde, apesar de a poeira se acumular mais rápido do que eu consigo removê-la.

O Homem do Casaco de Marinheiro torce o nariz e limpa as mãos nas calças.

— Um mistério, talvez. Mas um que eu consiga descobrir. Nada muito pesado, sabe?

— Sei, sim. — Sorrio de novo, desta vez um sorriso de verdade, não um formado por anos de memória muscular. — Vou deixar você escolher. Sei que você não gosta quando eu tento fazer uma recomendação.

— Isso porque seu gosto para livros não poderia ser pior. *Um cântico para Leibowitz* neste clima?

Para ser bem sincera, nunca li *Um cântico para Leibowitz,* um épico pós-apocalíptico sobre um mosteiro católico que venera são Leibowitz ao longo de séculos de tragédia e destruição. Era uma das opções de minha lista de leitura de verão do primeiro ano. Quase comecei, até que meu pai me disse que o havia lido uma vez e odiado tanto que, aos treze anos, ficara traumatizado pelo resto da vida. Nunca li *Um cântico para Leibowitz* porque sou uma covarde que não quer estragar a vida. Então, é claro, agora tento fazer qualquer pessoa ler esse livro ridículo e me contar a história. Até agora, ninguém mordeu a isca.

— Você parece bem esta manhã, velhote.

Não sei quantos anos ele tem, mas imagino que já pode estacionar em vaga para idoso.

O Homem do Casaco de Marinheiro apenas sorri, permitindo que uma mecha de cabelo caia sobre seus olhos tristes.

— Cuidado com a boca, mocinha.

Ficamos em silêncio um segundo, derretendo lentamente no calor do fim de verão.

Seu rosto se suaviza quando ele enfia a mão no bolso de cima e tira um pedaço de papel amarelo amassado, que estende para mim.

— É para minha irmã. — Faz uma pausa. — Pode guardá-lo para mim, caso ela passe por aqui?

— Claro — digo.

Tiro a mensagem cuidadosamente de suas mãos e a prego na placa de cortiça que fica atrás do caixa.

O Homem do Casaco de Marinheiro também me dá uma fotografia impressa em papel de impressora brilhante. Uma mulher sorri para mim no retângulo 10 x 15, com um suéter de losangos e um gorro cinza. Ela parece o tipo de pessoa que subiria a Trilha dos Apalaches só por diversão ou correria uma maratona descalça.

Não foi ideia minha começar a funcionar como uma agência de correios. Tudo começou há oito meses, quando uma senhora chegou com um envelope e me ofereceu um pacote com seis miojos sabor frango em troca de que eu garantisse que sua carta acabasse nas mãos certas. Ela estava indo para um condomínio com um grupo novo, mas sabia que um amigo dela poderia passar por aqui. Pelo menos, era o que esperava. Era uma oferta que eu não podia recusar. O destinatário da carta chegou três meses depois e eu lhe entreguei sua correspondência. Enquanto segurava aquele pedaço de papel frágil em suas mãos trêmulas, o homem chorou.

Até agora, fiz treze entregas bem-sucedidas, tornando meu serviço postal improvisado uma das melhores opções para as pessoas por aqui. Mas ainda tenho uma pilha de cartas não entregues atrás do balcão. Há algumas dezenas de pessoas nesta área, isso com base no número de pessoas que entraram aqui ano passado, além de outras que passam ocasionalmente pela cidade. Tenho esperanças de que pelo menos algumas cartas encontrarão seus destinatários, mas ainda assim tenho a sensação de que fracassei. Ainda acho que estou decepcionando todo mundo.

— Obrigado — diz o Homem do Casaco de Marinheiro. — Pretendo ir embora antes que a Tempestade passe por aqui e me esconder em algum lugar bem longe, onde o estrago não seja tão ruim. Minha irmã deve passar por aqui em breve — prossegue o homem —, quero deixar instruções para ela chegar a meu acampamento.

Ele diz isso de uma maneira tão indiferente, como se não notasse meu rosto empalidecer. Como se não percebesse que nossa conversa fiada se transformou em algo mais sinistro.

— O que está querendo dizer? Que Tempestade? — pergunto.

Aquela careta repuxa sua boca de novo.

— Há outra vindo aí — diz ele com gravidade.

— Do que está falando?

— Ouvi coisas; as pessoas estão começando a falar. Dizem que as nuvens já começaram a se juntar sobre o Atlântico.

Suas palavras me atingem feito um soco, abrem um buraco no fundo de meu estômago. *A Tempestade.* Já tinha praticamente apagado a Tempestade da minha cabeça. Depois do que aconteceu ano passado, eu disse a mim mesma que ela não voltaria, que era uma coisa de uma vez só. Tinha que ser. Porque eu não sei se consigo sobreviver a outra. E nem sei se quero.

— Sabe que vai acontecer de novo ou está só especulando? — pergunto com a voz seca e ríspida.

O homem balança a cabeça lentamente, como se dissesse *Como você pode ser tão ingênua?* Odeio o olhar em seus olhos, por isso, endireito a coluna e franzo os lábios.

— Lembra da última vez, como todos os pássaros sumiram?

Não me lembro de como todos os pássaros sumiram porque, para ser sincera, não estou nem aí para os pássaros. Não estava nem aí naquela época e não estou nem aí agora. Mas penso naquela época, no ano passado, antes de *aquilo* acontecer, e lembro que ficou tudo quieto, como se o mundo inteiro houvesse sido envolto em silêncio. Na época, eu simplesmente gostei daquele silêncio; era como se todo o resto houvesse desaparecido. Nunca imaginei que fosse um sinal de algo tão maior. Então assinto para o Homem do Casaco de Marinheiro e ele faz o mesmo.

— Foi como se sentissem que estava chegando. Ouvi dizer que os animais conseguem fazer isso, às vezes. Eles sabem antes de nós quando coisas ruins estão vindo em nossa direção. Tsunâmis e coisas assim... vemos isso na TV, às vezes. — Ele faz uma pausa, fica olhando para um objeto distante. — Mas desta vez, não são só os pássaros. São os veados e os coelhos e quem sabe quem mais. Não fui o único que percebeu isso. Tenho certeza de que notou como tem poucas pessoas por aqui.

Não sei quando o Homem do Casaco de Marinheiro se tornou especialista em prever padrões climáticos, mas mordo a língua.

— Então, está chegando — murmuro, permitindo-me entrar em sua fantasia macabra.

Ele não tem certeza de nada, digo a mim mesma. *Ele pode estar viajando, e pode não acontecer nada. Ele não sabe nada que eu não sei.*

— Quando? — pergunto.

— Não sei bem. Pode levar algumas semanas, menos, se não tivermos sorte. E será muito pior, isso eu sei. Tão ruim que os veados e coelhos, que não fugiram da última vez, perceberam. — Ele suspira baixinho. — Vou embora antes que seja tarde demais. Vou tentar encontrar um lugar que não será tão atingido, e sugiro que você feche tudo e se prepare.

Ele parece meu pai. Finjo não notar que seus olhos automaticamente vão em direção ao teto e observam o enorme buraco no telhado, dois andares acima de nós, que se abriu durante a Tempestade. Mas este lugar é tudo que tenho, mesmo caindo aos pedaços.

— Tudo bem.

Minha mente está se afogando, lutando para se manter à tona. Eu o conheço há quase um ano; e ele me conhece, não é? Ele não mentiria para mim.

Olho para as pequenas cicatrizes enrugadas em meu braço esquerdo. Lembro como a chuva queimava, e tenho certeza de que ele também — a área ao redor do olho direito dele é cerosa, a íris desbotada, de um branco leitoso. Cada um carrega suas próprias cicatrizes, e algumas são mais profundas, vão além da pele.

O Homem do Casaco de Marinheiro limpa a garganta e faz uma leve careta.

— Chega de falar de desgraça e tristeza — diz. — Ficaremos bem. Já sobrevivemos a coisa pior.

— Verdade — respondo.

Não sei se ele sabe do que está falando, mas não insisto no assunto. Não importa no que ele acredita; a Tempestade pode nem vir.

— E não se esqueça da carta. Minha irmã deve chegar a qualquer momento; eu queria ter tempo para ficar aqui e esperar por ela...

— Pode deixar — digo, tentando reunir um pouco de energia para alimentar meu sorriso. — É um prazer poder ajudar.

— Você salvou minha vida.

E eu quase rio disso porque nunca salvei a vida de ninguém. Nunca. Nunca cheguei nem perto disso. Se passar cartas de uma pessoa a outra é salvar vidas, todo carteiro e menina da terceira série merece uma medalha. Eu só faço o que posso para permanecer relevante.

Deixo ele ir ao fundo para se perder em Agatha Christie e Stieg Larsson. Sozinha no caixa, faço um balanço da loja. Dobradiças da porta da frente enferrujadas; precisam ser substituídas. Janelas quebradas. Tábuas do assoalho podres. Poeira por todo lado. Sem falar do enorme buraco no telhado. Uma rajada de vento e este lugar vai despencar.

O mundo de agora não tem a estética "Fim dos tempos" que eu imaginava quando maratonava *The 100* e devorava a trilogia de

Jogos vorazes. Esta não é a distopia techno-cyberpunk visualmente agradável que costumava aparecer em meus devaneios, principalmente desde que a eletricidade acabou, meses atrás. Eu tinha o costume de devorar livros apocalípticos quando as coisas eram normais. Costumava validar meu medo do futuro com a crença cínica de que o fim dos tempos poderia chegar a qualquer momento. De uma forma estranha, eu esperava por isso; com o colapso da civilização, eu não teria que descobrir que faculdade queria fazer. Poderia simplesmente viver meus sonhos, inspirados no Pinterest, de caçar zumbis com meninas gostosas, com uma motosserra em minhas mãos extremamente musculosas.

Não tenho como não desejar que ainda existisse um futuro do qual ter medo. Um medo que fosse tão distante que eu nunca teria que o enfrentar. Mas isso não é uma opção. A trança constante do tempo que parecia se expandir infinitamente diante de mim acabou. Só o que eu tenho é o passado. O passado e o hoje.

Desvio o olhar para uns livros com capa de couro, jogados sem cuidado na prateleira atrás do computador Dell cheio de poeira incrustada. Ele já não funcionava antes de tudo isto, e a esta altura não passa de uma relíquia. Um fóssil para que nossos futuros senhores alienígenas encontrem. Л♀⍀ШЛ◯⌽!, dirão eles, o que pode ser traduzido como *Idiotas! Por que eles ainda usavam o navegador Microsoft Bing como padrão?!*

Segundo Eva, era consequência de um vírus que alguém baixou acidentalmente em 2008 ao tentar assistir a uma cópia pirata de *Amanhecer*. Eu estava tentando me livrar dele havia meses quando o computador finalmente morreu. O Bing é teimoso pra caramba; com certeza vai durar mais que todos nós.

O diário que está atrás do computador está cheio de coisas que escrevi com minha letra ligeiramente ilegível. Minha professora de inglês do quinto ano dizia que minha caligrafia era a "letra de um assassino psicopata". Eu a acho sexy e misteriosa. Não foi culpa minha eu ter ficado gripada quando estávamos aprendendo a escrever em letra cursiva no terceiro ano.

Adquiri o hábito de anotar as histórias de meus clientes regulares favoritos (ainda não decidi se esse hábito é bom ou um grande tédio). Quando entram para pegar um livro ou deixar uma carta, peço que me falem um pouco de si mesmos. Como eram antes da Tempestade, onde estavam quando ela caiu, quem são agora. Anoto as histórias para o bem da minha sanidade. Se sou capaz de colocar palavras em uma folha de papel, significa que estive aqui. Aconteça o que acontecer, estive aqui com toda a certeza, fui absoluta e completamente real. E significa que essas pessoas foram reais também.

O Homem do Casaco de Marinheiro me arranca de meu estupor induzido pelo calor e me traz de volta à realidade quando dá um tapa na capa dura de um livro. Ele nunca me contou sua história; seu olhar marejado quando perguntei me fez pensar que era dolorosa demais.

— Muito bem, estou pronto para ir — grunhiu.

— Só isso? — pergunto enquanto me inclino um pouco mais perto, mesmo sem saber o que mais ele poderia querer.

É que essa frase está programada em meu cérebro, então a digo de qualquer maneira. Olho a capa de seu livro. *O alienista.* Sufoco minha necessidade constante de dar minha opinião.

— Só isso.

Sua mão livre brinca com o botão do bolso antes de tirar um punhado de algo que não consigo discernir.

Ele estende o braço em minha direção e, por puro instinto, estendo a mão. Três objetos caem nela, um por um. Tilintam e rolam, quentes, em minha mão.

Quando recolho a mão, vejo pilhas. Pilhas AA. Pilhas AA que ele poderia ter trocado por comida para uma semana em vez de um livro velho e mofado.

— Obrigada, mas eu... eu... — gaguejo.

Meus olhos deixam transparecer meus pensamentos, mas o homem sacode a cabeça. Sempre vale a pena tentar; uma parte de mim, passada por meu pai, que a herdou de seu pai, e este do próprio pai, geneticamente determina que eu recuse qualquer tipo de presente. Em minha família, sempre era uma corrida para ver quem conseguia sacar mais rápido o cartão de crédito quando saíamos para jantar, era como um duelo maluco. Mas não é mais assim que funciona, não é? O cavalheirismo é coisa do passado. Nada vem de graça.

— Nem pense nisso.

Ele pega o livro e sai, e suas botas fazem o assoalho de madeira empoeirado ranger. Ele para e olha para mim enquanto fecha os botões de sua jaqueta suja, e então acrescenta:

— Por favor, cuide-se. As coisas estão muito piores do que você pensa.

Tudo que consigo fazer é pensar no buraco no telhado, nas tábuas podres do assoalho e na porta da frente que não tranca. Em tudo que está quebrado. Em tudo que está esperando o momento perfeito para desmoronar. Poderia muito bem ser agora.

— Não vou a lugar nenhum.

Chris Nickelson

33 anos

Portland, Maine

Não foi como nos filmes. Gritos, fogo, destruição e todas essas coisas. Houve gritos, claro, no começo. Faz sentido gritar quando a pele da gente está queimando. Mas em apenas vinte minutos não havia mais ninguém fora para gritar. Os azarados que haviam saído foram destruídos rapidamente. Sem misericórdia. E o resto? Silêncio. A chuva caía forte e os ventos rugiam lá fora, mas em minha solidão, tudo era um silêncio absoluto. Nenhuma voz ecoava pelos corredores de meu edifício. Nenhuma porta batia nem música tocava nos apartamentos ao lado. Apenas o completo silêncio.

CAPÍTULO 3

Ainda não descobri o que fazer com as pilhas, por isso as carrego comigo há dois dias. Assim, não posso perdê-las. Assim, elas não podem desaparecer magicamente no instante em que eu desviar o olhar, como acontece com a maioria das coisas. Neste momento, elas estão em fila, no caixa, como uma espécie de dominó esquisito.

Esse é um péssimo hábito meu: deixar as coisas para depois. Meu pai dizia que era um de meus piores hábitos e o deixava louco. Ele encontrava meus pacotes de biscoitos de pasta de amendoim pela metade na mesa da cozinha e os jogava fora. E quando eu voltava do trabalho procurando esses mesmos biscoitos, eles haviam sumido, eu ficava triste e com fome e meu pai ficava bravo por causa das migalhas na mesa da cozinha. Naturalmente, eu pegava outro pacote, comia alguns, começava a lição de estatística e, mais uma vez, esquecia os biscoitos, fazendo que meu pai jogasse fora o pacote deixado de lado. Era um círculo vicioso.

Mas deixo as pilhas no balcão mesmo assim e olho pela janela da frente uma última vez, só para ter certeza de que ninguém está se aproximando. Eu sei que ninguém vem. As visitas são um tanto aleatórias, mas é raro ter mais de uma a cada dois dias, e alguém veio aqui esta manhã. Pelo menos minha base de clientes cada vez menor é leal. Era um rosto familiar, como costumam ser — um garoto que conheci no ensino médio, Isaac, que cresceu ainda mais no ano passado, um feito que eu não achava possível para um imponente rapaz de vinte anos. Ele está morando no porão de uma RadioShack, a três quilômetros de distância; a loja que ficava em cima de seu quarto sem sol agora está quase totalmente destruída. Sua pele era de um cinza profundo, quase totalmente desprovida de cor devido à falta de luz solar, mas ele jurou que era melhor que tentar se mudar para uma das casas ainda em pé que pontilham os subúrbios. Casas significam pessoas. Pessoas significam morte, podridão e memórias que tentamos muito manter longe de nós.

Quando foi embora, ele levou meu exemplar premiado de *Os homens que não amavam as mulheres,* cujas páginas tinham orelhas por ter sido lido demais e todas as minhas partes favoritas estavam grifadas. Mas deixou um saquinho fechado de carne seca em troca e papo suficiente para eu me aguentar até a próxima pessoa. Achei que valia a pena. Ele jurou de pés juntos que o devolveria, e até ofereceu jurar com o dedo mindinho, mas eu sei que provavelmente nunca mais voltará. As pessoas raramente voltam. Hoje em dia, elas tendem a guardar para si as coisas que têm.

A livraria fica no térreo de um edifício de dois andares; o apartamento de cima é conectado à loja por um corredor estreito e um lance de escada. Do outro lado desse corredor estreito fica a escada para o porão, mas é um lugar assustador e propenso a inundações, então costumo evitá-lo. O corredor é escuro, tem paredes esbranquiçadas levemente marcadas por conta de todas as vezes que esbarrei nelas carregando coisas pontudas que deixam marcas. A escada não é menos triste, tem degraus pequenos e envergados que rangem toda vez que subo.

Antes da Tempestade, eu não conhecia o cara que morava no apartamento de cima da livraria, porque nunca o vira. Eu ouvia suas caixas de som às vezes, enquanto fechávamos a loja, tocando músicas com desagradáveis níveis de graves que faziam o teto tremer. É claro, tínhamos que receber suas encomendas da Amazon entregues aqui por engano, mas nunca o vira. Não pessoalmente. Eu gostava de imaginá-lo quando estava tudo calmo na loja, sempre imaginando-o jovem e apaixonado. Uma pessoa que andava de moto, raspava parte da cabeça e dizia coisas legais como *enigmático* e *inconsequente.*

Quando subi ao apartamento pela primeira vez depois da Tempestade e bati na porta, ninguém atendeu. Quem morava lá já havia ido embora antes que eu pudesse dizer olá. Não vi nenhum corpo, de modo que ainda tenho esperanças de que ele tenha sobrevivido. Mas é um sonho meio impossível; sei que existem muitos lugares para se morrer. Nem todo mundo morre na própria casa, cercado pelas coisas que ama.

O que agora eu sei é que o nome dele era Greyson. Ele gostava da série *Matrix* e tinha pôsteres de cada filme da saga na parede. Tinha uma namorada de cabelo rosa-choque e um sorriso incrível. Bem, presumo que era a namorada dele; encontrei a foto dela apoiada na mesa dele, bem no meio, onde ele podia vê-la todos os dias. E decidi que isso significava que estavam apaixonados.

Não guardei as fotos dele; achava que não poderia. Quando saí de casa pela última vez, depois que *aquilo* aconteceu, trouxe apenas uma foto comigo. Não gosto da ideia de alguém encontrar as fotos que eu deixei para trás, por isso não pude ficar com as dele. A foto que peguei é de minha família: eu, minha irmã gêmea e meus pais. Eu tinha nove anos. Na foto, meus pais estão sentados em cadeiras amarelas, de mãos dadas. Minha irmã e eu estamos sentadas no colo deles, olhando para seu rosto radiante. Na época em que a foto foi tirada, aquela era a única maneira que a vida podia ser. Feliz, mundana e normal.

Depois, coloquei minha foto no meio da mesa, dentro do porta-retratos, sobre a namorada de Greyson, bem onde posso vê-la todos os dias. Quando olho para nós, felizes e juntos, é como se tudo estivesse bem. É como se eu não houvesse pisado na bola. Posso fingir que ainda existimos, juntos, naquele momento. Para sempre. Quando olho para ela, consigo esquecer a culpa que fervilha constantemente nos confins de meu cérebro. Por um momento, ela desaparece.

O apartamento em si é pequeno, mas a cozinha é grande o bastante para acomodar uma dessas geladeiras grandes com duas portas e freezer, mas pequena demais para uma mesa de verdade. O quarto está meio bagunçado, a escrivaninha solitária enfiada em um canto com uma luminária agora inútil pairando acima dela. Meu colchão está no outro canto, as cobertas vermelho-escuras amarrotadas, enroladas e jogadas de lado. Meu travesseiro está meio ruim e é um pouco mais fino do que eu gostaria, mas este é meu lar. É o que eu tenho e tudo de que preciso. Mas acho que seria bom se alguém entrasse e quisesse trocar outro travesseiro por um livro.

Pego um bloco de notas da mesa e o folheio freneticamente, passando por rabiscos horríveis e poemas pela metade, e começo a fazer uma lista de coisas que preciso fazer para não morrer triste e sozinha quando a próxima Tempestade chegar. Se é que vai chegar.

Lista de tarefas (de extrema importância) :)

1. Telhado

O telhado está um desastre. A maior parte foi levada pela primeira Tempestade, e em minha preguiça infinita consegui consertar só metade, pregando uma lona no que restou das paredes externas. É como acampar, mas pior. Toda vez que bate uma brisa, o telhado improvisado balança para a frente e para trás e grita como uma galinha sendo depenada. Quando o sol está forte, o cômodo inteiro fica envolto em um tom assustador de azul, como um filme de ficção científica de baixo orçamento. Não serviria em uma tempestade normal, imagine com uma chuva que queima a pele.

Abro o armário da cozinha e as portas batem com estrondo. As prateleiras estão perigosamente vazias, mas não paro para pensar nisso, porque não há absolutamente nada que eu possa fazer para que apareçam mais latas. A loja de alimentos mais próxima foi saqueada há muito tempo. É uma merda. Nesta situação, meu pai me diria para ter *autonomia*. Então, eu estreitaria os olhos e apertaria a mandíbula e diria que *ele não sabe de que diabos está falando*. Olho para uma lata de feijão cozido, nojento, mas disponível, que provavelmente comerei no jantar. Assim como na noite anterior. E na noite anterior a essa.

Abro a torneira, em parte para testar a pressão da água e em parte para ter algo mais ou menos frio para espirrar em meu rosto e baixar pelo menos um pouco minha temperatura corporal. Espero ali, com o braço estendido, enquanto segundos se passam lentamente, até perceber que não está saindo absolutamente nada.

Olho para a torneira enquanto ela fica fazendo um ruído baixo e gutural, que vai ficando mais alto, até que a pia inteira estremece e arfa e um rápido jato de gosma sai do bico, caindo na cuba e espirrando para fora. A seguir, a pia fica em silêncio de novo. Água grossa e marrom vai girando para o ralo. Não dá para beber. Ao contrário do feijão, não consigo me convencer a beber uma água que só sai das torneiras nojentas de Nova Jersey e provavelmente vai me dar uma doença horrível. Não sou tão sem-noção assim.

Tenho sorte por ter durado tanto tempo, penso enquanto algo acre se revira dentro de mim. Já vi muitos filmes de sobrevivência, sei bem o que isso significa. Água doce é vida, não é? Por isso as pessoas alucinam com água no deserto, e não com algo mais emocionante, como um sanduíche de almôndega ou um carro para ir embora para casa. Sem água, nada mais importa. Sem água, estou ferrada. Sim, devo ter o suficiente para um ou dois dias escondido em garrafas pela livraria, mas não posso confiar nisso. Minha língua gruda no céu da boca, que parece cheia de serragem e argila. Adiciono à lista:

2. <u>Água</u>

Decido sublinhar essa palavra, só por precaução. Deixo meu quarto para trás, saio trotando pela porta aberta e entro na cozinha. Olho para a vidraça superior direita rachada. E a que está faltando, abaixo dessa — um buraco enorme coberto por fita adesiva e a sobrecapa de um exemplar de *Extraordinário.* Não vai aguentar.

3. Janelas da cozinha

Desço as escadas até a livraria propriamente dita, ainda sem pessoas e cheia de poeira. Empilhei algumas caixas de leite velhas na parede dos fundos da loja, cuidadosamente colocadas ali para esconder o estrago que Eva e eu causamos quando derrubamos sem querer uma estante cheia de livros de capa dura. A prateleira que caiu fez um buraco enorme no gesso e dá para ver o isolamento rosa, parecido com um travesseiro, escapando da parede.

4. Isolamento

5. Mancha de água no teto?

6. A porta não tranca

7. Janelas quebradas *de novo* (embaixo)

Quando olho minha lista cada vez maior, meu pulso acelera, ainda mais se pensar que não analisei o edifício por fora até agora. Isso acrescentará pelo menos mais três tópicos. Sinto meu estômago se embrulhar. Não sei consertar o isolamento, ou trocar vidraças ou consertar buracos gigantes no telhado. Nunca pensei que teria que fazer isso. Minha experiência deve terminar em dobradiças que rangem. Sempre presumi que Eva estaria aqui para ajudar quando as coisas piorassem.

Quando saio, olho para o telhado semidestruído, as calhas entupidas e as vidraças rachadas. Percebo que o pequeno carvalho está inclinado em direção ao edifício e parece que uma rajada de vento poderia derrubá-lo. Eu acrescentaria isso à lista, mas não sei o que fazer a respeito. Odeio não saber o que fazer.

Quando eu era mais nova, bem novinha, tinha sempre tudo planejado. Tipo, quando estava no quinto ano, eu queria fazer Dartmouth e ser cirurgiã. Queria estudar na Dartmouth porque o pai da minha melhor amiga havia estudado lá e me disse que no inverno eles bebiam cerveja, patinavam no gelo e pulavam barris. Para mim isso parecia "diversão" e tipo "Coisas que gente legal fazia". Queria ser cirurgiã porque havia decorado os nomes de cinquenta ossos e achava que era só saber isso e pronto. Eu andava por aí oferecendo às pessoas os conselhos médicos mais incorretos do mundo. Decidi não ser cirurgiã quando descobri que, depois de dois anos de faculdade básica, teria que fazer quatro anos de medicina, depois a residência, o que me faria perder meus melhores anos de atriz na Broadway. Eu queria fazer tudo.

Mas o ensino médio me obrigou a encarar a realidade. Minha orientadora escolar pôs fim às planilhas codificadas por cores que determinavam todos os aspectos de meu futuro. Ela me apresentou coisas como "taxas de aceitação" e "solicitação de vaga". Depois disso, tudo voou pela janela. Eu não era mais boa o bastante para fazer tudo de uma vez.

Os adultos perguntavam, cheios de boas intenções: "E agora, que faculdade você quer fazer?" ou "Que curso pretende fazer?" — e eu apenas sorria e dizia: "Tenho algumas das melhores escolhas" ou "Estou decidindo entre inglês, música e bioquímica". Eles assentiam e respondiam com um "Que legal" — e eu morria um pouco por dentro. Eu odiava não saber o que queria e saber que teria que descobrir mais cedo ou mais tarde. Eu tinha um futuro, mas não o queria. Agora, sinto falta do futuro que nunca tive. Minha situação serviria de inspiração para Joni Mitchell[2].

2 Roberta Joan "Joni" Mitchell, nascida Roberta Joan Anderson, é uma cantora, vocalista solo, artista plástica e poetisa canadense. Foi considerada a 75º melhor guitarrista de todos os tempos pela revista norte-americana Rolling Stone, que também a citou como "uma das melhores compositoras da história".

Olho para a árvore inclinada e fito seus galhos mortos. Nem uma única folha verde agarrada a seus galhos. Ela está morta há muito tempo e eu nem percebi; mas acho que é fácil não notar, visto que as ruas estão cobertas de escombros de prédios e as lojas que eu costumava visitar às sextas-feiras depois da escola estão meio reduzidas a ruínas. Meu mundo desmoronou ao meu redor e ainda estou tentando juntar os pedaços que sobraram.

CAPÍTULO 4

14 DE JANEIRO: ANTES DA PRIMEIRA TEMPESTADE

A decoração de Natal ainda está lá, apesar de estarmos na metade de janeiro. A escola está a todo vapor. Já não temos mais aulas nada a ver antes do feriado que não passavam de tempo perdido com "um tempinho para vocês estudarem" ou documentários praticamente irrelevantes.

Minha mãe odeia retirar a decoração de Natal. Já lhe disse que não precisa passar tanto tempo colocando tudo, olhando e acrescentando minicardeais e sininhos ao festão. A árvore falsa da ACME cumpre a mesma função e eu não preciso ficar respirando uma floresta de pinheiro quando deveria estar fazendo minha redação de inglês. Mas mamãe sempre faz tudo igual. Temos que ir até Nova York todo ano para comprar uma árvore específica, amarrá-la no teto do carro e comprar o festão na floricultura minúscula no térreo de um edifício que deveria ter sido condenado há anos. Mamãe não gosta de meus comentários.

Então, não falo nada sobre a decoração de Natal ou as folhas de pinheiro grudadas em minhas meias de lã enquanto me dirijo à mesa de jantar. Papai já me disse que tenho o péssimo hábito de estragar a conversa à mesa antes mesmo de o jantar começar, por ser a pessoa que traz à tona os temas mais desconfortáveis. Às vezes, nem percebo, as palavras saem de minha boca como se fosse meu dever divino lembrar minha família sobre o estado do mundo. Mas estou tentando manter minha sequência de jantares não estragados. Já são seis.

Minha irmã, Thea, está sentada em meu lugar, mas não digo nada. Não vou estragar o jantar.

O jornal está no balcão da cozinha, a manchete quase não se vê. Tenho certeza de que diz algo sobre neve, calotas polares derretendo e Deus sabe o que mais, mas não comento nada, porque não vou estragar o jantar.

Na verdade, estou tão focada em não estragar o jantar que a única coisa que faço é olhar para meus aspargos murchos e meu pedaço de rocambole de carne. Fico empurrando meu macarrão pelo prato com a ponta do garfo e espero que outra pessoa fale primeiro.

Mamãe morde a isca. Com seu dedo fino, coloca seu cabelo louro atrás da orelha.

— Elizabeth — ela me repreende —, fazer esta refeição deu trabalho.

Demoro um segundo para perceber que ela está falando do macarrão, e não do fato de eu ter descido para jantar com uma calça de moletom levemente manchada.

— Eu não fiz por mal, juro.

— Você sabe que ela tem essa coisa estranha com alimentos diferentes que se tocam — acrescenta Thea, com o cabelo também louro e liso preso em um rabo de cavalo.

Papai limpa a garganta, ergue os olhos e sorri para mim. Eu me pareço mais com ele; seus olhos intensos e sua mandíbula quadrada.

— Ela gosta de separar tudo, querida. — Uma pausa. — Não é, Liz?

— É.

Papai ri e descansa o garfo na lateral do prato.

Mamãe sempre arruma a mesa de um jeito impecável. Os guardanapos combinam com a toalha de mesa; os talheres são sempre adornados com entalhes superelaborados. Tudo é comprado em vendas de garagem e é tudo vintage. Sua filosofia é que a gente pode esquecer todas as coisas ruins que acontecem no dia se a mesa de jantar parecer ter saído direito de um episódio de *I Love Lucy*. Papai a incentiva, por isso todas as noites a família Flannery janta à luz de velas. Mesmo quando pedimos delivery.

— Quando você era pequena, dizia que tinha compartimentos diferentes no corpo, para alimentos diferentes — diz papai.

— Eu sei.

E eu sei porque ouço essa história uma vez por semana, sempre que ouso recusar mais um pouco do espaguete da mamãe.

Thea sacode a cabeça e se volta para olhar para mim.

— Que foi? Seu compartimento de macarrão está cheio? Coitadinha.

— Ai de mim! Deus sempre dá a seus soldados mais fortes as batalhas mais duras.

— Sim, macarrão e redação para as faculdades — rebate Thea.

Ao ouvir essas duas palavras de ouro, mamãe se anima, sai do transe induzido pelo macarrão e volta ao presente.

— Alguma novidade sobre as faculdades, meninas? — pergunta, e seus brincos balançam para a frente e para trás quando ela vira a cabeça de uma para a outra.

Entramos no modo interrogatório.

— Ainda estamos em janeiro — respondo.

— E as candidaturas antecipadas? — acrescenta papai, pegando o garfo mais uma vez.

Thea bufa e responde:

— Já tive resposta de todas. Nenhuma novidade.

— Eu também — acrescento.

Mas mamãe me ignora e foca em minha irmã.

— É mesmo, Thea? — Ela se reclina na cadeira e cruza os braços. — Não tem nada para nos contar?

Minha mãe parece não perceber quanto suas perguntas irritam minha irmã. Mas as recentes respostas negativas das faculdades deixaram Thea de pavio ainda mais curto.

— Não — responde Thea, e suspira. — Também não faz diferença, não é?

Não consigo deixar de sorrir. Tenho certeza de que ela está só tentando provocar mamãe, mas valorizo seu esforço. Estou acostumada a ser a cínica da família, então cutuco a perna de Thea de leve por baixo da mesa. Um tapinha de amor, como diria papai. Ela entende e cora um pouco.

— Não diga isso — diz minha mãe, debruçada sobre seu macarrão e ficando roxa como uma beterraba.

— Deixe-a falar, Ivy. Nós criamos pensadores independentes nesta casa.

Mas mamãe sacode a cabeça.

— Não se for para ela dizer coisas assim.

De soslaio, vejo o jornal deixado de lado. Thea também o vê.

— Mas é verdade! — protesta Thea, empurrando seu prato para longe. — Você não pode ser tão alienada assim.

— Não sou alienada.

E começa o concurso de encarar. Tal mãe, tal filha. Meu pai olha para mim como se dissesse: *Por favor, faça alguma coisa. Não posso assistir à Terceira Guerra Mundial estourar agora.*

— Saiu no *Times* que temos até o próximo janeiro antes que as coisas cheguem a um ponto sem volta — digo. — É tempo suficiente para começar uma faculdade.

— Você não está ajudando, Liz — murmura papai, fulminando-me com seu olhar.

Pelo visto não era isso que ele queria ouvir.

— Ela tem razão — retruca Thea.

Mas mamãe não é de se render.

— Não existe ponto sem volta. Eles ficam dizendo isso, mas nunca acontece. Também diziam isso antes de vocês duas nascerem.

Thea nem pestaneja.

— Não aconteceu *ainda*, você quer dizer.

Papai respira fundo. Vejo seu peito subir e descer enquanto observa nós três com seus olhos preocupados. Eu sei em que ele acredita, não precisa dizer. Sei que se mamãe não estivesse aqui, ele diria: *Vocês têm razão*. Mas ele é um mediador da paz, por isso engole e coloca uma expressão de coragem no rosto.

— Sua mãe teve muito trabalho para fazer este jantar. Não vamos estragar.

— Obrigada, *David*.

Não digo nada, só observo as folhas de pinheiro caindo do festão perto da escada.

CAPÍTULO 5

Estava sonhando com minha família quando fui acordada pelo som da porta de baixo rangendo ao se abrir. Não era um sonho inédito; minha mente não anda muito criativa nos últimos meses.

Meus olhos lentamente se adaptam à escuridão. Minha lista de reparos está na mesa ao lado de meu colchão, acumulando poeira metafórica e literalmente. As pessoas diziam que era ruim deixar o celular ao lado da cama porque a gente sempre saberia que estava lá, inconscientemente, e que essa consciência nos impediria de ter uma boa noite de sono. Minha lista de reparos tem o mesmo efeito; digo a mim mesma que é a razão de meu pesadelo recorrente, mesmo sabendo que não é.

Olho para a lona azul que flutua acima de minha cabeça e me pergunto se acaso imaginei o som da porta se abrindo. É possível, com certeza. Com a lona flutuando e o vento soprando lá fora, é fácil ouvir coisas que não existem. Se bem que eu sei que som a lona faz. É uma dessas coisas com as quais a gente se acostuma, como o cachorro de nosso velho vizinho que sempre uivava exatamente às seis da manhã. Acabei me acostumando com isso.

Fecho os olhos, desejando voltar a dormir. Estou quase quando o som das dobradiças rangendo lá embaixo me acorda.

E então, ouço um estrondo.

Não é minha imaginação agora. A primeira vez, eu poderia fingir que era uma alucinação, mas acho que minha mente não é tão evoluída assim para fazer o mesmo truque duas vezes.

Eu me sento na cama e logo me levanto. Atravesso a cozinha com cuidado e paro perto da porta para tentar escutar. Não ouço as dobradiças da porta, mas ouço outra coisa. Parece um farfalhar, som de passos. Acho que ouço vozes. Ou talvez só uma voz. Talvez seja algum maluco falando sozinho, dizendo que adora assassinar meninas adolescentes. Não tenho certeza. Começo a descer a escada, usando o corrimão para me guiar no escuro.

Minhas entranhas se agitam e reviram, dão cambalhotas. Uma parte de mim acha que estou sendo ridícula. Um milhão de coisas pode acontecer na livraria, e apenas uma delas seria alguém estar andando por lá. Mas uma parte maior de mim, essa parte que ama ler histórias de fantasmas, apesar de ter pesadelos depois, sabe das coisas. Já vi muitos filmes de terror, sei que uma tábua do assoalho rangendo à noite geralmente é motivo de preocupação.

Respiro fundo, abro a porta e entro na livraria.

O mundo está em silêncio, exceto por meus passos. Isso tudo é meio inquietante e me faz perceber que nunca estive na livraria escura. Quando o sol se põe, não há clientes pelos quais esperar, por isso já estou lá em cima, me arrastando para a cama e sonhando com coisas que me esforço muito para esquecer quando estou acordada. Antes de tudo acabar, as luzes da livraria ficavam acesas à noite — pequenos LEDs, sobras de festas, que brilhavam intensamente acima das prateleiras. Nunca ficava no escuro. Nunca assim.

O lugar está completamente vazio, fato que ao mesmo tempo me preocupa e alivia. Talvez tenha sido minha imaginação. Vai ver eu não tenha ouvido nada. Quem sabe eu esteja ficando louca. Ou então, o intruso desta noite ainda está em algum lugar aqui dentro, me observando andar descalça pelo salão.

Então, olho para fora.

Na entrada, tem um carrinho esperando diante da porta aberta, parado na calçada em frente à loja. Acho que a descrição mais precisa seria um vagão, tipo um carrinho de puxar infantil com as laterais substituídas por tela de arame. O tipo de tela que se podia ver antes em mesas de piquenique de um parquinho ou nas laterais de um caminhão de madeira surrado. Está enferrujado; os furos da tela estão deformados. A alça do carrinho está largada no chão, deixando sua marca na calçada empoeirada. Está cheio de bugigangas, sacolas, potes, panelas, latas e panos. As latas me fazem lembrar que estou morrendo de fome. Da falta de água e de comida no armário da cozinha. Isso não é o tipo de coisa que alguém deixaria no meio da rua. Deve pertencer a alguém que não sairia correndo deixando-o para trás. É muito valioso.

Então, o intruso ainda deve estar na loja.

Ainda não o vejo, por isso vou lentamente até a seção de Clássicos e pego uma cópia de capa dura de *Anna Karenina* para fins de autodefesa. É o maior livro que vejo, e presumo que doerá mais se for usado para dar com ele na cara de alguém. Não que eu tenha tentado fazer isso antes. Seguro-o com força, os nós de meus dedos ficam brancos pela tensão, e caminho pisando levemente, deixando um pé cruzar o outro como vi em um episódio de *Criminal Minds,* segurando firme a edição de capa dura por uma das pontas para poder brandi-la quando necessário.

Começo a varredura na livraria. Digo a mim mesma que se alguém *fosse* pular em cima de mim, já teria tido muitas oportunidades para isso e provavelmente já perdeu todas a esta altura. Continuo avançando até chegar à entrada da seção infantil. A "Sala das Crianças" é a única parte da loja que não é retangular. Ela se projeta para a esquerda como uma peça de *Tetris*. Talvez fosse para dar privacidade às crianças enquanto liam longe dos olhos atentos dos pais. Talvez porque a parte de trás do edifício sempre tem a melhor iluminação. Enfim, não consigo ver o interior da sala até entrar, e isso a torna o esconderijo perfeito para o intruso.

Quebro a cabeça para encontrar a ameaça certa para usar antes de entrar. Mas o intruso é mais rápido, e uma voz clara ecoa pela livraria vazia. Uma voz de menina.

— Vá embora agora e eu não vou machucar você — rosna ela, com uma voz rouca.

Não era isso que eu esperava. Esperava um pedido de desculpas ou de ajuda, ou algo mais como, *Ai, meu Deus, você me pegou! Desculpe! Por favor, não me machuque com essa cópia de luxo encadernada com tecido de* Anna Karenina *que você tem nas mãos!*

— O quê? — é só o que consigo dizer, encostando o corpo em uma estante de livros para me certificar de que minha convidada indesejada não possa me ver.

— Não quero machucar você. Volte lá para cima e finja que eu não estou aqui.

Embora essa frase não contenha nenhuma maldade real — na verdade, sugere mais desespero —, parece mais uma ameaça que qualquer outra coisa.

Enquanto uma pequena parte de mim continua assustada, como se a menina de voz rouca pudesse me despedaçar, a outra parte está ofendida. Quem ela pensa que é, invadindo minha casa e *me* dando ordens? Por que eu deveria ter medo? Então, respiro fundo e decido, pela primeira vez na vida, ser corajosa.

Entro na sala segurando o *Anna Karenina* um pouco mais forte em minhas mãos suadas.

— Lamento, mas acho que você não está em posição de...

De repente, estou cara a cara com a intrusa. Trombo diretamente com seu peito, seu esterno colide com o meu. Recuo depressa, caindo para trás em direção a uma prateleira de livros ilustrados. Sinto meu rosto esquentar. Ela me segue até o chão, cotovelo sobre meu peito, prendendo-me sobre o carpete. E fica me encarando, com o nariz a poucos centímetros do meu.

É mais baixa do que eu imaginava, menos de um metro e sessenta e cinco. É jovem também, provavelmente um ano mais nova que eu, mas pode ser que eu ache isso apenas por sua altura. Tem o cabelo raspado de um lado e a outra metade cai em ondas de cachos castanhos-escuros emaranhados. Vejo uns arranhões em seu rosto, já com casquinha, mas ainda vermelhos e inchados. E acima de seus olhos verdes intensos, duas sobrancelhas finas, franzidas, formando uma carranca.

Enquanto estou caída no chão ao lado de um mostruário de livros do Dr. Seuss, eu me pego quase querendo me desculpar. Mas afasto sentimento e lembro a mim mesma que, afinal de contas, não tenho sangue de barata.

— Quem diabos é você? — pergunto, tentando imitar a qualidade áspera de sua voz.

A intrusa alivia um pouco a pressão, apoiando a mão livre no chão, ao lado de minha cabeça. Vejo uma tatuagem pequena em seu antebraço. É simples, só uns traços pretos formando um olho aberto em sua pele, com uma lua cheia onde deveria estar a íris. Por um segundo, acho que ela vai me soltar, mas apoia o joelho em meu tronco e joga todo seu peso sobre mim. Não consigo respirar.

— Eu disse que não quero machucar você.

Mas seu olhar e o ato de levar a mão ao bolso de trás me fazem pensar que ela quer me machucar *sim*. Hoje em dia, as pessoas fazem quase de tudo para sobreviver.

— Pois eu digo o mesmo — respondo, olhando para o *Anna Karenina* caído aberto no chão a um metro de distância.

Espero não parecer tão patética quanto me sinto.

— Duvido que consiga.

Quero pular no pescoço dela e apertar, não poder está me deixando louca. Uma coisa é invadir a livraria, mas outra bem diferente é insultar minha competência. Percebo que preciso proteger dessa estranha a única coisa que tenho. Uso todas as minhas forças para tentar me levantar, empurrando o joelho dela para longe de meu tronco. Para minha surpresa, ela alivia o peso e tira a perna, recuando alguns centímetros. Não é bem uma vitória para mim, mas serve. Eu me apoio nos cotovelos, hesitante, esperando sua reação. Como ela não me força a recuar, tomo isso como permissão para me levantar devagar.

— O que você quer de mim? — pergunto, já com meu estoque de energia esgotado.

— Preciso que me deixe em paz. Suba a escada e finja que não me viu. Vou embora de manhã.

— L-lamento — gaguejo —, mas não é assim que funciona. Eu *peguei* você, então você deveria desistir.

A menina limpa a garganta e revira os olhos.

— Acho que você não entendeu. Não vou a lugar nenhum até conseguir tudo de que preciso.

— Você está sem sorte — respondo, mesmo sabendo que não tenho poder nenhum nessa situação.

Sou magricela, não tenho força na parte superior do corpo e a coisa mais violenta que já fiz foi jogar um livro do outro lado da sala quando fiquei revoltada com o final. Mas ela não sabe disso.

— Não tem nada aqui.

A menina parece encolher um pouco; levanta-se e não parece mais uma aspirante a super-heroína. Parece uma adolescente. Uma adolescente que passou pelo inferno, claro, mas quem não passou?

— O quê?

— A menos que você esteja procurando um livro, claro — acrescento.

Mas a menina range os dentes de um jeito que diz que há muito tempo não lê um livro que não seja para um trabalho de escola.

— Não estou a fim — diz. — Não tenho tempo para ler agora. Nunca tive.

— Então, não tenho nada para te dar, mesmo que não tivesse me ameaçado. Não tenho comida, nem água. Não tem nada que possa tirar de mim que já não tenha sido tirado.

Estou a todo vapor; nada mais me impede. Observo sua expressão se suavizar, a maldade que continha lentamente se transforma em outra coisa.

— Aposto que entrou aqui pensando que eu devia estar muito melhor que você.

— Não sabia que tinha alguém aqui — diz a menina, mas eu a interrompo com um aceno de mão.

— Eu não tenho nada. Este lugar está caindo aos pedaços. Estou cansada, com fome, mas não saio por aí roubando os outros. — Faço uma pausa, então acrescento. — Sua escrota, devia ter vergonha.

Eu me encolho ao perceber que aquilo parece algo que minha mãe diria.

Mas a menina não está mais prestando atenção ao meu discurso. Seu rosto está severo de novo, suas sobrancelhas unidas. Ela está imersa em pensamentos.

— Não quero roubar nada de você — diz.

— Hein?

— Bem, *queria*. Queria alguns suprimentos, talvez passar a noite e depois pegar a estrada. Mas já que você está aqui, o que realmente preciso é de um lugar para dormir.

— Por quê?

— Minha barraca quebrou — diz a menina com naturalidade. — Dizem que tem outra Tempestade se aproximando, daqui a um mês, na melhor das hipóteses, e eu prefiro não estar ao ar livre quando isso acontecer.

Ergo as sobrancelhas.

— Como sabe que isso é verdade? Será que sou a única pessoa que não ouviu a previsão do tempo?

A menina morde o lábio e estreita os olhos levemente antes de responder.

Por fim, diz:

— Tenho minhas fontes.

Que resposta maravilhosa e informativa!

— Então, você não tem certeza de que vai acontecer — murmuro, e mordo minha bochecha por dentro antes de prosseguir. — E o que eu ganho com isso?

— Você acabou de dizer que precisa de comida, água, suprimentos — responde ela. — Posso te ajudar a conseguir.

— Roubando coisas? — digo com sarcasmo. — Lamento, mas diferente de você, eu tenho princípios.

Noto uma veia pulsar na testa da menina, sua mandíbula se retesar. Ela me encara com olhos de aço.

— Sou boa em reparos — diz, apontando para as vidraças rachadas e o isolamento escapando da parede. — Meu pai era zelador. Eu praticamente cresci com uma chave de fenda na mão.

Olho para a menina. Observo os cortes em seu rosto e seu cabelo desgrenhado.

— Você poderia ter me matado.

— Mas não matei.

Minha lista de coisas a fazer me diz que estou completamente ferrada. Não há muito que mantenha este lugar em pé além de esperança e oração. E agora, mais uma pessoa me diz que outra Tempestade está se aproximando.

Não preciso gostar dela. Não precisamos ser amigas. Posso manter distância dela e ficar segura. Preciso de comida; preciso de água. E por mais que odeie admitir, preciso de alguém. Acho que não sou capaz de resolver tudo isso sozinha.

— Tudo bem — é tudo que digo.

• • •

Ficamos sentadas na Sala das Crianças, no escuro. Estou cansada e preferiria estar lá em cima dormindo, mas fico acordada a noite toda, só por precaução. Caso tudo isso faça parte do plano dela e ela tente roubar tudo que tenho assim que eu fechar os olhos e baixar a guarda. Não trocamos uma palavra. Ficamos sentadas nos encarando.

Minhas costas estão afundando em um box de *O Elefante e a porquinha.* Ela está sentada do outro lado da sala, perto das HQs, com uma cópia meio aberta de *O amuleto* nas mãos.

Quando não aguento mais o silêncio, pergunto:

— Qual é seu nome?

— Maeve — responde ela, erguendo as sobrancelhas com indiferença.

— Ah.

Maeve fica pensando, como se estivesse se perguntando se é moralmente obrigada a fazer a mesma pergunta. Até que finalmente cede:

— E o seu?

— Elizabeth — respondo. — Liz.

— Como Elizabeth Swann, de *Piratas do Caribe*?

Eu me arrependo de ter perguntado o nome dela.

— Acho que sim.

Nunca vi *Piratas do Caribe.* Não sei se ser como Elizabeth Swann é um elogio ou uma piadinha ruim. Resolvo que não é nenhum dos dois.

— Sou de Nova York — diz Maeve enquanto fecha o livro e o coloca de volta na prateleira.

Quero dizer que o está pondo no lugar errado e que eu trabalhei duro para colocar tudo em ordem alfabética, mas mordo a língua.

— Legal — é só o que digo.

— E você?

— Sou daqui — respondo.

— Ah.

Não falamos mais nada pelo resto da noite. Chega uma hora que Maeve adormece; sua cabeça cai para trás até ficar enfiada na prateleira de livros para oito a doze anos. Eu não durmo, só observo. Observo as caretas que ela faz enquanto dorme. Observo como ela aperta as mãos de vez em quando. Não posso deixar de me perguntar se cometi um grande erro.

CAPÍTULO 6

Estamos lá fora, em frente à porta, na manhã seguinte, olhando para o carrinho de Maeve, que tem tantos objetos que não consigo discernir o que são. Ela começa a revirar as coisas, pega uma lata com uma mão e um cobertor com a outra, como se houvesse algum tipo de método em sua loucura. Dá para ver que não há absolutamente nenhum, mas permito que ela finja. Cada louco com sua mania. O choque e o tinido de cada objeto fazem muito barulho.

— Então, você vai embora depois de consertar a barraca? — pergunto, esforçando-me para que minha voz seja ouvida em meio a toda barulheira.

Maeve não me ouve, ou se ouve, ignora minha pergunta. Decido tentar de novo.

— Posso ajudar? — digo, apontando freneticamente para o carrinho.

Não sei bem por que deveria ajudar, mas me parece o correto.

Maeve levanta a cabeça depressa; mechas de cabelo castanho se espalham em todas as direções. Ela franze os lábios e o cenho, concentrada.

— Precisamos levar tudo para dentro.

— Para dentro? Tudo isso?

Maeve faz que sim com a cabeça.

Fico pensando onde foi que eu me meti enquanto olho de Maeve para o carrinho e de volta para ela. Passei o último ano cultivando habilmente um ritmo para minha vida. Depois que Eva foi embora, eu me acostumei a fazer as coisas sozinha, em meu ritmo. E Maeve pode estragar tudo. Quero que ela saia daqui o mais rápido possível, e farei absolutamente qualquer coisa para consertar sua barraca em tempo hábil. Depois, claro, de ela me ajudar a riscar algumas coisas de minha lista. Isso vai acelerar o processo.

Olho para o carrinho dela e sacudo a cabeça. Esse carrinho ridículo que, por algum motivo, não consegue passar por uma porta de tamanho perfeitamente razoável. Esse carrinho ridículo que vai me forçar a carregar nas mãos essa porcaria toda para dentro, peça por peça.

— Pode deixar — digo, estendendo a mão para uma caixa cheia de cobertores, velas, cordas e tesouras. — Deixe que eu pego essa e você me ajuda a levar lá para cima.

— Por que levaríamos isso para cima?

— Porque é lá que dormimos?

— Quer dizer, é lá que *você* dorme.

— O que quer dizer?

— Não posso dormir aqui embaixo? — pergunta Maeve, com julgamento na voz. — Foi meio estranho acordar com você me observando.

— De jeito nenhum.

— Não vou dormir de conchinha com você, Liz, se é isso que está querendo.

Rio com sarcasmo antes de perceber que Maeve está falando sério.

— Eu não confio em você, *por isso* vamos dormir no mesmo quarto.

— Isso não é justo — diz Maeve com naturalidade. — Nosso acordo era você me deixar ficar aqui e eu garantir que você não morra. Ninguém disse que iríamos ficar no mesmo cômodo.

— Quero poder ficar de olho em você e ter certeza de que não vai tentar se aproveitar de mim.

— Isso é bem assustador — murmura Maeve. — Além do mais, eu não faria isso.

Eu rio, dessa vez de verdade.

— Foi *você* quem tentou me roubar ontem à noite. *Eu* não faço essas coisas.

— Eu também não confio em você.

Olho para o carrinho, para as pilhas de comida e suprimentos, para Maeve, que está com os braços cruzados. Se estiver tão desesperada por abrigo quanto diz estar, ela vai ceder. Eu sei que vai.

— Tudo bem — diz Maeve finalmente.

Rá! Eu estava certa.

— Muito bem. Que bom que resolvemos isso.

Maeve pega um par de calças e um pacote de miojo com seis unidades.

— Você primeiro, Elizabeth Swann.

— Só Liz está bom.

Empurro a porta para abri-la com a ponta do pé e entro. Ouço um leve som de pés se arrastando atrás de mim; Maeve me segue, batendo o quadril na maçaneta ao passar. Nem a livraria a quer aqui.

Contornamos o balcão e a conduzo pelo corredor escuro; subimos a escada que range, com cuidado para não tropeçar nas partes afundadas no meio. Lá em cima, eu me atrapalho com a maçaneta e a giro duas ou três vezes até que a porta finalmente desiste e me deixa entrar. Deixo a caixa dela em cima do balcão da cozinha e a empurro um pouco para abrir espaço para as calças e o macarrão, que ela joga na superfície de forma aleatória.

— Quer arranjar um cantinho para suas coisas?

— Você que sabe — diz Maeve, dando de ombros.

Não sei, não, então volto para baixo para pegar outra carga. Estou vasculhando suas tralhas e me perguntando como ela acumulou tanta coisa, quando vejo...

Ali, apenas meio visível, sobre uma velha camiseta vermelha com uma estampa que diz *Jackson Hole, Wyoming,* está uma faca. Está embainhada em um triângulo de couro gasto com tachas douradas. Um cabo de madeira escura se projeta do estojo. Não tenho escolha a não ser ficar olhando; como se hipnotizada por ela.

Claro que eu já vi uma faca na vida. Talvez tenha prendido meu olhar por ser uma faca de verdade, não uma dessas comuns de cozinha. Pego-a com cuidado, como se pudesse explodir em minhas mãos.

Lentamente, eu a retiro do estojo e a seguro com cuidado para não me cortar. A julgar pela facilidade com que grampeava meus dedos quando tinha sete anos fazendo correntes de papel na aula de artes, não seria muito absurdo se eu cortasse um dedo aqui e agora; era só o que me faltava.

É uma dessas facas que eu costumava ver nas redes sociais, provavelmente feita por um homem na parte de trás de seu trailer com pedaços gigantes de madeira. É o tipo de faca que, antigamente, custaria algumas centenas de dólares e seria chamada de "artesanal". A lâmina não está limpa; há algo endurecido nela. Algo profundo e levemente vermelho.

Isso me assusta.

Não sei nada sobre Maeve. Tomo ciência disso aqui parada, totalmente vulnerável, sozinha. Não sei absolutamente nada dessa pessoa que deixei entrar em minha casa. Ela poderia ter me matado ontem à noite. Era isso que ela estava pegando no bolso? A faca? Mas então, por que não a usou? Teria sido muito mais conveniente acabar comigo e tomar o edifício para si. E por que ela está demorando tanto? Por que ainda está lá em cima, sem a menor pressa de descer?

Ouço a porta dos fundos ranger lá de dentro e me volto para Maeve, que está parada ali. Quando seus olhos encontram os meus, ela congela.

— Por que você tem uma faca?

Ela dá uns passos hesitantes em minha direção, esticando o pescoço para ver exatamente o que tenho nas mãos.

— O quê?

Embora ela faça essa pergunta, não parece confusa. Seu rosto permanece perfeitamente composto.

A cara dela me deixa desconfortável, mas repito a pergunta:

— Por que você tem uma faca?

— Você não tem uma faca?

— Claro que tenho, mas é uma *faca de cozinha* que não deve ser afiada há anos. Não conseguiria cortar nem isopor. E nunca esteve coberta por uma misteriosa substância vermelha.

— Entendi — diz Maeve, continuando a caminhar em minha direção. — E como você come?

— Com uma colher.

Ela sorri. Sinto o calor subir até meu rosto. Não sei dizer se é de vergonha ou de raiva. Talvez uma terrível mistura dos dois.

Maeve está praticamente a trinta centímetros de mim. Ela estende a mão para pegar a faca que estou segurando. Eu a aperto com mais força.

— Você nunca precisa caçar? — pergunta ela.

— Não.

Ela ergue as sobrancelhas quando digo isso e não consigo entender por quê. Odeio não entender por quê.

— E você andou comendo o quê, exatamente?

Engulo em seco antes de responder.

— Coisas que não preciso *matar*.

Eva já havia feito um estoque quando cheguei, indo de supermercado em supermercado em seu Subaru pegando o que podia. Acrescentei o que pude arranjar em minha própria cozinha e das tentativas vãs de meu pai de se preparar para o dia do juízo final. Comíamos com moderação, preenchendo as lacunas que surgissem com as trocas que fazíamos com as pessoas. E quando duas se tornaram uma só, de repente não precisei me preocupar com comida por um tempo. Mas meu estoque está baixo e o outono está se aproximando depressa. A sorte acaba, como sempre.

— E como você se defende, sozinha aqui?

Olho para meus pés sem saber se há uma resposta correta para essa pergunta.

— Nunca precisei — digo, antes de acrescentar. — Até a noite passada.

Maeve ri, e o som é menos irritante do que eu esperava.

— Você saiu deste edifício nos últimos seis meses?

Repito minha resposta:

— Nunca precisei.

— Vou lhe dizer uma coisa, *Elizabeth Swann* — diz ela. — O mundo não é o mesmo desde que você o deixou. Está bem pior.

— Isso não significa que você precisa de uma faca ensanguentada.

— Veja, Liz — diz Maeve enquanto arranca a faca de minhas mãos; por algum motivo, nem tento segurá-la. — Não me julgue pelo que fiz para sobreviver. Tive que sujar um pouco as mãos, porque, diferente de você, vivo no mundo real. Algumas pessoas não têm livrarias chiques onde se esconder. Algumas pessoas têm que cuidar de si mesmas.

Ela passa por mim e pega mais pertences de seu carrinho. Abro a boca para falar, mas o olhar de Maeve me acalma. Congelo quando ela aponta a faca para mim; meu coração pula para minha garganta.

— E não mexa em minhas coisas.

Lynn Porter
56 anos
Northampton, Massachusetts

Os cães são inteligentes. Mais inteligentes que nós, isso eu posso afirmar. Porque estávamos quebrando a cabeça pensando se alguma coisa iria acontecer — "Será que temos certeza de que isso vai nos afetar?"; "Podemos ter certeza sobre esse tipo de coisa?". Mas meus cães souberam imediatamente, sem dúvida. Acordei naquela manhã com eles arranhando a porta do quarto; os dois, apesar de Quint ser praticamente cego e estar senil. E eles são cães bem-comportados, os dois. Assim que o sol se pôs, eles começaram a latir. Praticamente se revezando, como uma espécie de sistema de alarme coordenado; então, eu me sentei no chão com eles para tentar acalmá-los em vez de fazer nossa caminhada noturna. Juro por Deus, aqueles cães salvaram minha vida. E salvaram a deles também.

CAPÍTULO 7

Naquela noite, ficamos sentadas juntas na cozinha, de cara feia e em silêncio. Acho que eu não conseguiria falar, mesmo se quisesse.

Por um lado, a hipocrisia de tudo isso me deixa louca. *Eu* mexendo nas coisas dela? Sendo que ela ficou se esgueirando pela livraria só Deus sabe quanto tempo olhando *minhas coisas*? Ela veio até mim porque precisava de abrigo e depois me diz que eu não sei o que é passar fome. Que eu não entendo o que é estar sozinha. Mas eu entendo. Eu entendo muito bem.

Há uma diferença entre estar sozinha e ser solitária, isso é verdade. Ser sozinha é um estado físico. Um estado de separação de tudo e qualquer coisa que poderia nos dar conforto. Ser sozinha é ter orgulho de si mesma e não ter ninguém que nos ame para dizer que está orgulhoso de nós. Ser sozinha é ter pesadelos e não ter absolutamente ninguém para nos abraçar e dizer que *tudo vai ficar bem.* Ser sozinha é a ausência completa e absoluta das pessoas que nos amam e que amamos.

Solidão é fome. Solidão é uma fome por algo que nunca poderemos ter. Solidão é uma fome por calor, compaixão, canções de aniversário e amor. É quando não temos alguém que se importa conosco há tanto tempo que achamos que não vamos aguentar.

As pessoas vêm e vão, ficam aqui alguns momentos e depois vão embora, mas a fome está cada vez mais perto de me comer viva. O Homem do Casaco de Marinheiro não oferece amor; não oferece nenhum tipo de antídoto para a solidão. Ele apenas existe. Ele é gentil, e por alguns momentos estou com outro ser humano. O mesmo acontece com as outras pessoas que passam por aqui. Claro, tenho contato, vejo pessoas, e algumas delas são até simpáticas. Mas ainda me sinto solitária. Há um vazio em mim que ninguém pode preencher passando por aqui. Há um vazio em mim que acho que nunca será preenchido. Ele cresce a cada dia.

A faca está no balcão da cozinha. Maeve a colocou lá assim que levamos as últimas coisas dela para cima. Deixou-a lá e fez questão de que eu visse, como se dissesse: *Veja! Não vou matar você! Vou colocar minha faca artesanal no balcão para que eu tenha que andar até aqui, à vista de todos, para matar você! Está tudo bem.* Mesmo assim, eu sei que ela poderia chegar até essa faca e enfiá-la em minha barriga antes mesmo que eu tivesse tempo de reagir. Ela me olha feio da poltrona. *Minha* poltrona. A poltrona na qual eu comi todas as noites ano passado.

Decido deixar para lá. Olho para ela; estou no chão, sorvendo um cup noodles. Uma coisa útil que Maeve tinha naquele carrinho ridículo dela era uma caixa gigante de fósforos. Embora exista um grande risco de incêndio, considerando a quantidade de papel que há neste edifício, seu fogão enferrujado também aqueceu meu jantar pela primeira vez em muito tempo. Por isso, Maeve ganhou a poltrona. Olho para meu macarrão e giro o garfo; giro, giro, giro, até que a bola de macarrão é tão grande que acho que não conseguirei enfiá-la na boca. Decido tentar.

Talvez eu engasgue e morra aqui sentada no chão, Maeve não vai sair da poltrona por pura teimosia. Vou morrer aqui e virar um fóssil, e nossos sempre misericordiosos dominadores alienígenas encontrarão meu corpo e dirão ძ//⎍Φ̄Φ̄O̲ʎ!, o que se traduziria mais ou menos como *Gulosa!*

Maeve para de comer e aponta para uma foto na mesa de centro; a irmã do Homem do Casaco de Marinheiro sorri para nós. Ela também sorri.

— De quem é a foto?

Mesmo sabendo exatamente do que ela está falando, arqueio as sobrancelhas. O que ela tem com isso?

— Hein?

— A moça da foto. É parente sua?

— Não. É uma cliente.

As palavras saem de minha boca antes que eu possa processar por que estou tão na defensiva. Mas por que Maeve tem que saber alguma coisa da minha família? Por que tem que saber alguma coisa sobre mim?

Maeve solta o ar pelo canto da boca em desdém:

— Uma cliente? Está me dizendo que este lugar aqui ainda funciona? Com a economia do jeito que está?

— Mais ou menos — resmungo em resposta. — Algumas pessoas valorizam o poder duradouro da literatura.

Ao contrário de certa pessoa nesta sala que gosta de invadir livrarias e provavelmente não sabe nem soletrar Nietzsche.

— Sua vida é assim, então? — pergunta Maeve. — Muita comida e uma porta aberta para visitantes?

Seu tom me surpreende. É suave, não venenoso como pensei que seria. Congelo com o garfo na metade do caminho para minha boca.

— O quê?

— É assim que você vive todo dia? — repete Maeve.

Coloco o garfo de volta no copo de macarrão e olho para ela.

— Não exatamente assim. Não todo dia. Alguns dias são piores que outros, acho. — Faço uma pausa e espero o aperto em meu peito se dissipar. — Mas sim.

Maeve me encara enquanto toma lentamente seu caldo.

— Deve ser bom.

Sua voz é monótona, como se estivesse narrando um fato muito conhecido. Como se fosse uma verdade incontestável.

— Isso é algum tipo de indireta para mim? Outra? Porque depois desta manhã, posso garantir que você conseguiu se superar. Você não sabe tudo da...

— Não é isso que eu quero dizer — diz ela com um tom mordaz a princípio; mas só a princípio. — Deve ser legal sempre ter pessoas.

— Eu não *tenho* pessoas. Elas nunca duram muito.

E quando vão embora, fico sozinha como todo mundo, pensando nas coisas que deveria ter feito. Com aquele sentimento de culpa latente dentro de mim.

— Mas pelo menos essas pessoas existem. Você tem pessoas em sua vida.

— É, mas nunca consigo fazê-las ficar.

Maeve desvia o olhar e sinto meu coração se apertar. Por um momento, tenho medo de ter estragado o clima. Não que a conversa estivesse boa. Mas é que uma parte de meu cérebro quer que Maeve goste de mim, independentemente de eu não gostar dela. Sou tão puxa-saco que não consigo evitar querer que todos gostem de mim. Noto algo em seu rosto enquanto ela processa o que eu disse.

Ela concorda com a cabeça devagar, baixando o olhar para tomar outro gole de caldo.

— Está calor.

Não era bem o suspiro de compreensão que eu estava esperando.

— Sério? Nem reparei.

Maeve ri, mas não acho que o que eu disse foi tão engraçado. Acho que foi uma risada de alívio.

— A propósito — murmura, com a boca meio cheia de macarrão —, sinto muito por tudo que você passou.

Olho para ela tentando discernir se está sendo sincera. Não há nada escondido por trás de sua expressão. Nenhum resquício de malícia esperando que eu morda a isca.

— De boa.

CAPÍTULO 8

18 DE FEVEREIRO: ANTES DA PRIMEIRA TEMPESTADE

Hoje é dia de jantar comida chinesa, o que significa que mamãe foi a um jantar chique de advogados na cidade. É meu tipo favorito de noite, quando não tenho que aturar as reclamações intermináveis dela e posso curtir um bom prato grande de macarrão chinês com gergelim.

Thea se senta ao meu lado; fica revirando o frango apimentado com seus hashis. Papai limpa a garganta e pergunta, largando os hashis e tomando um gole de seu gim-tônica.

— Posso falar com vocês sobre uma coisa, meninas?

Essa deve ser a pior frase que se pode ouvir de um pai no início do jantar de uma sexta-feira à noite, exceto por "recebi uma ligação interessante do diretor da escola hoje" ou "não estou muito bem, espero que não seja contagioso".

Paro de enfiar macarrão na boca e olho para cima, pronta para dar a ele toda minha atenção. Ao contrário de minha mãe, ele não é supermelodramático. Quando está falando sério, está falando sério. Mas Thea não lhe dá bola.

— Claro — respondo, cutucando o tornozelo dela até ela parar de torturar seu jantar.

— Já falei com vocês de tia Kathleen, não é? — diz papai.

Já. Aparentemente, nós a conhecemos quando éramos pequenas, na idade em que as crianças ainda não conseguem formar memórias completas. Por isso, a única imagem que tenho dela é de uma mulher com uma mancha no rosto.

— Já — murmura Thea. — A do Alasca.

Papai sorri.

— Essa mesma.

Pego meus hashis de novo e levanto um punhado de macarrão.

— O que tem ela? — pergunto, antes de enfiar a comida na boca.

— Ela nos convidou para ficar com ela, se for preciso. Em um lugar mais remoto; com eletricidade e água própria.

Thea tosse, fica de olhos esbugalhados. Porque nosso pai não é nada... excêntrico. No máximo, excêntrico a ponto de assistir a uma reapresentação de Jesus Cristo Superstar às onze da noite de uma quarta-feira. Ou de se fantasiar de paciente fugido de um manicômio e criar uma esquete elaborada para pedir doces ou travessuras no Halloween. Não excêntrico tipo fugir para o Alasca. E de repente, minha comida chinesa fica atravessada em minha garganta.

— Por que faríamos isso? — solta ela, atônita.

— Não seria imediatamente. Seria daqui a uns meses, quando as coisas ficarem ruins a ponto de termos que...

Thea levanta a mão.

— Pelo amor de Deus, pai. Por favor, não comece com isso de novo. Estou tentando curtir minha comida.

Ela passou para o lado de mamãe mês passado. Artigos de jornal e vídeos do YouTube demais podem deixar uma pessoa alheia à realidade. E Thea parece acreditar que, como ainda não aconteceu, nunca vai acontecer.

— Sabiam que houve um tornado em Massachusetts ontem? E não foi pequeno. Não passava um tornado por Massachusetts havia anos! E o tsunâmi em Louisiana? Para não falar no Canadá, que está praticamente todo em chamas — diz papai.

— Tem uma primeira vez para tudo, não é? — responde Thea.

Eu sacudo a cabeça. Papai nem sempre está certo, mas às vezes está.

— Isso não torna o evento menos preocupante.

— Obrigado, Liz — diz papai. — Estou planejando ir para o Alasca em setembro, depois que vocês forem para a faculdade. Vocês poderiam ir para lá nas férias e feriados, e mandarem algumas das suas coisas para lá.

Thea ri com frieza e faz uma pausa, para dar um efeito dramático.

— Ah, você estava falando sério? Isso é uma loucura, pai. De pessimismo eu entendo. Caramba, eu sou pessimista, mas você se superou agora.

— Acreditem em mim, meninas. As coisas só vão piorar.

— As coisas sempre pioram!

Decido dar minha opinião, apesar de ninguém ter pedido.

— Não custa nada estar preparado.

E é verdade. Claro, papai pode estar errado, achando que o pior vai acontecer, mas e se ele estiver certo? Eu também vi as manchetes; vi meus professores evitando certos temas mais difíceis. Entendo como é ter essa sensação na boca do estômago, como se tudo estivesse prestes a ir por água abaixo.

— Isso não é só preparação, Liz — diz Thea. — É nível de preparação para o apocalipse. Daqui a pouco, ele vai começar a usar chapéus de papel-alumínio e citar o Levítico.

— Não fale assim comigo, Thea. Eu ainda sou seu pai.

— Eu entendo, pai — digo, olhando para ele, que parece estar cansado; cansado demais. — Eu entendo o que você está dizendo.

— Não faça isso, Liz — avisa Thea. — Não entre no culto dele.

Olho para meu prato antes de murmurar:

— Preciso pensar um pouco.

Porque talvez seja legal deixar tudo para trás e não ter que me preocupar com a faculdade ou o futuro e tudo o mais. Talvez seja melhor, mais fácil, deixar o mundo para trás. Não importaria que eu não tivesse um par para ir ao baile, que nunca tenha sido beijada. Não importaria que eu voltasse para casa todos os dias para almoçar porque é melhor que ficar na escola sozinha. Talvez, sob essa ótica estranha, papai esteja certo.

Empurro minha comida para longe. Perdi a fome.

— Tudo bem — diz papai. — Tudo bem, pensem nisso. Mas não contem à mamãe.

Pego o pote de arroz frito na outra ponta da mesa. A comida esfriou.

CAPÍTULO 9

Nuvens pairam no céu — um lembrete sombrio do que está por vir. Maeve decidiu registrar a contagem regressiva na parede, mesmo que nenhuma das duas tenha o cronograma do que está por vir. Mas um mês é um número redondo e agradável, então ela fez o calendário mesmo assim. Posso sentir sua presença, como uma *Mona Lisa* amaldiçoada, enquanto Maeve vira a placa de aberto na porta da frente. Eu lhe disse que não era útil ter um lembrete de desgraça iminente em um lugar tão visível, mas ela retrucou que sempre trabalha melhor sob pressão. Não sei bem se eu também.

Maeve está esboçando um plano para consertar janelas quando uma mulher abre a porta. Largo o pano que estava usando para limpar as prateleiras e sorrio. Tenho a impressão de que já a vi antes.

Ela tem duas tranças cor de areia caindo pelas costas, saltando sobre sua camiseta de beisebol um pouco desgastada. Seu rosto é gentil, com pequenas rugas de sorrir ao redor dos olhos. Maeve olha para mim, aparentemente chocada, enquanto a mulher se dirige ao balcão.

— Entram assim? — pergunta sussurrando.

— Entram — respondo.

Sempre entram assim. Pensei em instalar uma campainha acima da porta, mas nunca tive tempo para isso. Também nunca consegui encontrar uma campainha. Não me parecia importante.

— *Eu* não entrei assim.

— Ha-ha, muito engraçada. Graças a Deus a maioria das pessoas não é como você.

Decido parar por aí, em vez de tentar explicar as regras pós-apocalípticas de atendimento ao cliente.

Maeve fica olhando para a mulher um instante antes de se inclinar para mim mais uma vez:

— Pelo visto não conheceu as pessoas certas.

Não consigo deixar de sorrir, e vejo os cantos dos lábios de Maeve se erguerem. Ela está sorrindo também.

A mulher finalmente chega ao balcão e tira uma mochila de caminhada bem surrada dos ombros.

— Oi — diz em voz baixa e áspera.

Maeve se afasta para o lado, abrindo espaço para mim.

— Posso ajudá-la a encontrar alguma coisa?

A essa altura da vida, essas palavras estão praticamente programadas em meu cérebro.

— Sim — diz a mulher, suspirando. — Meu nome é Sawyer. Acho que meu irmão me deixou alguma coisa.

Ela diz isso em tom quase envergonhado. As pessoas que vêm aqui sempre agem assim, pelo menos na primeira vez. *Posso entrar? Estou procurando um livro... Tenho algo para lhe dar em troca...* Como se houvessem se convencido de que não têm mais permissão para ser felizes, que não há mais nada de bom, muito menos em uma livraria aleatória nos arredores de Nova Jersey.

— Ah, claro — respondo, virando-me para o painel de cortiça que fica atrás da caixa registradora inoperante.

Mas logo me lembro da foto amassada que deixei em cima da mesa lá em cima e me dou conta de onde já vi o rosto de Sawyer antes.

— Espere aí! Você é irmã do Homem do Casaco de Marinheiro?

Sawyer ergue as sobrancelhas, em uma expressão idêntica à de Maeve. Ambas olham para mim sem dizer nada.

Sawyer sacode a cabeça lentamente.

— Quer dizer Everton? Sim, sou irmã dele. — Ela ri por um momento de alguma piada secreta. — Ele ainda usa aquele casaco velho e esfarrapado o tempo todo?

— Sim! Nunca o vi sem ele.

À lateral do balcão, Maeve observa; seus olhos passam de mim a Sawyer e de volta para mim. Eu entendo seu olhar. É como se estivéssemos jogando um jogo do qual ela não conhecesse as regras.

Pego no quadro de avisos a carta que o Homem do Casaco de Marinheiro deixou e a entrego a Sawyer, que a guarda delicadamente no bolso da calça. Ela deixa sua mochila de caminhada deslizar de seu ombro e a abre, procurando algo dentro. Segundos depois, encontra e desliza uma caixa de fósforos no balcão.

É uma caixa daqueles fósforos frágeis que a gente pegava na recepção de algum bistrô francês chique na cidade, com o logotipo desbotado de um restaurante outrora exclusivo. Vou abrir a boca para agradecer a Sawyer quando ela acrescenta um pacotinho de carne seca, colocando-o à nossa frente com um leve baque. É um pacote maior do que estou acostumada a ver e provavelmente ela não deveria se desfazer dele, mas quando olha para mim, vejo um brilho infantil em seus olhos.

— Sem cerimônias — diz ela, e um sorriso surge em seus lábios. — Não vai me fazer falta, e quero dar para você.

Tudo que digo em resposta é:

— Obrigada. — Parece ser suficiente para Sawyer.

Ela acena rapidinho para mim e Maeve e vai se dirigindo à porta, pegando a carta que estava em seu bolso.

Quando a porta se fecha, Maeve se vira para mim com os olhos apertados e as sobrancelhas franzidas.

— Eles são sempre tão... generosos?

— Não viu nada ainda — respondo.

Observo pela janela enquanto Sawyer abre o envelope amarelado que tem nas mãos. Ela está do outro lado da rua, encostada nos restos de uma caixa de correio enferrujada, e lê. Observo as emoções passarem por seu rosto. Primeiro diversão, depois admiração, depois uma pontinha de tristeza, que logo se transforma em um olhar de determinação.

Ela se vira, tentando se orientar no centro da praça enquanto consulta o papel que tem nas mãos. Por fim, ajeita as alças da mochila e se afasta; sua figura vai ficando cada vez menor, até que desaparece depois de contornar uma sebe.

• • •

— Este lugar está imundo — murmura Maeve, limpando a poeira do balcão com a manga de sua camisa de flanela. — Poeira nas prateleiras, poeira no chão, teias de aranha nos cantos.

— O quê?

Dobro a ponta da página que estou lendo de *Changing my Mind*, de Julian Barnes e fecho o livro.

— Costuma limpar este lugar?

Eu me viro e encaro Maeve. Mas ela não está olhando para mim; está inspecionando o chão atrás do balcão, que eu já sei que está precisando de uma vassoura.

— O que você acha?

Maeve me olha feio, não curte meu sarcasmo.

— Não estou aqui para ser sua empregada.

— Limpeza não é importante — respondo.

— Isso aqui não é um negócio?

Começo a andar em direção a Maeve; minhas sandálias fazem barulho no chão.

— Não é como se eu tivesse muita concorrência.

Maeve bufa e olha para minha lista no balcão.

— Por isso que está tudo caindo aos pedaços — murmura. — Você não está nem aí para este lugar.

Quero dizer a ela que sim, que eu me importo com este lugar. Que eu me importo mais do que ela pode imaginar. Eu me importo mais com este lugar do que ela jamais se importou com qualquer coisa na vida. Mas há coisas mais importantes que varrer e tirar pó; tipo, ficar viva. E às vezes, a dor é grande demais para fazer qualquer coisa. Às vezes, a gente sente vontade de sumir, e a única coisa em que podemos concentrar nossa energia é em garantir que isso não aconteça. Mas Maeve não parece ter dias assim. Maeve parece não sentir nada.

Maeve suspira, passando o dedo pela lista.

— Mesmo assim, são coisas fáceis.

— Como assim, *são coisas fáceis*? — retruco.

— Sei lá. Não entendo por que você adiou por tanto tempo.

Seu ar de sabichona me irrita, ou sua grosseria, ou o quanto ela se acha. Não consigo engolir seu jeito de se intrometer nas coisas e se recusar a reconhecer a inconveniência. Odeio seu eterno rosto fechado e sua voz rouca.

Maeve bate o dedo no balcão de madeira. Fica me olhando com expectativa, como se estivesse esperando que eu discutisse e dissesse: *Cale a boca. Você não sabe do que está falando.* Seria verdade, e é o que eu quero dizer, mas não consigo. Porque se ela vai ficar aqui até consertar sua barraca, não importa quanto tempo isso leve, vou fazer que nossas interações sejam quase agradáveis.

— Então tá — finalmente consigo dizer.

Um sorrisinho surge no rosto de Maeve.

— Consigo fazer tudo em duas ou três semanas.

— Claro, claro. É só uma limpeza de fim de primavera para estar pronta para o inverno.

Maeve se levanta devagar do banco em que estava sentada e enxuga as mãos suadas nas pernas.

— Tem alguma torneira lá fora? — pergunta, olhando para mim. — Quero ver se o problema da água não é só com a pia lá de cima. Assim, posso saber o que fazer.

Pestanejo devagar, olhando para ela. Agora que Maeve disse isso, eu me sinto uma imbecil. Vou me sentir pior ainda se ela abrir aquela torneira e sair água fresca. Já sinto o calor subindo para meu rosto enquanto aponto para a porta.

— Sim, é ali fora — digo. — É uma dessas de mangueira, só não sei se funciona.

Maeve não responde. Passa direto por mim e se dirige à porta da frente. Eu não me mexo. Observo enquanto ela desaparece na esquina da livraria e não posso mais vê-la pelas janelas.

Eu me deleito com o silêncio deixado por sua ausência antes de finalmente decidir segui-la.

Contorno o balcão e saio pela porta da frente, que precisa de uma fechadura e dobradiças novas. Com certeza Maeve vai me dizer que sou uma idiota e que não estava girando a maçaneta no sentido certo. *A fechadura está perfeita, ela só não gosta de você.*

Dobro a esquina e sigo a trilha deixada na terra por suas botas.

Quando encontro Maeve, ela está olhando para aquela caixinha um pouco enferrujada que fica longe do edifício o suficiente para que uma bola de futebol tenha se enfiado no vão. Ela mexe a língua de um lado para o outro dentro da boca, perdida em pensamentos. Seus olhos estão semicerrados enquanto ela olha para aquele retângulo despretensioso, batendo o pé impacientemente como se estivesse esperando que a caixa fizesse alguma coisa.

— Que foi? — murmuro depois de me cansar de esperar.

Maeve morde o canto do lábio inferior.

— Você sabe o que é isso?

— Uma caixa.

A risada aguda e cortante de Maeve ecoa e ela sorri.

— Obrigada, Capitã Óbvio.

Minha vontade é dar um tapa nela. Quero lhe dizer que sou *perfeitamente capaz e que sobrevivi esse tempo todo sem ela.* Não preciso que ela me salve nem que me diga que não sei de nada. Porque eu sei muitas coisas, viu? Sei muitas coisas, e agora sei que Maeve é uma *babaca que se acha* e que mal posso esperar para que largue do meu pé.

— Tá. Então o que é, já que você é muito mais inteligente que eu? Porque parece uma caixa enferrujada. — Faço uma pausa, mordendo a parte interna de minha bochecha. — Parece uma caixa de metal normal que está aqui há décadas e logo, logo vai virar pó.

Maeve ergue as sobrancelhas antes de apontar para um pequeno adesivo no canto da caixa.

— O que diz aí?

— Não estou a fim de brincar de detetive agora — digo, mas olho mesmo assim.

As letras já quase sumiram, mas quando aperto bem os olhos, consigo ver o contorno nebuloso de um alerta de choque. A caixa misteriosa não deve ser tocada por crianças; pode administrar volts suficientes para derrubar a gente e mais um pouco. Olho para Maeve de novo, que espera ansiosamente.

— Tá, então é uma caixa elétrica. Legal. Se você não percebeu, a eletricidade acabou. Já faz tempo. Vou testar a mangueira, se você não se importa.

Mas parece que Maeve se importa, e ela levanta o braço, impedindo meu caminho até a torneira.

— Liz, não é uma caixa elétrica, seja lá o que seja isso. É um gerador!

Eu observo enquanto um sorriso irrompe em seu rosto. Um sorriso genuíno, sem despeito.

— Você está sentada em cima de um gerador há um ano e não percebeu!

Franzo a testa e olho para ela.

— Como eu ia saber que isso era um gerador?

— Não ia. É por isso que tem tanta sorte de eu estar aqui.

— Oh, o que eu faria sem você? — digo com sarcasmo.

Mas uma imagem me vem à cabeça. A imagem de uma lâmpada funcionando. Um tocador de CD com música saindo de seus alto-falantes. Nossa, talvez até um ar-condicionado! Uma foto minha e de Maeve na capa de um jornal, sorrindo porque trouxemos a eletricidade de volta a um mundo devastado. Estaríamos em livros didáticos por séculos, e haveria livros didáticos no futuro porque trouxemos a eletricidade de volta a um mundo devastado. E o salvamos. Claro, Maeve provavelmente espantaria todo mundo com sua atitude arrogante, então, no fim, provavelmente só eu receberia o crédito por tudo. Não acho ruim esse pensamento.

— Vamos lá. Vamos abrir esse negócio.

Olho para Maeve enquanto ela se ajoelha e inspeciona seu achado. Enquanto algo azedo floresce dentro de mim, percebo que não tem a mínima chance de eu deixar Maeve abrir essa coisa. O gerador é meu, caramba!

— Você não sabe o que está fazendo, não é?

Maeve imediatamente se vira para mim.

— Na verdade, eu sei o que estou fazendo. Já *você*, nem sabia que isto era um gerador.

— Tá, tem razão. Sou uma idiota. Mas sou a idiota que vai fazer essa coisa funcionar.

Maeve para, avaliando suas opções. Ou ela fica diante do gerador e enfrenta minha ira ou recua e eu não a mato no meio da noite. Por fim, ela dá uns passos para trás e se encosta no tronco da árvore morta. Finge não se importar, mas vejo seus olhos indo e voltando, inspecionando cada centímetro do gerador. Todas as engrenagens de seu cérebro estão girando ao mesmo tempo.

— É todo seu.

Chego mais perto da caixa de metal e, com meu dedo suado, limpo lentamente a ferrugem e a sujeira do exterior. Vejo uma rachadura na parte externa, e depois duas dobradiças. Devagar, descubro uma portinha com uma pequena janelinha de plástico, opaca demais para deixar ver alguma coisa. Sem hesitar, abro-a com força e uma nuvem de poeira irrompe no ar, provocando-me um acesso de tosse. Maeve não esconde sua risada e preciso me controlar ao máximo para não me virar e olhar feio para ela. Não que fosse adiantar muito, de qualquer maneira.

Dentro do invólucro de metal há um tanque de gás, desse tipo que há dentro das churrasqueiras chiques. Essas que costumavam aparecer em comerciais de Dia dos Pais, e esse tipo de coisa. Ao lado dele há um cilindro escuro, preso a um ventiladorzinho. Ambos deveriam estar girando, gerando energia cinética, mas não estão. Fico olhando, sem saber bem o que fazer; até que dou o braço a torcer e olho para Maeve.

— O que eu faço agora?

Ela sorri para mim, ainda encostada na árvore.

— Bem, essas coisas normalmente funcionam a gás, ou propano, neste caso, acho. Você pode começar vendo se sobrou alguma coisa no tanque.

— Como você sabe dessas coisas? Você não é uma menina da cidade? — pergunto.

O que a faz pensar que sabe muito mais do que eu?

— Como eu disse, meu pai era zelador e minha mãe praticamente vivia trancada no escritório. Ou eu morria de tédio ou o acompanhava enquanto ele trabalhava. Anos explorando o porão do meu edifício me fizeram aprender a lidar com esse tipo de coisa.

Ela sorri levemente enquanto joga o cabelo para o outro lado da cabeça, revelando a metade raspada.

— E você? Não deveria entender dessas coisas, sua interiorana?

Agora é minha vez de ser sarcástica.

— Um bairro residencial de Nova Jersey não é bem um lugar autossuficiente. Meus pais não conseguiam nem usar a TV direito. Eu tinha que ajudá-los a mudar as entradas praticamente todas as noites.

Maeve dá de ombros.

— Tá.

— Tá.

Eu me viro para o gerador de novo, procurando algum medidor no botijão de propano. Uma mangueira preta serpeia por dentro, conectando-se a um bico em cima do tanque. Preso a ele há um disquinho de metal com uma agulha vermelha quase invisível devido à grossa camada de poeira. Eu o limpo com a ponta do polegar. Está cheio. Então, por que não está funcionando?

— Deve estar quebrado — suspiro, colocando o cabelo atrás das orelhas e fazendo minha melhor imitação do sorriso horrível de Maeve quando me volto. — Você salvou minha vida. Muito obrigada por encontrar este pedaço inútil de metal.

— Valeu a pena tentar — murmura ela. — Mas a pessoa não teria mantido essa coisa aqui se estivesse quebrada, não é?

— Acho que você está esquecendo o desastre apocalíptico que aconteceu ano passado e destruiu praticamente tudo. — Levanto uma nuvem de poeira com meu pé. — E o que exatamente faremos com esse gerador se conseguirmos consertá-lo? O propano não vai durar muito tempo. Pretende desperdiçá-lo com meia dúzia de lâmpadas?

— Não, boba — responde ela.

Sinto meu estômago revirar; é uma sensação desconfortável que não me agrada. Passo a língua por minhas gengivas, impedindo-me de dizer algo de que possa me arrepender. Serão só alguns dias, não é? Só tenho que aguentar mais um pouco.

Sou transportada de volta ao ensino médio, a um jogo que eu costumava fazer comigo mesma depois de interações sociais horríveis, ou depois de uma piada minha da qual ninguém ria. Diante de uma humilhação avassaladora, eu repetia um mantra em minha cabeça: *Só mais dois anos e você nunca mais terá que ver essa gente.* Mais tarde, virou *"Seja amiga deles para não ficar sozinha no baile".* Mais tarde, virou *"Segure sua língua só mais um pouco para ter alguém com quem conversar na formatura".* Então, a formatura chegou e passou, a merda foi jogada no ventilador e nada teve importância no final. Nada. Eu continuava sozinha. Ainda estou sozinha.

Olho para Maeve na expectativa, esperando que ela me explique.

— Pense nas maravilhas que uma furadeira elétrica poderia fazer. Ou uma serra circular — explica ela.

— Eu não sei usar essas coisas.

Maeve sorri para mim de novo.

— Mas eu sei.

Que novidade. Maeve dá uma risadinha baixinha e rouca que começa pequena, mas logo se transforma em uma gargalhada.

— Qual é a graça? — pergunto, frustrada.

— Estou só imaginando você usando essas coisas — diz Maeve, revirando os olhos. — Não é muito sua vibe.

Minha vontade era pular no pescoço dela. De verdade, acho que vou pular no pescoço dessa menina. Bem, ela poderia fazer isso primeiro, mas estou começando a pensar que não estou nem aí. Meus dedos estão começando a coçar quando a vejo apontar para algo atrás de mim e ouço sua risada se intensificar.

Jogo as mãos para cima.

— Pelo amor de Deus, Maeve, que foi agora?

— Dê uma olhada no botão liga-desliga — diz ela, apontando para o fundo do gerador.

Tenho certeza de que ela queria acrescentar a palavra *idiota* no final da frase, mas não fez isso. Nem precisa; pode apenas fingir ser legal e prestativa.

E não é que ela está *mesmo* apontando para um botãozinho preto que eu, em minha infinita sabedoria, não vi. Vejo letras levemente arranhadas ao lado do botão, formando uma palavra que parece muito com *Desligar*. Não digo nada; estendo a mão e giro o botão em direção a um raio desenhado torcendo para que signifique *Ligar*.

Fico esperando o motor arrancar, essa coisa zumbir e ganhar vida. Fico esperando ver algum sinal de que essa coisa funciona, mas nada acontece. Sinto que Maeve está ficando inquieta atrás de mim. Aposto que mal consegue se conter para não gritar comigo e me dizer exatamente que foi que eu fiz de errado. Daí, ela vai me empurrar de lado e consertar alguma coisa e, mágica! Vai funcionar. Como acontece quando o computador dá pau e a gente não consegue arrumar, mas quando o técnico chega, resolve tudo em um instante.

Olho para o motor. Talvez tenha algo a ver com energia de ativação. Tenho uma vaga compreensão do que isso significa por causa das aulas de biologia do primeiro ano. Toda reação precisa de certa quantidade de energia de ativação para começar. A partir desse ponto, a reação começa e só uma enzima pode fornecer esse nível de energia necessária. Então, acho que eu posso ser a enzima. Bem, minha mão pode, e assim, fazer essa coisa quebrada funcionar. Odeio dizer isso, mas faz muito tempo que não estudo.

Não peço permissão para Maeve.

— Vou só dar uma ajudinha — murmuro.

Se ela não pode me ouvir, não pode dizer que estou fazendo algo errado.

Lentamente, estendo a mão até sentir o metal frio nas pontas dos dedos. Ouço Maeve dizer algo atrás de mim, mas não presto atenção. Sua voz é áspera, rouca, e tenho certeza de que se eu me voltasse, veria o mesmo sorriso desdenhoso em seu rosto.

Sinto o metal frio em minha pele e dou uma empurradinha. De repente, ouço um rugido e não sinto mais nada.

CAPÍTULO 10

Às vezes, me pergunto como seria se uma versão mais jovem de mim visse como sou hoje. Eu costumava imaginar isso de uma maneira mais reconfortante, tipo, *Posso não estar 100% feliz com minha vida agora, mas, aos nove anos, ficaria superorgulhosa.* Aposto que a menininha nem pensava que chegaria tão longe.

Mas se minha versão de nove anos pudesse ver o que está acontecendo neste exato momento, teria um derrame e morreria na hora. Entraria em combustão espontânea, como aquele homem na Irlanda em 2010; eu vi aquela foto estranha, intrigante, de um monte de cinzas e só dois pés sem queimar. É o que geralmente acontece na combustão humana espontânea, se bem que muitos médicos e cientistas discordam sobre se isso realmente existe. A pessoa deixa um pé ou um dedo intacto, como se dissesse, *eu estive aqui, quer você acredite ou não.*

Minha versão de nove anos sentiria um misto tão tóxico de confusão, dor, vergonha e medo que seu cérebro explodiria e pegaria fogo por pura sobrecarga sensorial.

Mas minha versão de dezessete anos não sente muita coisa. O tempo passa tão devagar que eu fisicamente não *consigo* sentir. Mal consigo ouvir por causa da cacofonia do sangue correndo em minhas veias. Vejo as unhas de Maeve cravadas em minha pele, deixando marcas como luas crescentes, brancas e pálidas, ao longo de meu braço. Vejo seu cabelo chicotear descontroladamente enquanto ela puxa e torce freneticamente, e tento entender por que estou parada aqui, e não apavorada como ela.

Mas não estou só parada. Minha mão está sendo puxada, milímetro por milímetro, cada vez mais perto do gerador, até que desaparece completamente lá dentro. O motor a devora viva, suas bordas se agarram à minha pele e puxam meu braço para dentro do pequeno vão entre o cilindro e a parte de cima do gerador. Em tempos normais, isso seria ruim, mas, e agora, sem médicos e hospitais? É muito pior. Não imaginei que poderia ser perigoso; não sei como essas máquinas funcionam, muito menos se gostam de comer mãos humanas.

Enquanto vejo minha mão ser comida viva por essa máquina que eu queria tanto consertar, penso que talvez mereça isso. Talvez o mundo finalmente tenha se cansado de minhas cagadas. Talvez eu tenha ficado tão boa em enterrar a dor que não me deixa dormir à noite que o universo quer se assegurar de que eu sinta dor constante, para sempre. Quem sou eu para negar ao mundo sua justiça?

Maeve passa seus braços em volta de meu ombro com tanta força que mal consigo respirar. Posso senti-la, mesmo sem conseguir sentir mais nada. Sinto o calor de sua pele e sinto sua respiração em minha nuca. Ela me solta quando finalmente me liberta da máquina, cambaleando para trás, e caímos juntas no chão. Ficamos assim, arfando e olhando para tudo, menos uma para a outra.

Em um instante, o tempo retorna à sua velocidade normal. E dói. Nesses segundos, sinto tudo. Cada nervo de meu braço direito está queimando. Ele lateja implacavelmente, e sinto cada batimento cardíaco, cada bombeamento de sangue em cada explosão surda que irrompe de meu braço.

Não quero olhar porque dói muito. Tento sufocar o grito que sai de minha boca, mas não consigo. É um som selvagem. A dor domina meu cérebro, sufocando qualquer pensamento, qualquer função racional. Se a dor é ruim assim, não consigo nem imaginar como deve estar minha mão. Não quero nem ver, então me viro para Maeve. Permito que ela me olhe; mas não consigo ver seus olhos, porque eles estão fixos em minha mão que lateja e sangra. Ela se recusa a se afastar, como se meu braço fosse cair se ousasse largá-lo.

Sinto gotas de algo quente e pegajoso pousando em meus pés, manchando minhas sandálias. Não consigo deixar de olhar, e observo a cascata vermelha que escorre por meu tornozelo e se derrete sobre minha pele.

Por fim, Maeve desvia os olhos de minha mão. Está assustada; muito assustada. Sua pele está sem cor. Ela morde o lábio inferior com tanta força que tenho medo de que *ela* comece a sangrar. Acho que já estou sangrando o suficiente por nós duas.

Tudo que consigo pensar em dizer é "Puta merda!", o que não é nada eloquente. Mas me recomponho.

— Sabia que eu nunca quebrei um osso? — consigo dizer com voz trêmula e fraca. — Nunca nem fui a um hospital.

Eu mal consigo falar. Mal consigo respirar.

— Você está delirando — diz Maeve, e segura meu ombro esquerdo.

Dói. Meu corpo inteiro está pegando fogo. Estou morrendo um milhão de vezes.

Mal consigo ouvir Maeve quando diz:

— Liz, preciso levar você para dentro para que possamos tentar dar um jeito nisso, tá?

Mal consigo pensar, muito menos forçar meus pés a se mexerem. Com Maeve me puxando gentilmente, consigo ir mancando para dentro, enquanto gotas de sangue caem em espiral de minha mão, sujando o chão. Enquanto Maeve me arrasta para a loja, fica falando. Sua voz suave é um zumbido em meu ouvido.

— Você se machucou bastante, hein? — murmura. — Que ideia genial colocar a mão dentro de uma máquina. Essa é sempre uma receita para o sucesso. *Ai, não! A luz acabou! Vou enfiar a mão dentro da caixa de fusíveis!*

Mordo a língua em vez de lhe dizer que nem pensei que estava fazendo algo perigoso. Provavelmente ela faria algum comentário espirituoso sobre minha flagrante falta de experiência.

Mas há uma pontinha de preocupação em sua voz. Isso me pega tão desprevenida que a única coisa que consigo dizer é:

— Estou pingando no chão. Vai sujar tudo.

— Sabe, Liz, há coisas mais importantes que o chão. Há coisas mais importantes que geradores, vidraças quebradas e dobradiças enferrujadas. Tipo... sei lá... tipo não morrer?

Não é uma pergunta; é uma declaração. Ela prossegue:

— Ouvi falar de um lugar no sul, na Carolina do Norte, onde o governo...

— Sobrou alguma coisa do governo? — interrompo com dificuldade, pois as palavras ficam presas entre meus dentes cerrados.

— Dizem que é melhor lá. Comida e abrigo, nível militar, essas coisas. Segurança de verdade.

Ela me faz sentar no banco que fica atrás do balcão. O assento de metal queima a parte de trás de minhas coxas. Eu olho para ela, tonta de dor. Ela não entende que as duas coisas não são mutuamente excludentes. Geradores e não morrer; vidros e sobrevivência. Elas andam juntas. Ela não entende que segurança não é simplesmente governo, comida e abrigo. É muito mais que isso.

— Não sei se... *existe*... algum lugar seguro — digo com dificuldade. — Esta é a... — Sufoco outro grito de dor. — É a... melhor chance que... eu tenho. Este... lar.

Ou Maeve não me ouviu ou está fazendo questão de ignorar minhas palavras.

— Você tem algum kit de primeiros socorros?

Ela muda de assunto sem muito tato, mas funciona.

Confirmo. De repente, sinto uma dor de cabeça latejante.

— Deve estar... ali. — Aponto com a mão boa. — Ali dentro...

Minha voz some, mas Maeve parece entender.

Quando ela se volta, aproveito a oportunidade para finalmente olhar meu braço e avaliar o estrago que o gerador causou. Quando olho, sinto meu estômago embrulhar.

Vejo um corte longo e irregular em meu antebraço, ainda sangrando. Há linhas de graxa espalhadas por minha pele, misturadas ao vermelho profundo. O estado de minha mão é pior; os nós dos dedos estão ralados até deixar ver os ossos. Os dedos pendem frouxos, e por mais que eu tente, não consigo mexê-los. Não consigo fazer minha mão se mexer.

Sinto algo molhado brotar em meus olhos; meu mundo inteiro vira de cabeça para baixo.

Maeve volta com um rolo de ataduras e uns panos rasgados, segurando tudo com tanta força que suas veias saltam ao redor dos nós de seus dedos. Ela me fita com um olhar de concentração.

— Levante o braço.

Levanto-o, e ele balança. Maeve pousa os dedos cuidadosamente sob meu antebraço para levantá-lo ligeiramente e olhar os cortes.

— Está muito ruim? — pergunto, embora já saiba a resposta.

Mas quero ouvi-la mentir para mim. Quero acreditar nela.

Maeve sacode a cabeça.

— Está sangrando muito, mas vou tentar enfaixar e aplicar pressão. Vou lavar primeiro, mas espero que não precise de pontos, porque não temos equipamento para isso.

— Pontos? — consigo dizer.

Quebro a cabeça para ver se conheço algum médico ainda vivo. Algum médico já veio à livraria? Por favor, meu Deus, diga que sim.

— Acho que dá para cauterizar, se ficar muito ruim. Temos que evitar que infeccione, porque seu pequeno kit de primeiros socorros não tem antibióticos. E por que há tanto creme de mãos nele?

Ela não está mais falando comigo; está falando para se alienar do presente. Eu a entendo.

Maeve coloca um velho pano de prato decorativo em meu braço. Tem uma frase estampada que diz *Eu apoio minha livraria local!* Ainda tem etiqueta: US$ 15,99.

— Faça pressão no corte. Preciso arranjar água para limpar esse negócio.

Ela nem me dá chance de responder antes de sair pela porta dos fundos. Está na metade da escada quando a ouço gritar:

— Não morra até eu voltar.

Não digo nada; de repente, minha boca está seca demais para falar. Só pressiono o maldito pano de prato o mais firmemente possível em meu braço, apesar de doer demais. Observo o tecido lentamente absorver o sangue, obscurecendo as letras uma a uma.

EU APOIO MINHA LIVRARIA LOCAL!
EU AP MINHA LIV RIA OCA !
M H LI
H

Maeve volta para dentro com um cantil de metal. As letras do pano já sumiram, marrom sobre marrom.

Faço um gesto indicando o pano encharcado de sangue.

— Preciso de outro pano.

— Dê-me o pano, vou lavar o corte e fazer um curativo. Na mão também.

Dou um sorriso débil; ela se ajoelha e despeja cuidadosamente a pouca água que lhe resta sobre minha pele. E queima. Queima tanto que a sensação inunda meu cérebro. Minha visão fica turva e começo a ver umas manchinhas por todo lado.

— Onde arranjou essa água? — consigo perguntar.

— De meu estoque pessoal. É a última.

Mordo a língua até ter certeza absoluta de que vou machucá-la. Mordo com tanta força que sinto o sangue subindo para minha cabeça; minha visão passa de clara a vermelha e a preta.

CAPÍTULO 11

Quando abro os olhos, Maeve está sentada no balcão balançando as pernas. Tudo dói ainda; a dor perfura a parte de trás de meu cérebro, rasteja por trás de minhas têmporas, irradia das pontas dos dedos até meu sistema nervoso. Estou pegando fogo.

— Bem-vinda de volta à terra dos vivos — murmura ela, colocando uma mecha de cabelo atrás da orelha.

Seu comentário me parece estranho, porque eu não sabia que havia outra opção. Por isso pergunto:

— Eu vou morrer?

Olho para o rasgo aberto em meu braço, correndo como uma fita por minha pele e subindo por minha mão, como a fenda no meio de um geodo. As bordas da ferida também são irregulares como as da pedra; pedaços de carne rasgada ao redor do centro vermelho congelado. Nas partes mais profundas, há uns pedaços cor-de-rosa claro, vislumbres de músculo e ossos. Olho para minha mão sem pele e admiro os tendões que se estendem de meus dedos até meu pulso. É como se eu fosse uma marionete. Neste momento, a morte parece uma questão pertinente.

Maeve fica parada, seu peito congela no meio da respiração. Eu esperava que ela risse; esperava que ela dissesse *claro que não* e me chamasse de idiota. Mas ela não ri. Maeve sacode a cabeça.

— Eu não sei, Liz. Como posso saber? Eu não sei.

Ela fala depressa, as sílabas vão colidindo conforme saem de sua boca.

Por fim, ela me olha nos olhos, mas seu olhar não é sincero. Não parece acreditar no que está dizendo.

— Você parece saber desse tipo de coisa — digo. — Estava falando de pontos, cauterização, essas coisas. E parecia saber do que estava falando.

Pelo visto, você sabe de tudo. Por que não saberia disso? Queria que minhas palavras saíssem mais organizadas, mas meu cérebro está chacoalhando dentro de meu crânio. É como se eu estivesse desmoronando, espalhando pedacinhos pelo chão.

— Meus pais não eram cirurgiões — murmura Maeve. — Minha mãe era advogada no ramo do entretenimento e se preocupava demais com o trabalho para ter tempo para qualquer outra coisa. Quanto ao meu conhecimento médico... vem tudo de séries médicas e adolescentes.

— *The 100*? — pergunto, e um sorrisinho surge em meu rosto. Um sorriso verdadeiro.

Maeve sorri também.

— Meu Deus, essa série foi praticamente minha vida inteira no segundo ano do ensino médio.

Não consigo deixar de rir; até esqueço a dor.

— Não sei de tudo, Liz — murmura ela, olhando para algo que não existe. — Algumas coisas eu sei, mas outras, a maioria, só finjo. Acabo descobrindo conforme preciso.

Maeve olha para meu braço, inspecionando-o.

— Consegue mexer os dedos?

Eu sei que não consigo, por isso mudo de assunto.

— Isso é algo que você sabe ou que está fingindo saber?

— Liz, mexa os dedos, ande.

— Não consigo.

As palavras pesam no ar entre nós.

— Isso não é bom.

A voz dela me atravessa, rasga meus pulmões e o espaço vazio dentro de meu peito. Odeio ver a expressão de Maeve, seus olhos tão vazios.

— Tá, o que isso significa?

— Parabéns, Elizabeth Swann, você finalmente pode riscar quebrar um osso de sua lista de desejos. Isso e muito mais.

Faço uma careta, tentando distorcer a expressão em algo que simule um sorriso.

— Eu sempre supero as expectativas.

Maeve pega uma régua velha e começa a entrelaçá-la nas ataduras.

— O que está fazendo? — pergunto.

— Uma tala — murmura ela. — Aprendi na aula de saúde no ensino fundamental.

— Tá bem.

Não sei o que mais posso dizer. Nem sei se ela está me ouvindo enquanto trabalha olhando para tudo, mas não vendo absolutamente nada.

Maeve para e me olha bem nos olhos.

— Sobrevivemos a tanta coisa, Liz, não é um gerador que vai derrubar você. Não se depender de mim.

• • •

À noite, Maeve me deixou sentar na poltrona. Decidiu cauterizar — uma palavra chique e inventada para derreter minha pele com uma faca artesanal incandescente — tudo antes do jantar. Depois, fez uma sopa para mim para que eu a perdoasse pela dor que me infligiu. Ainda sinto o gosto de sangue na boca. Ainda sinto o cheiro de carne queimada, escondido em meu nariz. Parecia que meu braço inteiro ia cair. Depois, quando a adrenalina passou e a dor prevaleceu, não pude deixar de desejar que houvesse caído.

— Está boa a sopa? — pergunta Maeve, olhando para mim, sentada no chão.

Suas feições estão iluminadas pelo luar que entra pela janela. Pela primeira vez, ela parece estar em paz. Nunca pensei que ela poderia ficar assim tão plácida, tão serena.

Eu me esforço para usar a colher com a mão esquerda, levando-a à boca sem muito jeito.

— Não é uma boa hora para eu dizer que sou destra, não é? — digo, tentando levantar o braço da tipoia para enfatizar minhas palavras, mas dói muito, então desisto.

— Está tentando me dizer que precisa de ajuda para tomar a sopa?

Faço uma careta, tentando tirar essa imagem de minha cabeça.

— De jeito nenhum. Prefiro morrer de fome.

Se Maeve se chateia, não demonstra. Ela sacode a cabeça e olha de novo para sua tigela.

Quando limpo a garganta, ela olha de volta para mim, com as sobrancelhas erguidas, como se achasse que mudei de ideia a respeito da sopa. Mas não, de jeito nenhum.

— Obrigada — sussurro, mordendo o lábio. — Acho que eu teria sangrado até a morte sem você. Ou teria sido puxada para dentro do gerador e cortada em pedacinhos retangulares minúsculos.

— Não foi nada — diz Maeve, corando.

— Não, estou falando sério — digo com voz firme, inabalável. — Obrigada, Maeve.

Maeve toma outra colherada de sopa e diz:

— Amanhã podemos ver qual é o problema com a água. Esta sopa deve ter líquido suficiente para sobrevivermos até lá. Mas nada de mexer com geradores.

— Tá bem.

Algo estranho floresce profundamente dentro de mim.

Maeve sorri.

CAPÍTULO 12

21 DE MARÇO: ANTES DA PRIMEIRA TEMPESTADE

Recebi respostas negativas de três faculdades. Talvez seja minha culpa. Vai ver deveria ter enviado só uma candidatura antecipada e cruzado os dedos para ser aceita. Mas eu sabia que se não conseguisse recusar a única opção, passaria o resto da vida me perguntando como teria sido se houvesse escolhido outra.

Mas qualquer sentimento relativo a fazer a faculdade errada não pode ser pior do que o que sinto agora, pois estou prestes a ver o status de minha última candidatura.

Quando meus pais se candidataram às faculdades, as cartas de aceitação eram recebidas pelo correio. Os envelopes grossos significavam boas notícias, e os finos más notícias. Dava para segurar o envelope contra a luz e tentar decifrar a carta escondida dentro.

Infelizmente, não posso segurar meu computador contra a luz. Tenho que clicar em um botão vermelho berrante no portal de admissões que diz VEJA A ATUALIZAÇÃO DE SUA CANDIDATURA. A vida toda ouvi que eu não deveria apertar botões vermelhos gigantes, mas agora, tenho que apertar.

Meus pais não estão aqui comigo, nem Thea. Estão lá embaixo, na sala de estar. Papai queria estar comigo, espiando atrás de mim como aqueles pais nos vídeos cafonas do YouTube, nos quais todos choram e comemoram e ficam felizes pelos filhos. Não consigo deixar de me perguntar como são os vídeos não postados porque a pessoa não entrou.

Meu mouse hesita sobre o botão, como se, ao esperar, eu pudesse alterar meu destino; mas sei que não posso. E não é como se essa fosse minha primeira escolha; bem, talvez neste momento seja. Seria legal ser aceita por alguém. Enfim, a decisão já foi feita desde seis da tarde, horário padrão do leste. São seis e quinze. Clico no botão.

Minha amiga me disse, uma vez, que chove confete quando a gente entra em uma faculdade, e eu ri e a chamei de mentirosa. Mas não é mentira. Sei disso agora, enquanto vejo confetes azuis e brancos descendo pela tela de meu computador. Eles vão caindo e desaparecem; eu recarrego a página. Os confetes caem de novo.

Não preciso ler a carta para saber o que diz. Seria sádico se a pessoa ganhasse confetes por uma rejeição. Talvez eu nem quisesse entrar nesse tipo de faculdade.

Depois de alguns minutos, os confetes se acomodam de novo e não sinto mais nada. Achava que seria um pouco melhor que isso. Que talvez meu coração fosse até a lua e voltasse. Que talvez eu começasse a chorar, pular e gritar como as pessoas no YouTube. Que talvez me sentisse um pouco mais inteira que antes. Mas me sinto vazia. Vazia e apática. Não é a primeira vez que o YouTube mente para mim.

Mas ponho um sorriso no rosto e abro a porta de meu quarto. Estou pronta para fingir e gritar "Eu entrei!", e erguer os punhos como se eu fosse uma personagem de High School Musical. Mas não há ninguém aqui. Imaginei que meus pais estariam me esperando do lado de fora do quarto para saber das novidades, mas estou sozinha. Não há ninguém no corredor nem ao pé da escada.

Desço e passo pela sala de estar vazia, exceto por duas taças de coquetel pela metade na mesa de centro. Só quando começo a ir em direção à cozinha é que ouço as vozes.

Eles estão no alpendre, a mais de um metro de distância um do outro, como se cada um tivesse uma doença contagiosa. Vejo os rostos vermelhos; o de mamãe é um tom mais escuro que o de papai. Ouço suas vozes levemente abafadas pelo vidro das janelas.

— Não deveríamos estar falando sobre isso agora — grita mamãe.

— E quando deveríamos falar sobre isso, Ivy? Quer esperar até se sentir mais confortável com a ideia?

Vou até a geladeira, arrastando minhas meias felpudas pelo piso de madeira.

— Não estou dizendo isso. Estamos seguros aqui. Sempre foi seguro aqui! Pelo amor de Deus, estamos em um bairro residencial!

— Você realmente acha que algum lugar será seguro? — pergunta papai.

Abro a porta da geladeira e pego uma Coca-Cola na prateleira de cima. A lata está suada e escorregadia. Coloco-a no balcão da cozinha.

— Você está começando a parecer aqueles malucos da TV, David. Será que não percebe? Está sendo tão irracional quanto eles!

— Talvez eles estejam certos. — Meu pai faz uma pausa. — Seja sensata. Minha irmã tem uma casa no Alasca, tem espaço para nós. As coisas são mais estáveis lá; é mais frio, mais seguro.

— Não vou levar minha família para o *Alasca*! Não sou nenhuma maluca pregadora do juízo final.

— Tem menos gente lá em cima. Podemos viver da terra, ser autossuficientes.

— Não acredito que está dizendo isso! — diz mamãe com sarcasmo, e seu cabelo louro balança descontroladamente. — Sabe o que está parecendo? Você não sabe viver da terra, David. Você não consegue nem esquentar uma lasanha congelada no micro-ondas sem queimar.

— Você viu o que aconteceu no Texas com aquele furacão. Foi um massacre. As pessoas começaram a se matar por comida, água, gasolina. Centenas de mortos. Não quero isso para minha família.

A Coca-Cola não tem o efeito que eu esperava sobre a sensação de vazio dentro de mim, então, pego meu celular. Abro as mensagens de texto e procuro a conversa certa.

— Eles têm armas no Texas. As pessoas não têm armas em Nova Jersey, não é assim aqui.

— As pessoas fazem coisas perigosas para sobreviver. Se alguém estivesse ameaçando minha família, eu não pensaria duas vezes. — Papai morde o lábio. — Talvez devêssemos ter uma arma. Para nos proteger, manter as meninas seguras.

— Nós *estamos* seguros. Temos um abrigo contra tempestades. Deixei você comprar essas coisas ridículas que custaram metade das nossas economias.

Vejo as informações de contato de Eva aparecerem na tela e clico nelas.

— Se tivermos que ficar trancados lá, prefiro que tenhamos oxigênio.

A voz de mamãe fica tensa de repente.

— É isso que eu quero dizer, David. Essa é a diferença. Eu preferiria que nunca tivéssemos que ir lá para baixo.

— É por isso que precisamos ir para o Alasca! Este lugar é uma bomba-relógio. Basta uma faísca e tudo vai pelos ares.

Digito uma mensagem para Eva; meus dedos tremem, mas não sei por quê. *Entrei*! Acrescento um emoji de confetes para enfatizar. No trabalho, ela me disse que tinha que ser a primeira pessoa a saber, depois de meus pais, claro. Mas, como eles estão ocupados, ela pode ser a primeira.

Três pontinhos aparecem na tela e depois uma mensagem.

MEU DEUS, PARABÉNS!!!! Sabia que você ia conseguir <3

— Não quero mais falar nisso — diz mamãe. — Vou dar uma volta. Podemos pedir comida esta noite.

— Tá.

Quando mamãe bate a porta dos fundos e passa por mim, não diz uma palavra. Nem me pergunta nada.

CAPÍTULO 13

É noite; penso em Maeve, em uma tentativa de amenizar a dor penetrante que irradia por meu braço. Penso em seu carrinho e sua faca e em Nova York. Penso que, apesar de ela ter invadido minha casa, me sinto um pouco mais segura tendo-a aqui.

Estou sentada na beira do colchão; o brilho da lua lança uma luz branca e pálida sobre tudo ao meu redor. Chutei todos os cobertores para longe na tentativa de conseguir dormir um pouco, e estão embolados no canto. A esta altura, já desisti de tentar dormir. Não vou conseguir. Não com este calor, não com esta agonia, não com a quantidade de coisas que inundam minha cabeça.

Olho para Maeve, que está dormindo no chão a poucos metros de distância. Fico pensando em quem ela era antes da Tempestade. De onde veio? Quando chegou à livraria, disse que não tinha mais aonde ir. Era como se estivesse fugindo de alguma coisa, escondendo algo, mas não sei bem o quê.

Enquanto penso, olho pela janela, para o céu noturno. Um milhão de estrelas piscam no escuro. Uma vez, ouvi dizer que elas só cintilam na Terra. Tipo, se a gente estivesse no espaço, para cima, para longe e fora da atmosfera, as estrelas simplesmente estariam lá. Pontos de luz imóveis que não piscam nem cintilam. Elas fazem isso só para nós, como se não fôssemos capazes de lidar com toda a magnitude delas se não piscassem.

Sempre quis ir para o espaço, viver em uma cidade flutuante, fazer algo legal da vida, algo que valesse a pena. Não dá para carregar nenhum peso morto no espaço. Eu costumava dizer isso a meus amigos.

Eu dizia, *Sem querer ofender, mas se me oferecessem um lugar na primeira comunidade espacial civil, eu aceitaria e deixaria todos vocês para trás.* Acho que romantizava a ideia de um recomeço. Acho que romantizava a ideia de ficar sozinha.

— Pare!

Sou arrancada de meus pensamentos por um grito. É Maeve, lá no canto dela, debatendo-se sob as cobertas. Ela se contorce de um lado para o outro.

— Por favor, não faça isso!

Sua voz está ofegante, tensa. Vejo um universo inteiro passar por seu rosto enquanto ela convulsiona dormindo, presa em um pesadelo, desesperada para escapar.

— Não é culpa minha! Por favor!

Ela está choramingando, aterrorizada. Deve estar sonhando com algo terrível.

Enquanto a observo, não sei o que fazer. A Maeve que conheço — ou pelo menos acho que conheço — é durona, tem um exterior de ferro. Isso que ela está sentindo parece ser medo. Dor. É algo violento, uma tortura. Não sei se ela quer que eu a veja assim; mas se eu a acordar, tenho que dizer por quê. E quem sabe como ela vai reagir? Será que vai fingir? Atacar? Ir embora? Penso na faca sobre o balcão da cozinha e lembro que não sei do que Maeve é capaz.

Por sorte, não preciso tomar uma decisão. Maeve acorda de repente, com os olhos arregalados, olhando bem para mim. Está encharcada de suor. Assim que percebe o que está fazendo, tenta disfarçar. Simula um bocejo, esfrega os olhos gentilmente. Quando vai rolar e virar para a parede, pouso a mão em seu ombro.

— Você está bem? — a pergunta escapa de minha boca antes que eu possa impedir.

— Hmm?

Maeve ergue as sobrancelhas como se não tivesse a menor ideia do que eu estou falando. Ela é uma péssima atriz.

Talvez eu não devesse ter dito nada.

— Deixe pra lá.

Um segundo de silêncio se passa antes que Maeve saia de baixo do cobertor e se sente encostada na parede, abraçando os joelhos.

— Estou bem.

Nós duas sabemos que isso não é verdade, e mesmo que eu não soubesse, perceberia, porque ela se recusa a olhar para mim.

— Tem certeza?

Agora é a vez de Maeve rir; ela joga a cabeça para trás, olhando para o teto de lona improvisado.

— Não é nada demais. Tipo, do jeito que as coisas estão, todas as merdas que passamos não têm importância no final das contas.

— O que quer dizer?

— Olhe ao redor. Tudo é uma merda e sempre será. O que nós fazemos é insignificante, se pensarmos bem. Temos que fazer o que for possível para sobreviver; o resto, estará perdido com o tempo.

Não consigo deixar de pensar nas estrelas. Como parecem pequenas, como são grandes na verdade...

— Não sei. Tipo, e o espaço? As estrelas e essas coisas.

Maeve ergue a sobrancelha, como se dissesse *Você não tem a mínima ideia do que está falando.* Eu limpo a garganta e tento ignorá-la.

— Elas parecem tão pequenas, mas poderíamos colocar mundos inteiros dentro delas. Olhar para as estrelas nos faz sentir insignificantes, mas não somos. Mesmo parecendo tão minúsculos.

Maeve dá uma risadinha curta e aguda.

— Não faço ideia do que você está dizendo.

— Pensando *nas coisas como um todo,* claro, o agora não parece importar tanto. Mas isso não significa que não o sentimos. Não significa que não dói. Não significa que não é uma merda.

— Como as estrelas — diz Maeve, incrédula.

— A metáfora ficou melhor em minha cabeça. — Fico em silêncio um instante, até que uma pergunta ridícula sai de minha boca. — Você já quis ir para o espaço?

Maeve ri, mas logo percebe que estou falando sério.

— O quê? Não. Por quê?

— Sei lá. Pela paz, o desconhecido.

— Acho que já tive paz e desconhecido suficiente para uma vida inteira — retruca Maeve. — Talvez até para duas.

— Tá, e umas férias espaciais? — pergunto, dando um leve sorriso.

— Férias espaciais? E por dez mil dólares correr o risco de ser queimada pela atmosfera? Não, obrigada.

— Tá, e se um bilionário excêntrico pagasse para você?

— Os bilionários que se explodam — diz Maeve, estalando a língua. — Onde estão agora para nos tirar desta confusão?

Dá para ver que ela está morrendo de sono, mas acho que eu também estou.

— Já sei! Neil DeGrasse Tyson, o cara do espaço!

Ela se anima, e tenho que admitir que adorei encontrar alguém para conversar.

— E se ele convidasse você para umas férias espaciais com todas as despesas pagas? Como em *Cosmos,* mas com esteroides!

— Tá bom, você venceu! — murmura Maeve, levantando as mãos em derrota. — Vou tirar umas férias espaciais!

Alguns segundos se passam enquanto eu absorvo minha vitória. Decido continuar, forçando minha sorte para adiar o momento de dormir e os pesadelos que aguardam Maeve quando ela adormecer.

— Se pudesse levar três celebridades, quem você levaria?

Ela geme e revira os olhos.

— Isso não, Liz. É tarde demais para essas brincadeiras de quebrar o gelo.

— É isso ou voltar a dormir.

O sorriso desaparece do rosto de Maeve e ela fica olhando para baixo. Fico encarando minha calça de pijama do Snoopy.

— Eu não deveria ter partido sozinha. Não deveria ter saído de casa depois da Tempestade, sem mais ninguém que eu conhecesse; que me conhecesse — diz Maeve. — Achei que seria mais fácil começar do zero, sabe? Explorar e ver o que mais tinha lá fora.

— Eu entendo.

É mentira. Uma mentira piedosa, mas uma mentira. Para mim, a dor do recomeço foi inimaginável. Foi como ter todo meu sistema de apoio arrancado de mim. Perder as pessoas que a gente ama é difícil demais, mas deixar tudo para trás... eu não estou disposta a tentar; a livraria é tudo que me resta.

Com Eva foi diferente. Eva acolheu o desconhecido e o recomeço, e por isso foi embora. Ela não suportava a sensação de memórias truncadas que a cercavam havia tanto tempo. Não aguentava a imagem dos fantasmas que nunca iam embora. Fantasmas que ficaram nas ruas, nos prédios, e os cheiros que chegavam com cada estação. Tudo que ela desejava era algo completamente novo.

E eu não podia oferecer essa novidade. Eu era velha; tinha lembranças. Tenho lembranças. Lembranças das quais não posso abrir mão. Para ela, eram lembranças de tempos melhores e oportunidades que não tinha mais. Eu não podia substituir o lar que Eva havia perdido, apesar de ela ter se tornado um lar para mim. Sentimentos não são recíprocos assim.

Maeve parece tomar minha mentira como verdade e assente.

— Mas não foi mais fácil, sabe?

— Acho que as coisas não *podem* mais ser mais fáceis. Não sei nem se ainda usam essa palavra.

Gostaria de poder registrar a história de Maeve antes que ela vá embora.

— Queria estar com meu caderno.

No começo, nem percebo que disse isso em voz alta.

— O quê?

— Está lá embaixo — explico, olhando para Maeve que, para minha surpresa, parece interessada. — Uns meses depois da Tempestade, comecei a anotar as histórias das pessoas, como chegaram até aqui, sabe?

Ela assente devagar, sem afastar os olhos de mim.

— Começou meio que por vaidade, acho — prossigo. — Eu não queria ser esquecida. Ninguém que passou por aqui queria que sua vida houvesse sido em vão. Mas não precisa contar sua história, se não estiver pronta. Pode esperar até ter uma versão que queira que seja lembrada.

— Vá buscá-lo.

— Sério?

Maeve hesita por um momento, mas confirma.

— Sim, sério.

• • •

Volto em segundos praticamente; meu peito ainda está arfando de descer e subir os degraus bambos e tento ignorar os choques de dor que sacodem meu braço. A capa de couro de meu caderno gruda na palma de minha mão suada enquanto o seguro à minha frente.

— Ainda estou escrevendo, na verdade. Não cheguei nem à metade — explico enquanto Maeve se estica e folheia as páginas, tomando cuidado para não rasgar o papel fino. — Mas é um projeto legar de ter, para me manter ocupada nos dias mais parados.

Maeve não diz nada enquanto se aproxima para ler o que está escrito na página à sua frente com minha letra que parece um garrancho.

Caroline Ransom

34 anos

Westcliffe, Colorado

Estava trabalhando quando aconteceu. Em Yellowstone, na verdade. Durante alguns dias, fiquei sem saber quanto havia se disseminado, porque estava acampando. Não havia sinal de celular.

As pessoas sempre começam de pontos diferentes da vida. Umas desde o começo, outras na formatura do ensino médio. Outras com o casamento. Mas, na maioria das vezes, os relatos começam no dia que tudo acabou. Só um final pode abrir caminho para um recomeço.

Quando a Tempestade chegou, eu estava acampando, pedalando uma mountain bike todos os dias e tirando fotos da vida selvagem. Minha barraca não durou muito na chuva ácida, então fui para uma caverna; fiquei noites e noites fazendo o que podia para sobreviver, fazendo tudo que podia para evitar a água e a sensação de queimação que ela deixava. Cacei, colhi... até esculpi umas armas para mim.

— Durona — murmura Maeve, procurando outro relato.

— O quê? Mais interessante que uma livraria velha e empoeirada?

— Acho difícil. — Maeve olha para mim e seus olhos encontram os meus. — É que... imagine só ter a chance de viver de verdade antes de tudo virar uma merda. Imagine fazer algo importante.

Eu rio; é um som que sai raspando de minha garganta, meio chocante na quietude da noite.

— E o ensino médio não era incrivelmente importante?

— Ah, claro. Minhas notas que mal davam para passar de ano estavam fazendo muito pelo mundo — responde ela, mas logo se cala, concentrando-se na nova página aberta e balançando a cabeça de leve para a frente e para trás enquanto lê.

Evelyn Sargent
20 anos
Cornwall, Connecticut

Eu me casei dois dias depois de meu aniversário de dezoito anos, minha mãe não deve ter gostado muito, mas ela ficou de boca fechada. Ele era aprendiz de tatuador e eu estudava em uma faculdade na cidade. Eu era feliz, porque todos os dias voltava para meu apartamento, e não para um dormitório, e Mason estava cozinhando alguma coisa, e tudo cheirava maravilhosamente bem. Eu tinha meus pratos favoritos, claro...

Demora muito até Maeve tirar os olhos do relato, como se o estivesse saboreando. Eu entendo por quê. Nós nunca chegamos tão longe; nunca chegamos ao "normal" que nos foi prometido.

Ela se afasta do diário, vai voltando devagar para a cama; eu fecho o caderno e o puxo para mais perto de mim.

— É só um projeto — murmuro —, nada importante. Não é nada de abalar a Terra.

— É importante, Liz — sussurra Maeve, tão baixinho que quase não consigo ouvir. — Se você acha que é importante, é importante. É importante para as pessoas que te contaram suas histórias até agora, e é importante para todas aquelas que as vão ler no futuro.

Eu rio do que ela diz e do dramatismo de tudo. Não consigo evitar, mas Maeve não terminou:

— Acho que ainda não consigo te contar minha história — diz, buscando aprovação dentro de meus olhos. — Acho que minha história ainda não acabou, pelo menos não como eu queria que acabasse. Se este é o fim da minha história, então é uma história ruim.

— Por quê?

— Sei lá — responde Maeve, gesticulando vagamente. — É que... não sei se estou pronta. Contar torna tudo real, entende?

— Bem, se isso a faz se sentir melhor, eu também não escrevi minha história ainda — confesso. — É meio hipócrita, sabe? Ter tantas, mas não ter a minha. Mas eu gostaria de saber a sua, quando você estiver disposta a contar — acrescento depois de um tempo.

— E se eu lhe contar o começo. Só uma amostra?

— Tá bem.

— Então tá. — Maeve sorri para mim e seus dentes ainda brilham no escuro. — Por onde eu começo?

— Por onde quiser.

Aprendi a não estabelecer nenhum tipo de estrutura para essas coisas. É melhor esperar. É melhor deixar que elas mesmas se definam. As histórias são mais honestas assim, cruas.

— Sou da cidade.

Ela já disse isso, mas vou deixá-la dizer de novo, se isso a fizer me dizer algo verdadeiro.

— Nova York?

Aprendi a fazer essa pergunta sempre que alguém chama um lugar de *cidade*. Para mim, significa Nova York. Para outros, Chicago, Miami ou Atlanta. Perguntar no começo evita muita confusão no futuro.

— Fui criada lá. Morávamos em um apartamento em Greenwich Village, na West Ninth, no térreo, e tínhamos um vestíbulo que minha mãe decidiu pintar de verde-hortelã um dia, só por diversão. Mas depois, todos nós odiamos, então acabou ficando rosa-choque. Nada na nossa casa tinha uma cor normal, tipo cinza ou algo assim. Minha mãe dizia que era muito sem graça. Para ela, o pior insulto que se podia fazer era dizer que alguma coisa não era interessante. Era, tipo, uma infração penal.

Ela se cala por um instante, com um olhar distante nos olhos. A mãe dela parece muito diferente da minha. Mais espontânea e cheia de vida. Mas não digo nada; estou tentando guardar a história na memória para escrevê-la quando puder. Fico só esperando que continue quando estiver pronta.

— Uma vez, no ensino fundamental, era dia de ir com um suéter feio para celebrar o espírito escolar. Avisei minha mãe e ela jurou que daria um jeito, como sempre fazia. Todas as fantasias de Halloween, para todas as festas de aniversário, meus pais sempre faziam tudo; os dois. Então, quando o suéter chegou, minha mãe o levou ao meu quarto, me mostrou, e senti meu estômago embrulhar. Porque aquela história de suéter feio não era para ser feio mesmo; era para ser feio de um jeito fofo. Tipo, feito por sua avó com amor. Mas aquele era feio, tinha brilho e uns enfeites e uma meia-calça colada na frente. E acendiam umas luzinhas e tocavam umas músicas quando a gente apertava um botão. Minha mãe adorou; meu pai também. Eu sorri e agradeci à minha mãe, mas quando cheguei à escola, fiquei com vergonha de tirar o casaco. Fiquei andando por lá com uma jaqueta de inverno fechada até o pescoço o dia todo. Aquilo foi demais para mim. Acho que eu simplesmente não era como eles nesse aspecto, espalhafatosos com orgulho, sei lá. Mas conforme fui ficando mais velha, tentei aprender a ser um pouco mais ousada. E claro, quando o inferno começou, não pude ficar lá.

Maeve morde o lábio. Será que ela acha que foi bem-sucedida ou chora o luto pela pessoa que poderia ter sido se houvesse tido um pouco mais de tempo?

— Ah, é?

— Sim — diz Maeve. — Gente demais por todo lado, cada uma com uma ideia sobre o que fazer. Todos tinham seus próprios sentimentos para processar, e a maioria deles não queria fazer isso sozinha. Eu precisava de paz, tinha que me afastar deles. Era sufocante.

Ela faz uma pausa, dá um sorrisinho distante.

— Eu estaria melhor sozinha que com todos eles. O peso de tudo, os problemas, medos e raiva deles, o perigo... era cansativo. Então, saí da cidade. Deixei tudo para trás. Não podia ficar lá, eu morreria. Alguém me mataria ou eu morreria de fome ou ficaria completamente louca.

— E então, você foi embora?

— Os nova-iorquinos são bons em ir embora — diz Maeve com sarcasmo.

Reviro os olhos, e ela finge não notar.

— Acho que não fiquei em lugar nenhum por mais de uma ou duas semanas. É como se não me permitisse ficar muito confortável. Se eu não ficar em lugar nenhum por muito tempo, nunca terei nada a perder.

— Por isso a barraca?

— Por isso a barraca — diz Maeve, com um olhar subitamente distante. — Acho que você já sabe.

Tenho que admitir que estou decepcionada com a imprecisão do que aconteceu com ela depois da Tempestade. E não sei se acredito na história dela. Mas ela também não tem motivos para me contar a verdade. A maioria das pessoas consegue contar o suficiente para eu encher algumas páginas do caderno, mas Maeve parece distante quando chega ao fim. Algumas pessoas ficam falando sobre o que aconteceu depois: o medo, a destruição, o recomeço que encontraram. Mas Maeve fica em silêncio. Eu entendo; contar a história é admitir que é verdade.

Contar a história é aceitar o que ela realmente significa. O que fez com a pessoa, como a fez mudar.

Eu também tenho segredos; é justo que permita que ela tenha os dela também.

A lua está alta no céu lá fora; árvores mortas projetam sombras na calçada. Ouço Maeve se mexer sob os lençóis. Quando olho para ela, está encolhida de novo, com o cobertor puxado até o queixo.

Decido pegar o meu no canto e fazer uma triste tentativa de abri-lo sobre meu corpo só com uma mão. Esquenta demais minha pele, mas deixo assim mesmo. É uma sensação boa. Uma sensação de segurança.

— Boa noite — sussurra Maeve do outro lado do quarto.

— Tem certeza de que não quer o colchão? — pergunto.

Ela não responde, então eu viro de costas para a janela, olhando para minha sombra no chão do quarto.

— Boa noite.

CAPÍTULO 14

Maeve me acorda ao raiar do dia sacudindo meu ombro gentilmente, para evitar provocar choques de dor. É em dias como estes que lembro como eu não dei valor para os remédios. Quando abro os olhos, ela está em pé ao meu lado. Está com uma trança no cabelo, deixando à vista a metade raspada de sua cabeça. Ela parece uma Katniss Everdeen punk-rock. Olho depressa para sua jaqueta, que tem um aplique da *Fiona Apple* no fundo preto.

Eu me sento antes que ela tenha a chance de dizer alguma coisa.

— Você escuta Fiona Apple? — pergunto.

— Liz — Maeve suspira —, qual é seu sobrenome?

— Isso me parece uma informação privada — resmungo, ainda grogue por meu rude despertar. Mas vou falar. — Flannery.

Maeve limpa a garganta e diz:

— Liz Flannery, você está me julgando?

— Talvez — murmuro. — Preciso julgar, não julgo ninguém há muito tempo.

Ela sacode a cabeça.

— Podia ter julgado um de seus preciosos clientes, mas não fez. E guardou toda essa hostilidade para mim.

Ficamos em silêncio nos encarando, imaginando o que poderia ter nos abastecido com tanta energia argumentativa e sarcástica de manhã tão cedo.

Maeve suspira enquanto se abaixa para sentar ao lado de meu colchão. Eu jogo o edredom longe para sentar ao lado dela.

Ela se vira para mim.

— Sim, escuto Fiona Apple, e daí?

— É que não parece seu estilo. Você tem uma vibe mais punk-rock — digo, indicando freneticamente seus coturnos e a cabeça raspada.

— E você não parece ser uma pessoa que enfiaria a mão dentro de um gerador, mas aqui estamos.

— Ei! Isso foi um golpe baixo — digo, com o rosto vermelho e queimando.

Dirijo-me lentamente à cozinha, mas paro à porta. Meu braço ainda lateja e dói, mas já comecei a me acostumar com a sensação — a dor que agora carrego comigo. Uma dor que nunca diminui. Estou vasculhando os armários com meu braço bom, procurando algo para comer, quando noto um objeto com o canto do olho.

Há uma mochila totalmente pronta ao lado da porta da frente, com vários suprimentos do carrinho de Maeve em cima dela. Ela está pronta para partir.

Maeve vai me deixar.

Não sei o que dizer. Não sei o que fazer para evitar a bile amarga que sobe por minha garganta. Nem sei bem por que estou chocada. Afinal, eu queria que ela fosse embora, não é? Era só temporário mesmo. Eu deveria estar feliz por não ter que ver sua cara presunçosa toda manhã nem ter que aturar seus comentários sarcásticos. Mas não estou. Só consigo pensar que não quero que ela vá embora. Que não sei como fazer Maeve ficar.

É como Eva de novo. Não percebi que Eva estava indo embora até ver seus pertences empilhados no canto do apartamento. Estava tudo bem escondido, enfiado atrás da mesa para que, de onde dormia, eu não visse nada. Não havia motivo para eu ir até lá. Não havia motivo para eu procurar, e se encontrasse, acho que ela presumiu que eu pensaria que era lixo. Mas não pensei. Notei que ela havia separado suas roupas e as melhores edições de seus livros favoritos. Aquilo não era lixo.

Esperei Eva me contar. Esperei e tentei me convencer de que era coisa da minha cabeça. Claro que ela não iria embora. Ela não tentaria esconder isso de mim. Mas a pilha continuava crescendo. Continuou crescendo até que, um dia, desapareceu. Dois meses depois da Tempestade, ela foi embora.

Eva me contou enquanto estava indo. Não ia me contar, mas eu a flagrei saindo escondida. Ela disse que não aguentava mais a monotonia, que não podia ficar sentada em uma livraria velha e empoeirada esperando sua vida mudar. Ela queria aventura, queria liberdade, queria explorar. E nada disso ela encontrava comigo, acho.

Não foi como um término; foi como se ela houvesse morrido. Como um apocalipse de novo. Eva apareceu quando eu mais precisava de uma família, mas não fui o suficiente para ela. Enquanto eu a observava desaparecer na rua, chorei, e depois voltei ao trabalho. Esta mochila perto da porta é um *déjà-vu*. Só pode ser.

De manhã cedo, sem me contar enquanto possa evitar. O tempo é cíclico, sempre se repete, até que o passado é indistinguível do presente.

Uma parte de mim odeia o fato de eu estar chateada. Odeia que o fato de Maeve partir me faça sentir que estou perdendo alguém importante. Se pensar nas coisas como um todo, alguns dias não são nada; mas agora, Maeve é a coisa mais perto de uma amiga que tenho desde muito tempo.

— Quando eu disse que você poderia ir embora, não quis dizer que *queria* que fosse. — Minhas palavras deixam um gosto de giz em minha boca.

— O quê? — pergunta Maeve, contornando meu colchão no chão e se aproximando.

— Só não quero que pense que não quero que você aqui. — Fico atrapalhada uns segundos, incapaz de entender minhas próprias emoções. — Eu teria tido uma hemorragia sem você ou talvez morrido de uma infecção. Você salvou minha vida.

Maeve revira os olhos, ainda vindo em minha direção.

— Liz, agradeço suas palavras, mas não vou a lugar nenhum.

— Mas sua... — Aponto com a mão em direção à mochila cheia perto da porta.

— Vou sair para arranjar comida e suprimentos para não passarmos fome, se não se importar. Dei uma olhada na água esta manhã, parece que é um problema com a tubulação, que dá para consertar. Mas vai demorar um pouco para começar a jorrar. Achei que seria melhor pecar pelo excesso de cautela e...

Maeve continua falando sobre água e torneiras, mas não estou ouvindo mais nada.

Todo o ar foge de meus pulmões e eu me sinto derreter. Sou tomada por uma sensação estranha. Alívio. Se nossos futuros colonizadores alienígenas estivessem aqui, diriam 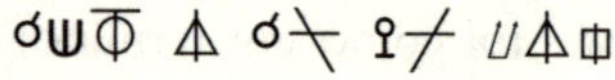, que pode ser traduzido como *"Controle-se, pelo amor de Deus"*.

Só consigo dizer:

— Pensei que estava indo embora.

— Não vai se livrar de mim tão fácil.

Antes que eu possa reagir, ela segura minha mão, a boa. Seus dedos hesitam um pouco nos meus e sinto um choque momentâneo de eletricidade, até que ela se afasta depressa. Enquanto passa por mim pela porta para pegar a mochila, diz:

— Você vem comigo, não é? Acho que não é uma boa ideia deixar você aqui sozinha com seu braço desse jeito.

Solto uma risada.

— De jeito nenhum.

— Como assim de jeito nenhum?

— Não saio da livraria há um ano. Desde a...

— O quê? — Maeve me interrompe. — Você nunca saiu daqui de dentro? Para nada? Nunca?

Isso nunca me pareceu ridículo. Em todas as minhas séries pós-apocalípticas favoritas, as personagens principais construíram uma base segura e ficaram ali. Ter um lugar que a gente pode chamar de lar dá uma sensação de conforto e proteção.

— Por que eu sairia? — respondo. — Aqui é mais seguro, e Deus me livre que aconteça alguma coisa com este lugar enquanto eu estiver fora.

Maeve fica calada, como se estivesse avaliando se minha resposta é pertinente. Então, estreita os olhos e diz.

— E onde arranja suprimentos e comida?

— As pessoas me dão as coisas de que preciso em troca dos livros e da entrega de cartas. Quando cheguei, já tinha algumas coisas aqui. Eu trouxe algumas coisas de casa também e fiz um estoque. O resto meio que foi se resolvendo sozinho.

— Mas e se não se resolvesse?

— Mas se resolveu.

Maeve geme e pergunta:

— Você não sairia por um dia?

Eu não penso em sair só Deus sabe há quanto tempo. Este lugar é meu lar; o único lugar que sobrou na Terra onde me sinto segura. Este edifício é uma relíquia que guarda centenas de histórias, tanto fictícias quanto reais. É importante. Mais importante que eu, disso tenho certeza.

— Mas e se acontecer alguma coisa?

— Nada vai acontecer em um dia — diz ela, revirando os olhos.

Mesmo que cada parte de mim esteja me dizendo para não fazer isso e que é uma péssima decisão, não consigo me conter. Quero ver o mundo do jeito que Maeve o vê. Quero entender o mundo dela e fugir do meu, só por um dia. Será que isso é tão ruim?

— Tá, tudo bem. Eu vou.

• • •

Dou uma olhada pela livraria para ter certeza de que não deixei nenhuma janela destrancada por onde seja fácil invadir. Uma pessoa passou mais cedo e trocou um rolo de barbante e um saco de passas por *O coração delator e outras histórias.* Guardo tudo embaixo do balcão quando passo.

Maeve deu uma mochila para eu carregar e encheu outra para ela com várias coisas. É feita de lona marrom, coberta de botons de histórias em quadrinhos e bandas. Um diz *A imbatível garota-esquilo.* Outro diz *Fetch the Bolt Cutters.* Tomo a sensata decisão de não perguntar da Fiona Apple de novo.

Enquanto me vestia esta manhã, eu disse a mim mesma que Maeve é uma pessoa bem-preparada e sabe o que está fazendo. Que tenho certeza de que ela já fez esse tipo de excursão várias vezes. Que em um dia estaremos de volta, trocaremos de roupa e tudo aqui estará em ordem. Que recebo um cliente por semana, mais ou menos, e que se eu colocar a placa de *Fechado*, eles vão entender. Qualquer coisa para acabar com a ansiedade que aperta meu peito.

Enquanto nos dirigimos à porta da frente, arranco um pedaço de fita adesiva do rolo que fica no balcão. Quando fechamos a porta, eu me viro e começo a mexer na fita.

— O que está fazendo?

Não digo nada, continuo trabalhando, posicionando a fita ao longo da rachadura da porta. Uso a unha para enfiá-la bem, até que ela quase se mistura com a madeira. Colocar a fita adesiva com uma mão é muito mais difícil do que eu pensava.

Quando termino, eu me viro para Maeve de novo. Ela não entendeu nada.

— A fechadura da porta não funciona, por isso coloquei fita adesiva — explico.

Maeve franze ainda mais as sobrancelhas.

— Lamento decepcioná-la, mas acho que isso não vai durar.

Como é bom saber mais, pelo menos uma vez!

— Se alguém abrir a porta, a fita vai arrebentar e nós saberemos.

— Tá bem, Nancy Drew — responde ela, franzindo os lábios enquanto olha o pedaço de fita. — Você não deveria usar um fio de cabelo?

Troco a mochila de ombro e digo.

— Não seria nada higiênico.

— Falou a menina que sujou tudo de sangue dias atrás — diz Maeve com sarcasmo. — *Isso* sim não é nada higiênico.

Saímos andando.

Eu não sabia que as ruas estavam em um estado tão desastroso. Não que a rua da livraria esteja muito melhor, mas procuro sempre mantê-la limpa e sem lixo jogado. Eva e eu, juntas, removemos a maioria dos destroços menores antes de ela ir embora. As coisas que sobraram eram pesadas demais só para duas pessoas.

Cobertas de escombros, restos de carros, poeira e Deus sabe o que mais, as ruas são difíceis de transitar; estou curiosa para saber como Maeve vai se virar com o carrinho. Pelo menos não está mais cheio; tem apenas uma jarra purificadora azul vazia, ao lado de uma mochila estropiada. É só para nos ajudar a carregar as coisas que encontrarmos.

Como se lesse meus pensamentos, Maeve se exibe arrastando o carrinho pelas ruas, desviando habilmente dos buracos e fendas. Tento, mas não consigo reprimir um sorriso.

— Você falou de Nancy Drew... Achei que não tivesse lido os livros.

Maeve não responde; continua andando, até que me ultrapassa e eu peno para acompanhá-la. Tenho pernas longas, mas nunca consegui usá-las muito bem.

Passamos por uma loja de ferragens. A fachada inteira do edifício desmoronou, o concreto desbotado foi reduzido a destroços. O interior dos dois andares superiores está completamente visível. Em um andar, vejo uma banheira vitoriana e parte de uma pia de banheiro. No andar de cima, há papel de parede vermelho descascado e uma poltrona reclinável esfarrapada. No térreo, ainda se vê na vitrine a decoração de "diversão de verão", com uma boia em forma de baleia preta e branca já desbotada, meio cinza. Os vidros estão quebrados. Os cacos estalam sob meu All Star enquanto passamos.

Isto é o mais longe de casa que já estive em um ano. A sensação, apesar de tola, faz meu coração palpitar. Eu dependi muito da certeza no último ano. Nada de novo, nenhuma mudança. Mas hoje isso acabou, porque Maeve decidiu me acordar em uma hora ímpia e me arrastar para fora da loja. Acho que é melhor que ficar sentada atrás do balcão empoeirado, incapaz de fazer qualquer coisa.

Mas isso não afasta a sensação dolorosa que tenho, bem no fundo, enquanto por fim vejo tudo que não conseguia ver pela janela empoeirada da livraria. Tudo desapareceu. Os lugares onde cresci, onde passava minhas tardes depois da escola, que frequentava com meus pais nos fins de semana, nada existe mais. As pessoas que habitavam esses espaços também se foram. Sou a única que sobrou; acaso mereço ser a única? Ou talvez meu castigo seja viver nesta Terra destruída.

Não sei o que eu esperava; seria ridículo esperar sair da livraria e ver que tudo estava bem, não é? Talvez, lá no fundo, eu esperasse que houvesse alguém aqui, outra pessoa que se lembrasse de como este lugar era antes, conservando algum sinal de normalidade em seu cantinho no universo, assim como eu tenho no meu. Mas não há ninguém aqui. Só eu. Eu e Maeve.

É irônico, pensando bem, ainda estar presa em Nova Jersey. Pior ainda estar presa nos mesmos quatro quarteirões dos arredores de Nova Jersey. Eu virei uma eremita. Uma reclusa.

Maeve continua caminhando, sem saber que estou cruzando uma barreira pessoal e invisível. Passamos por uma fileira de casas idênticas em vários estágios de ruína. O mofo sobe pelas paredes externas, antes brancas, de uma casa de arquitetura enxaimel. Desvio cuidadosamente de uns brinquedos descartados na rua.

— Você sempre se muda assim, desde a Tempestade? — pergunto, mas não sei por que tanta curiosidade.

Não sei se a resposta dela vai me fazer odiar a mim mesma por nunca ter ido embora.

Maeve para, como se estivesse avaliando as opções em sua mente. O som das rodas rangentes de seu carrinho enche tudo. Será que vai me dizer a verdade ou apenas o que a faz se sentir melhor?

— Sempre. — Sua resposta sai arrastada. — Eu nunca fico em um lugar por muito tempo. Criar um falso "normal" não nos prepara para o fracasso no longo prazo, não é? Se ficamos muito confortáveis, acabamos relaxando. Tipo, colocando a mão em geradores.

Mostro a língua para Maeve e ela ri.

— Estou brincando, claro.

— Claro.

Minhas bochechas estão vermelhas, mas pelo motivo errado. Não estou envergonhada pelo que ela disse, e sim por ser tão ridícula.

— E a nova Tempestade que supostamente está chegando?

— Se eu não estiver com você? Eu me viro. Sempre me viro.

Se eu não estiver com você. Ela diz isso como se fosse a coisa mais normal do mundo, como se a ideia de atravessar a Tempestade com outra pessoa fosse ridícula. De repente, estou ciente de cada veia de meu corpo.

— Não pensa em ficar em algum lugar? — pergunto. — Voltei para cá porque era tudo que eu sabia que ainda tinha. Passei duas semanas em casa com fantasmas, comendo os restos de comida podre da geladeira. Por todo lugar que eu passava, havia lembranças deles. Mas eu precisava disso, acho. Acho que precisava de provas de que as coisas já foram boas, normais, e que seriam assim de novo, um dia. Eu não podia ir embora. Não podia ir para longe, então, fiquei na cidade.

Maeve morde o lábio por um momento e passa a mão por seu cabelo escuro.

— Mas por que aqui? Não era doloroso? Não sentia que estava sendo assombrada?

— Assombrada por boas lembranças? — respondo. — Por que não ia querer isso? E quando cheguei lá, foi como se nada houvesse acontecido. Claro, o lugar parecia o inferno, mas era familiar. Os livros nas prateleiras eram familiares. As histórias dentro deles eram familiares. Não conseguia me desapegar disso. Não acho que seja uma sensação falsa.

Uma das rodas do carrinho range ao bater em um galho.

— Você ainda tem essa sensação, agora que estamos aqui juntas? — pergunta Maeve, fitando-me profundamente com seus olhos verdes.

Faço que sim com a cabeça.

Enquanto caminhamos *juntas* em silêncio absoluto, penso muito, profundamente, no que significa "juntas". Acho que não tenho um "juntos" — desse tipo de "juntos" que a gente sente que vai durar — há muito tempo. O "juntos" de fazer meu dever de casa na mesa da cozinha enquanto minha mãe preparava o jantar ouvindo Ella Fitzgerald. Aquelas raras noites de verão em que eu ficava sentada com meus amigos no meio do campo de futebol, fofocando e gritando com pessoas aleatórias que passavam. De ir para o trabalho e estar cercada de pessoas. Sem precisar falar com elas, mas sabendo que estavam lá e que eu não estava sozinha.

Há uma diferença entre estar sozinha e se sentir solitária. Eu já disse isso antes e direi de novo. Mas agora, caminhando com Maeve, percebo que, pela primeira vez em muito tempo, não sou nenhuma das duas coisas.

CAPÍTULO 15

Paramos em uma antiga Target na Route 46. Levamos algumas horas para chegar, ziguezagueando entre carros abandonados com o carrinho de Maeve. O edifício está em um estado melhor do que qualquer outra coisa que já vi. Acho que é por causa do concreto. Enquanto passamos pelas portas automáticas, que foram arrombadas por visitantes anteriores, pergunto a Maeve:

— Já veio aqui?

— Uma ou duas vezes — diz ela enquanto nossos olhos se adaptam à escuridão. — Não é tão bom quanto caçar, mas funciona... e caçar nem sempre é uma opção.

Ela procura algo em seu carrinho enquanto seguimos envoltas pela escuridão que consome cada corredor. Ouço um pequeno grunhido de satisfação quando Maeve encontra uma lanterna de acampamento e a acende, lançando um brilho verde ao nosso redor.

— É a pilha — explica ela, virando no final do corredor e entrando na parte de mercadorias da loja. — Peguei umas AA de uma caixa embaixo do balcão.

— Eram minhas! — protesto, mas sem muito entusiasmo. — Um cliente me deu antes de você chegar.

Maeve ri, e seus olhos brilham no escuro.

— Camarão que dorme a onda leva.

Entramos no corredor de comida enlatada; Maeve se vira devagar, observando o lugar. Há latas nas prateleiras; creme de milho e várias sopas menos apetitosas. Brócolis com cheddar, creme de cogumelo e noodles de frango em formato de bichinhos. Pego esses e os coloco no carrinho aleatoriamente.

— Como pode ainda ter sobrado alguma coisa? — pergunto a Maeve, virando-me para ela.

— Não sei — murmura ela. — Talvez as pessoas tenham enjoado de comer coisas enlatadas depois de comer só isso durante meses a fio. Eu enjoei; era uma monotonia, e me deixava louca.

— Não dá para simplesmente passar fome porque não há variedade — digo, indo pegar um cup noodle. — Eu como isso direto.

— Nem todo mundo tem clientes fiéis dispostos a fazer esse tipo de troca. De qualquer forma, as coisas desta prateleira não são as melhores do mundo. Não é comida caseira. — Ela sorri, perdida em alguma lembrança distante. — Eu prefiro plantar, matar ou colher alguma coisa a comer essa porcaria todo dia.

Engulo o nó que se forma em minha garganta ao me lembrar da faca ensanguentada de Maeve.

— Você mata bichos? E os come?

Ela faz que sim com a cabeça.

— Você acha que eu faço compras no supermercado?

Acho que faz sentido. Ocasionalmente, umas pessoas trocam carne salgada ou feijão por um livro, uma história, uma carta, mas eu nunca pensei de onde saíam essas coisas. Será que todo mundo que entra na livraria é como Maeve? Todos fazem o que for necessário para sobreviver? Será que eu sou realmente tão diferente?

Maeve continua andando pelo corredor, pega uma lata de feijão preto com uma mão e um vidro de picles com a outra.

— Se pudesse escolher alguma coisa agora, o que você comeria?

A pergunta vem do nada. Maeve nunca me pareceu gostar de conversa fiada, mas respondo mesmo assim.

Olho para o cup noodle à minha frente e imagino que seja outra coisa, qualquer outra coisa.

— Um hambúrguer — digo. — Um hambúrguer recém-saído da grelha e um milk-shake de chocolate tão grosso que quase não dá para tomar. Um pêssego maduro e uma limonada com muito gelo, e talvez um raminho de hortelã por cima — penso um pouco antes de continuar. — E batata de algum jeito, e talvez uma Caesar salad.

Um sorriso surge em meu rosto enquanto imagino essa refeição, o cheiro que teria, as pessoas com quem eu poderia compartilhá-la se estivesse em outra época. Em outro lugar. Em outros tempos.

Maeve ri atrás de mim, mais baixo que o normal, enquanto joga as latas de feijão no carrinho.

— Eu comeria algo feito por minha mãe, claro. Talvez cordeiro, talvez um bife também. Uma Coca-Cola gelada e uma fatia enorme de bolo de chocolate. Com mais cobertura que bolo, sabe?

Concordo com a cabeça. Sei muito bem.

— Claro! A cobertura é a melhor parte.

— Que bom que pensamos igual.

Maeve pega outro corredor. Eu a sigo e me vejo, de repente, cercada por brinquedos ultrapassados feitos do plástico neon mais ofuscante que existe. Maeve parece não notar, então eu faço as honras; pego uma espingarda azul brilhante e começo a abrir a embalagem de papelão. O movimento faz meu braço doer, mas tento ignorar a sensação.

Maeve para ao ouvir o barulho e se vira devagar. Ela olha para as balas de espuma em minha mão enquanto cuidadosamente carrego o pente laranja e o encaixo na arma.

Ela sacode a cabeça.

— O que você está fazendo com essa coisa na mão, Liz Flannery?

— Meus pais nunca quiseram me dar uma destas quando eu era pequena — digo. — Minha mãe era muito pacifista e meu pai estava ocupado demais com o trabalho para discutir com ela.

— Então, está realizando um sonho de infância?

— Não há tempo melhor que o presente — respondo.

Cuidadosamente, aponto a arma para uma pilha de caixas de figurinhas sobre uma prateleira coberta de poeira. Tenho uma mira péssima, e esse fato é confirmado quando meu projétil de espuma bate no metal da prateleira e cai no chão de linóleo sem cerimônia.

— Você é péssima.

— Até parece que você pode fazer melhor — digo, e acrescento. — Não, espere, você é a incomparável Maeve, boa em tudo.

— Normalmente você não está certa, mas desta vez acertou. Sou mestre nesses jogos de parques de diversões.

Ela escolhe uma arma e a tira do suporte da parede, retira o plástico e inspeciona o tambor, que parece o de um revólver. Então diz, com a testa franzida:

— Essas coisas são cada vez mais assustadoramente realistas. Não é de se espantar que meus primos tenham se desencaminhado. Eles tinham um quarto cheio dessas coisas quando eram pequenos.

— Parece minha mãe falando — digo.

— E veja o que você virou.

Maeve engatilha a arma, mira nas figurinhas e puxa o gatilho. As caixas caem no chão com estardalhaço. Obviamente, Maeve é melhor que eu nisso também. No que ela não é boa?

Ela sopra o cano da arma e sorri para mim.

— Na mosca — diz, adotando de repente um sotaque sulista.

— Você é insuportável — murmuro, mirando nela com meu brinquedo. — É uma pena que tenha que acabar assim.

— Oh, a traição!

Maeve sai correndo pela escuridão, levando sua lanterna. Meus All Star batem contra o linóleo enquanto corro, meu braço lateja a cada passo. Ela vira uma esquina e pega o próximo corredor, e eu me esforço para mudar de direção e segui-la.

Sou detida quando um bichinho de pelúcia me acerta na testa.

— Ai, caraca!

Maeve sorri para mim na escuridão, com a arma de balas de espuma estendida à sua frente. A lanterna está no chão, um dálmata de pelúcia em sua mão livre, pronto para ser lançado em minha direção.

— Você acha que eu nunca fiz guerra de balas de espuma com meus primos? — pergunta ela. — Vai se render?

Invocando minha coragem interior, endireito as costas e a fito desafiadoramente antes de gritar:

— Nunca!

E ponho a língua para fora, para enfatizar minhas palavras.

— Grande erro — diz Maeve com uma voz baixa e grave que me dá arrepios na espinha.

Não quero esperar para enfrentar sua ira, então saio correndo por entre as prateleiras de maquiagem e só paro no final para olhar para trás e ter certeza de que estou segura. Não vejo ninguém. Curvo o corpo para a frente para recuperar o fôlego e presto atenção para ver se ouço o som das botas de Maeve batendo contra o piso de linóleo. Não ouço absolutamente nada e solto um suspiro de alívio, achando que estou salva.

Só que não.

Do nada, Maeve chega correndo e colide comigo, fazendo que nós duas caiamos. Meu cóccix bate no chão primeiro, e eu ponho o braço para trás na tentativa de amortecer a queda. Meu outro braço lateja por causa do impacto. Já Maeve cai para a frente, batendo as mãos no linóleo e o peito no meu.

Ela para com o nariz a poucos centímetros do meu. Sinto sua respiração em minha pele enquanto nos fitamos sem saber o que fazer ou dizer.

Talvez isso não me incomode. Talvez seja bom estar perto de alguém assim de novo. Talvez seja bom sentir Maeve, apesar de sua proximidade não ser intencional.

Por fim, ela ri e rola para o lado; seu cabelo roça minha pele. Ficamos assim, lado a lado, na escuridão.

— Você já imaginou que estaria aqui um dia? — pergunto.

— Lutando com uma pistola de espuma em uma Target abandonada em Nova Jersey? Pegando comida com uma estranha que praticamente teve o braço arrancado um dia atrás? Não — diz ela com sarcasmo. — Não posso dizer que isso estava incluído em meus planos de vida.

— Nem eu.

Maeve se aproxima mais e apoia a cabeça em meu ombro.

Eu a ouço expirar; o ar escapa por entre seus dentes.

— Mesmo assim — diz ela —, estou feliz por não estar sozinha.

— Eu também — sussurro.

Cameron Fraizer

67 anos

Horsham, Pensilvânia

Por um lado, eu pensava que sobreviver à chuva seria o pior de tudo; mas acho que já deveria saber, pela história humana, que a destruição geralmente causa mais caos. Não sou jovem, mas ainda não estou morta. Tudo ficou parado um ou dois dias depois da chuva e das mortes, e uma parte ingênua de meu cérebro achava que era assim que ficaria. Mas era só a enchente que impedia as pessoas de sair, de andar de um lado para o outro. E quando as pessoas saíram de casa e viram o escopo total da destruição ao redor, começaram a se preocupar com recursos. Sabe, uma pessoa atirou no meu pé por causa de uma caixa de sucrilhos velho! A humanidade não tinha como acabar bem mesmo.

CAPÍTULO 16

Começamos o retorno à livraria à tarde com o carrinho cheio de latas de comida e uma armadilha que Maeve pegou em uma loja de artigos de caça. Disse que precisávamos dela *só por precaução,* e eu estava cansada demais para discutir.

Maeve para em uma trilha de caminhada a cerca de quinze minutos de meu bairro. Não sei por que paramos, porque eu certamente não estou a fim de fazer trilha e não estou com roupas apropriadas. Ela para diante da placa que indica o início da trilha e que tem pequenos símbolos ao redor. Diz 13 km. Vista para a água. Permitido levar animais. Olho para Maeve.

— Se me fizer andar treze quilômetros, juro por Deus que você não vai sair viva dessa trilha — resmungo.

Minha garganta parece uma lixa, deixando-me irritantemente consciente de que estou morrendo de sede.

— Nada de trilhas, princesa — responde ela. — Tem uma fonte de água aqui perto que só pode ser acessada pela trilha. Vamos abastecer, dar meia-volta e já pegamos a estrada.

Sacudo a cabeça.

— Por que não pegamos lá na Target? Tenho certeza de que devia haver algum tipo de bebida engarrafada para você roubar.

— Eu gosto de fazer você andar. — Ela se cala, esperando uma reação. — Brincadeira. Você viu alguma sobrando lá? Vamos pegar um pouco de água natural; vai ser bom para você dar uma voltinha.

Maeve começa a descer a trilha; suas botas batem contra as pedras e raízes. Pela primeira vez em muito tempo, eu queria estar usando um calçado adequado em vez de um par de All Star sem suporte algum para o arco do pé. Já estou exausta, não sei quanto mais consigo aguentar.

Ela avança, evitando cada raiz e pedra que tenta me derrubar. Ela nem para para apreciar as folhas, as samambaias e o verde que nos cerca. Não vejo uma mata como esta há mais de um ano, desde o malfadado acampamento em família, pouco antes de tudo acabar. Esqueci como faz bem para os pulmões, parecem novos. E o gosto do ar fresco...

Maeve não para, apesar do sol a pino e das árvores que não oferecem tanta cobertura quanto eu esperava. Raios de luz atravessam os vãos entre os galhos e pousam em minha pele exposta. Já a sinto começar a queimar.

Chegamos a nosso destino em menos de vinte minutos, cerca de três quilômetros depois. Vejo um riachinho com menos de um metro de profundidade, e a visão da água natural me faz parar no meio do caminho.

— Não é ácida? — pergunto, com a voz ligeiramente hesitante.

— Não mais — responde Maeve. — Foi se diluindo devagar no último ano.

Apesar de isso fazer sentido, não me aproximo mais. Não consigo. Fico só observando, sem fazer nada, enquanto Maeve entra devagar. Conforme a água vai subindo acima dos tornozelos dela, minha respiração vai ficando superficial, sinto algo sólido bem no meio do peito. O sangue lateja em minhas têmporas, meu coração parece bater forte em meus ouvidos e fecho os olhos. Por dentro, estou gritando que foi assim que aconteceu da última vez; algo inofensivo se tornou mortal em meros segundos. Por dentro, tenho certeza de que logo ouvirei a voz de Maeve aterrorizada. E quando abrir os olhos, verei as bolhas se formando e o sangue borbulhando sob sua pele.

Mas os segundos continuam passando; abro os olhos e Maeve está bem, olhando para mim com um milhão de perguntas às quais não quero responder. Então, engulo a bile e forço um sorriso. Ela está bem. Está tudo bem. Decido confiar nela e coloco timidamente um pé no riacho; a água escorre por meus tênis. Vendo como é bom e que não corrói minha carne, entro, só tomando cuidado para não molhar a mão enfaixada.

A água está gelada; é como mergulhar direto no gelo, mas não me importo. Deixo meus pés perderem totalmente a sensibilidade, vou recuperá-la em algum momento. A água chega até meus joelhos. É tão clara... é como se através de um vidro eu estivesse olhando para pedras coloridas. É tão bom, tão limpo e tão real! Pela primeira vez em muito tempo, meu entorno parece realmente vivo.

Maeve pega minha mochila, sai da água, joga-a para o lado, perto do carrinho, e volta com um cantil na mão.

— Isso é suficiente? — pergunto, ouvindo o som da água correndo por pedras maiores.

— Vamos encher a jarra purificadora também, não se preocupe — explica Maeve enquanto se inclina em direção à água.

Ela enche o cantil devagar, enquanto bolhas de ar vão escapando freneticamente para a superfície. Quando termina, ela me estende o recipiente de metal e diz:

— Beba.

— É seguro?

Posso não ser uma especialista em sobrevivência como ela, mas já estive em um acampamento de verão. As regras mais importantes eram não se limpar com hera venenosa, não deixar rastros e não beber água não purificada. Mas Maeve apenas olha para mim expectante, ainda segurando o cantil.

— Não deveríamos fervê-la? — digo.

Ela revira os olhos e abre um sorrisinho.

— Liz, quando foi a última vez que você tomou água gelada em um dia quente?

Não digo nada, só fico passando os dedos no riacho.

— Não vai morrer por causa de um gole; só vai ter problemas estomacais horríveis durante um tempo. E se morrer, seu fantasma pode me assombrar por toda a eternidade — diz Maeve, e ri.

— Não pense que não vou assombrá-la mesmo — resmungo, e pego o cantil.

Curto a sensação da superfície gelada resfriando as pontas de meus dedos. A água gelada desce por minha garganta e juro que posso senti-la descer, serpear por minhas entranhas, reviver meu corpo. Felicidade pura. Devolvo o cantil para Maeve e saio da água para pegar a jarra purificadora no carrinho. Ouço Maeve rindo enquanto luto para segurá-la direito com uma mão só.

— É melhor que você não esteja tirando sarro de mim, Maeve.

Ela não confirma nem nega.

Finalmente, consigo envolver a jarra com o braço, segurando a manga direita de minha camisa com a mão esquerda. Abraço-a o mais forte possível, bem perto de meu corpo, para que não caia. Quando me viro para o riacho, levo um jato de água no rosto. A jarra azul cai de meu braço. Olho para Maeve e a vejo com as mãos encharcadas. As mangas de sua camisa estão arregaçadas, revelando sua tatuagem.

— Não... você não fez isso.

— O que você vai fazer? — provoca ela. — Vai jogar água em mim? Você não pode molhar a mão direita.

— *Touché* — murmuro, e um sorriso infantil se forma em meus lábios. — Ainda bem que tenho duas mãos.

Maeve continua rindo, como se me desafiasse a cumprir minha ameaça.

E eu cumpro. Com o braço bom, jogo um jato d'água em Maeve. Quando a superfície se acomoda, olho para ela e fico estupefata. Sua blusa está encharcada, grudada em sua pele, revelando o contorno de seu corpo. Ela faz uma tentativa vã de torcer a blusa, enquanto eu tento obrigar meus olhos a olhar para outro lugar. Mas é difícil. Ela é magra e forte, e quando levanta a blusa para espremer os últimos resquícios de água, parece algo saído de um romance épico. Como a Vênus de Botticelli, se a deusa do amor tivesse o hábito de usar calça cargo e botas marrons. Ela não parece se importar por seus sapatos estarem encharcados; tenho certeza de que eles já passaram por coisas piores. Sinto minhas bochechas queimarem enquanto olho, e só paro de olhar quando Maeve faz sua declaração:

— É guerra!

Suas botas chapinham na água enquanto ela corre em minha direção para me derrubar.

— Ei! Cuidado com as coisas — exclamo.

Maeve não dá a mínima; ela me agarra e me joga no rio. Só me resta levantar o braço machucado para tentar mantê-lo seco.

Voltamos à tona, eu rindo e tirando o cabelo molhado do rosto com a mão boa. Cuspo água nela.

Estou com as costas encostadas no fundo rochoso do riacho raso, Maeve de joelhos ao meu lado. Ficamos assim só respirando, ela pairando acima de mim. Está tudo muito quieto, não se ouve nada exceto o tênue movimento da água corrente. Por um instante, todo o resto desaparece e sinto que o momento é perfeito.

— Ah, não! Acho que você se molhou um pouco.

Sacudo a cabeça.

— Você também não parece muito seca.

— Pois é, mas eu fiz o que tinha que fazer para lhe ensinar a ser humilde de vez em quando, senhorita Flannery.

Vou mergulhar a mão na água de novo quando vejo uma sombra na floresta que passa depressa pela margem do outro lado do riacho. Pestanejo rápido, só para ter certeza de que minha mente não está me pregando uma peça. Ela tem esse costume.

Maeve leva o braço para trás para tentar me molhar, mas hesita quando vê o lampejo de preocupação que passa por meu rosto. É um breve momento, mas Maeve não deixa passar. Noto que seus músculos ficam tensos e o clima divertido dos últimos minutos vai se dissipando.

— Que foi?

Observo a floresta. De repente, gostaria que não estivéssemos tão longe da rua principal, tão longe de casa. Talvez não devêssemos ter saído. Mas sacudo a cabeça.

— Não foi nada — respondo, virando-me para o carrinho de Maeve. — É só meu cérebro me pregando peças. Só estou cansada, está tudo bem.

Mas Maeve não acredita. Fica me encarando, me examinando em busca de alguma pista sobre o que está se passando dentro de minha cabeça.

Com minha mão boa, pego a jarra azul e a mergulho para enchê-la.

— Eu já disse, está tudo bem.

Maeve estreita os olhos; tira cuidadosamente da água a jarra cheia que estou segurando; fazendo força com os braços. Suas botas vão espirrando água enquanto ela volta para o carrinho. Ela coloca a jarra fechada com força, lascando a tinta com o impacto.

Quando vou voltar para a trilha, vejo de novo, pelo canto do olho. É um borrão quase invisível entre a cobertura das árvores. O som de um galho quebrando me provoca um arrepio na espinha. Volto a cabeça para Maeve, mas parece que ela não ouviu nada. O som da água correndo é muito alto. Devo estar imaginando, não é?

— Tem certeza de que está bem? — grita ela.

Quando vou dizer é claro que estou bem, quer parar de perguntar?, Maeve arregala os olhos. Abre a boca para dizer algo, gritar algo, mas não sai nada.

E então, sinto o aço frio em meu pescoço.

Maeve é rápida, mas a pessoa que está atrás de mim é mais ainda. Antes que Maeve consiga desembainhar sua faca de caça, sinto a lâmina se cravar na pele de minha garganta.

— Que diabos você quer? — pergunta Maeve com voz rouca.

A pessoa não responde, simplesmente tampa minha boca com uma mão suada.

— O que está fazendo? — insiste Maeve.

Sem poder dizer nada, vejo mais duas pessoas emergindo da floresta atrás de Maeve. Ela percebe o medo em meu rosto e vira, com a faca em riste, antes que consigam se aproximar.

— Que diabos está acontecendo? — pergunta Maeve.

O homem e a mulher estão vestidos de cinza. Suas roupas deviam ter cores antes, mas são cinza agora, desbotadas pelo tempo, a sujeira e o sol. Não sei o que esperar dessas pessoas. As coisas acabam assim nos livros que leio, mas as pessoas que conheço, que vão à livraria, não são assim. Ainda não se transformaram nisso. O homem tem uma barba toda irregular e cabelo até os ombros. É mais novo que a mulher, talvez uns trinta e poucos anos, e ela mais de quarenta. Ela tem uma série de tranças intrincadas, tipo coisa de viking. Tem uma pistola bem velha nas mãos, o dedo no gatilho. De repente, Maeve e sua faquinha não parecem tão durões.

A pessoa que está atrás de mim finalmente tira a mão de minha boca, mas não me larga. Enquanto Maeve examina o rosto dos agressores, sua postura muda. Ela fica ereta, e a mão que segura a faca se estabiliza. Não está mais chocada nem confusa.

Ela sabe quem são essas pessoas.

É inconfundível o olhar de reconhecimento em seus olhos. Ela deve saber o que eles querem, por que estão aqui. Eu só me pergunto por que ela não me contou isso antes de me convencer a sair de casa. Minha raiva vai aumentando enquanto tento encontrar o olhar de Maeve. Acaso ela sabia que me colocaria em perigo quando tentava me convencer a sair com ela?

— O que vocês querem? — rosna ela.

— Não temos nada para lhes dar — acrescento. — Não fizemos nada!

Não consigo reunir a mesma força que Maeve.

O homem fala primeiro:

— Nunca vamos conseguir nos livrar de você, não é?

— Eu nunca estive nesta floresta, juro — digo.

A mulher sacode a cabeça e vai se aproximando de Maeve, que segura sua faca com mais força.

— Estamos falando com *ela*.

Ah, claro, tudo isso não tem nada a ver comigo. Só fui metida nisso; no lugar certo, na hora errada.

A pessoa que está atrás de mim — um jovem, pelo som de sua voz, solta uma risada severa.

— Há poucas semanas pegamos você caçando nesta floresta, não foi?

Vou negar tudo quando Maeve dá um passo à frente, assentindo, indignada.

— E daí? Não tenho escolha, você sabe disso.

— Você conseguiu escapar da punição da última vez — diz a mulher. — Não podemos nos dar ao luxo de ser gentis desta vez. Fomos claros sobre os termos de seu banimento.

— Vocês não são donos dessas florestas — responde Maeve. — Aonde mais eu poderia ir?

O homem que está atrás de mim finalmente solta minha garganta e me empurra para o centro do triângulo. Meu pescoço dói pela pressão da lâmina e não consigo evitar esfregar a região, que está em carne viva.

Maeve olha para mim; seus ombros tremem.

— Sinto muito — sussurra com uma voz quase inaudível. — É culpa minha, não deveria ter trazido você aqui.

Não digo nada, apenas encaro meu agressor. Ele parece um fantasma me observando, imóvel. Seus olhos me parecem familiares. E seu nariz... Como se eu já o conhecesse. Talvez da livraria? Mas esse adolescente não parece o tipo de pessoa que vai à livraria. Talvez fosse antes, mas não agora.

Seu cabelo é comprido, assim como o do companheiro, mas ele está barbeado. Estreita os olhos levemente enquanto me olha, observando-me de cima a baixo. Ele também me conhece, tenho certeza.

Atrás de nós, Maeve continua discutindo com o homem e a mulher, mas não consigo ouvi-los claramente. As palavras entram por um ouvido e saem pelo outro; o adolescente à minha frente também não parece estar ouvindo; sua faca pende frouxa em sua mão.

— Eu conheço você — murmuro, sem saber se estou falando com ele ou tentando me convencer. — Eu conheço você — repito.

Então, de repente, tudo se encaixa. Com um bom corte de cabelo e menos sujeira no rosto, ele seria inconfundível. Quantas vezes eu o vi sentado no sofá de minha casa aninhado com Thea?

— Benji? — pergunto com voz ofegante.

O namorado de minha irmã. Ele conseguiu sobreviver. Está vivo.

— Liz.

Está claro que ele me reconheceu primeiro. Olha para meu braço enfaixado e pergunta.

— O que aconteceu?

— Um gerador — murmuro, tentando ouvir a conversa entre Maeve e a mulher.

— Um gerador? — pergunta Benji, erguendo as sobrancelhas. — Você tem um gerador?

— Sim, mas não estou muito feliz com isso.

— E funciona? — Ele faz uma pausa antes de acrescentar. — Como está Thea? Eu voltei para tentar encontrá-la depois de tudo, mas vocês já não estavam lá.

Engulo em seco, tentando imaginar como posso explicar o que aconteceu, quando nossa conversa é interrompida.

— Deveríamos tê-la matado da primeira vez! — diz a mulher, com um sorriso de escárnio.

— O quê? — digo, e me viro.

— Becca — diz Benji, com certo desespero na voz —, você sabe que o protocolo não é esse.

Mil perguntas giram em meu cérebro.

— Protocolo? Que protocolo?

— E quanto à sua amiguinha? — pergunta Becca, passando por Maeve. — Isso faria você se arrepender, não faria?

Demoro um segundo para perceber que *sou eu* a amiguinha a quem Becca está se referindo, mas já é tarde demais. Ela me pega por trás, passa o braço em volta de meu peito e coloca sua pistola em minha têmpora. Tento levantar o braço e me soltar, mas uma onda de dor corre por meu flanco. Mais uma vez, sou inútil.

Maeve corre para mim, mas rapidamente é pega pelo homem, que a segura pela jaqueta. Ela se debate para se soltar.

— Solte-a.

— Não sei o que vocês acham que ela fez, mas eu juro que não fez nada — digo, trêmula.

Toda a raiva que eu sentia se transformou em angústia. Maeve tem seus segredos, eu sei disso desde que a conheci, assim como eu tenho os meus. Mas nada tão ruim, ela não seria capaz de fazer maldades. Não pode ser.

— Você não sabe nada sobre ela — responde Becca.

— Ela é uma boa pessoa.

— Não existem mais pessoas boas — diz o homem, sarcástico.

Becca aperta mais meu peito, deixando meus pulmões sem ar.

— Já que Benji é tão apegado ao protocolo, acho que devemos matar a menina e levar Maeve conosco.

— Não — rosna Maeve. — Podem me levar, mas ela não fez nada de errado.

— Sabe muito bem que a culpa da sua amiga morrer não é minha — diz Becca. — É tudo culpa sua, Maeve. — E acrescenta, sussurrando em meu ouvido. — É melhor fechar os olhos, vai ser mais fácil.

Maeve se debate, mas o homem a segura firme. Becca acrescenta:

— Tristan, segure ela firme.

Ela pressiona a pistola ainda mais contra minha têmpora; ouço seu dedo roçando o gatilho. Ela não quer atirar em mim; nenhum deles *quer* atirar em mim, apenas *acham* que precisam. Todo mundo *acha* que tem que fazer coisas horríveis para sobreviver.

— Você não precisa fazer isso — digo, mas não consigo me soltar de Becca.

Tristan ri, puxa Maeve e lhe aplica um mata-leão com um braço, e com o outro procura algo no bolso para amarrar as mãos dela. Mas esse segundo é suficiente para ela. Maeve corre em direção a Becca com a faca na mão e segura a pistola, afastando-a de minha têmpora.

Becca cambaleia para trás e me leva junto ao chão. Um choque corre por minha espinha, sinto sangue em minha boca. Tudo acontece rápido demais. Maeve, quase selvagem, corta Becca com sua faca. Tristan dá uns passos para a frente, tentando achar uma brecha na briga, mas Benji fica parado; não faz nada para deter Maeve e proteger sua amiga. Ele está com medo, e eu o entendo.

Becca aponta a arma para Maeve. Sinto um nó no estômago. Mas Maeve não hesita, leva o braço para trás e...

Vejo Maeve cravar a faca no tronco de Becca e torcê-la um pouco.

Meu coração bate na garganta; não consigo respirar. Vejo dor no rosto de Maeve quando ela percebe o que fez. *O que foi que ela fez?* Por um momento, minha mente fica paralisada, não processa o que está acontecendo; cada músculo de meu corpo está repentinamente imóvel. É como se eu houvesse perdido toda a autonomia, minha alma flutua e olha a cena de cima. *O que foi que ela fez?*

Vejo Becca cair de costas no riacho e Maeve recuar com um movimento lento e deliberado, deixando sua faca cravada na mulher. Becca gorgoleja, sua voz se distorce, como se estivesse se afogando antes mesmo de chegar à água. A pistola escorrega de sua mão. O vermelho se mescla com a água, tingindo o riacho. Não preciso olhar para Becca para saber o que aconteceu. Tudo é silêncio. Silêncio pontuado pelo som da água corrente.

Então, Tristan vai cambaleando em direção a Maeve, sem arma nas mãos, mas é tarde demais. Maeve se arrasta no chão procurando a arma de Becca. Pega-a; seu braço treme. Ela a aponta para ele, com o dedo hesitante no gatilho.

— Ninguém se aproxima — rosna ela.

Ela se agacha em minha frente, impedindo que se aproximem. Seu nariz está sangrando e mancha seus dentes de vermelho. Mais uma vez, ela está me protegendo. Mais uma vez, sou inútil. Fico olhando para o corpo no riacho; a respiração de Becca entrecortada. *O corpo.* A cena me faz lembrar como é a morte e o preço que ela cobra.

Tristan ainda está se aproximando, mas Benji pousa a mão em suas costas, parando-o.

— Pare — murmura, com um toque acre na voz. — Não vale a pena.

Olho para Benji, mas ele não está olhando para mim. Aproxima-se mais do amigo e sussurra algo em seu ouvido. A seguir, faz um sinal para Maeve. Ela range os dentes. Eles estão fazendo algum tipo de barganha, mas não sei quais são os termos.

Tristan fica parado, como se estivesse tentando controlar um acesso de raiva, e a seguir, volta-se para Maeve, ainda parada no riacho, com as calças encharcadas.

— Se pegarmos vocês nesta floresta de novo, as duas morrem.

Maeve limpa o sangue do nariz e olha feio para o homem.

— Isso não vai acontecer.

Ela se levanta devagar e caminha até mim. Estendo a mão; hesito em pegá-la. Mas Maeve precisa de mim agora, ela fez isso para me salvar.

— Tenho certeza de que nos veremos de novo — diz ele.

O homem fica olhando feio enquanto Maeve me puxa para longe, joga a arma em seu carrinho e nos afastamos. Vejo ele correr para Becca, que está arfante, sangrando. Ela está viva. Por enquanto. Ele se abaixa, pousa a mão na barriga trêmula dela e a observa, enquanto nós nos afastamos.

Quando já estamos longe, Maeve larga o carrinho e se vira para mim. Minha respiração está trêmula, irregular.

— Obrigada por não deixar eles me matarem — sussurro.

Ela me puxa e me dá um abraço apertado, desesperado. Ficamos assim, respirando juntas, nossos batimentos cardíacos se misturando, o corpo de uma se derretendo no da outra.

— Desculpe, Liz.

— Você não tem que se desculpar.

Não sei se estou sendo sincera. Não sei se sinto medo dela ou se lhe sou grata. Não sei o que deveria sentir.

— Eu não deveria ter trazido você aqui, não deveria ter feito aquilo — diz Maeve, choramingando, enterrando o rosto em meu ombro. — Eu deveria ter encontrado outro jeito.

Eu recuo, é uma reação automática. Quero tranquilizá-la, mas não consigo. Ela merece isso? Ela *esfaqueou* uma pessoa diante dos meus olhos. Quero lhe fazer um milhão de perguntas. Quem eram aquelas pessoas? O que ela fez para merecer isso? Quero sair correndo, quero abraçá-la, não sei o que quero. Então, apenas forço as palavras a saírem:

— Você fez o que tinha que fazer.

Maeve dá uma risada triste.

— Nunca temos escolha, mas isso não torna nossas ações melhores.

Não sei o que dizer.

CAPÍTULO 17

14 DE MAIO: ANTES DA PRIMEIRA TEMPESTADE

Não que eu esperasse que o baile de formatura fosse o melhor dia de minha tenra vida, mas como minha mãe passava tanto tempo falando sobre o dela quando éramos pequenas, eu esperava que fosse pelo menos marcante. É algo tão simbólico que imaginava que, quando o dia chegasse, algo profundo teria mudado em minha alma e me deixado animada para ir, para colocar um vestido preto justinho, um par de sapatos altos demais e ficar mancando por um espaço de eventos chique de Nova Jersey com ingressos que custam mais de cem dólares.

Mas sinto no estômago um medo intransponível enquanto subo a bainha de meu vestido e me sento no banco de trás de um Jeep que pertence a alguém que não conheço. Não foi assim que imaginei que seria. Não era assim que deveria ser. Minha amiga Mia está sentada no banco do passageiro, delirando por Finn, seu namorado recente, que não consegue encontrar as chaves do carro. Ele tem cabelos castanhos ondulados tipo boy band e seu terno azul-marinho lhe cai bem. Também não parece contrariado por eu estar ali segurando vela e estragando um possível encontro romântico deles, apesar de, sem dúvida, ter todo o direito de ficar bravo.

Mia deveria ser meu par esta noite. Íamos ficar criticando o cenário medíocre romântico da escola, comendo doces e vendo as pessoas dançando. E então, sairíamos mais cedo, tomaríamos sorvete e passaríamos o resto da noite vendo filmes. Seria divertido, mas ela me trocou por um cara de quem eu nunca havia ouvido falar até quinta-feira passada.

Pelo para-brisa do Jeep, vejo Thea entrando em outro carro com o namorado. Benji corre em volta do conversível para abrir a porta para ela. É uma tentativa meio torpe de cavalheirismo, mas ela sorri mesmo assim, afastando o cabelo do rosto. Na verdade, o conversível não é dele; aparentemente, foi necessária muita persuasão para que o pai lhe emprestasse o carro, e isso é o que importa. Thea esvaziou uma lata inteira de spray de cabelo para se assegurar de que a viagem até o local não estragasse seu penteado.

Benji sorri para ela e faz uma gracinha enquanto coloca a chave na ignição e o carro ganha vida. Thea sorri também. Em nosso Jeep, Mia está aumentando o volume da música até que sinto os graves fazerem o carro vibrar. O namorado dela diz algo que não consigo entender, e ela revira os olhos, voltando o olhar para a janela. Ah, o amor jovem...

O carro com Thea e Benji se afasta do meio-fio e o nosso finalmente começa a andar. Thea desaparece na esquina, com seu cabelo esvoaçando duro atrás dela, apesar de sua tentativa inútil de desafiar a física.

Mia se volta para mim e diz algo, mas não consigo ouvir por causa do som alto.

— O quê?

Ela franze os lábios e abaixa um pouco o volume antes de repetir:

— Você está bem?

Faço que sim com a cabeça depressa.

— Claro que estou.

• • •

Thea e Benji aparecem quando estou enfiada em um cantinho comendo meu terceiro cupcake de chocolate da noite. Minha irmã se aproxima com uma sobrancelha erguida e um olhar que diz *Não sei que palavras vão sair de sua boca, mas eu já não acredito nelas.* Benji a segue. Na distância, posso ver a cabeça de Mia e Finn balançando no meio da multidão de gente que enche a pista de dança. Fiquei com Mia o máximo que pude, mas meus pés começaram a doer, e eu não conhecia a música que estava tocando, e lembrei que danço muito mal em qualquer situação, mas pior ainda usando um tubinho preto.

— Eu disse que você poderia sentar conosco — diz Thea quando deixo meu cupcake pela metade na mesa e noto sua presença. — Você não precisava fazer... isso.

É verdade, Thea me ofereceu sentar com ela; as amigas dela são legais, claro, mas eu não queria incomodar ou sentir que me enfiaram de última hora em outra situação social à qual não pertenço. Mas Thea se preocupa, apesar de não precisar esta noite. Acho que o baile de formatura é a única noite em que todas as responsabilidades de irmã podem ser esquecidas. Mas parece que ninguém avisou Thea

— Eu sei — respondo. — Eu não queria incomodar.

Penso em mentir e dizer que fiquei com fome, ou que Mia está no banheiro, mas sei que Thea perceberia e Benji se ofereceria para encontrar Mia para mim, e a mentira iria por água abaixo. E seria ainda mais triste ter que mentir em vez de só aceitar minha existência embaraçosa.

Passam-se alguns momentos de silêncio enquanto Thea processa o que digo e avalia se deve declarar o óbvio: que eu não incomodaria; ou simplesmente ignorar minhas palavras.

— Quer ir embora?

— O quê? Não, estou bem. — Não vou estragar a noite dela. — Mia ainda está se divertindo com o Mister Maravilha. Vou esperar ela terminar.

Mas Thea sacode a cabeça.

— Não precisa. Nós podemos levar você para casa. Queremos ir embora mesmo — diz ela, olhando-me nos olhos e enfatizando a sinceridade de sua oferta.

Benji concorda e abre um sorriso.

— É melhor eu devolver o carro, está ficando tarde. — E logo acrescenta: — Podemos ficar vendo filmes, sei lá. O que você quiser.

Penso no conversível e no passeio romântico deles e que vou estragar a noite de outro casal se eu aceitar. Penso que eles devem ter planos para o resto da noite que não me envolvem. Mas também penso em Mia e Finn e no Jeep e nos três cupcakes que já comi. Penso que o baile ainda dura pelo menos mais uma hora e meia e que meus pés estão doendo e esqueci meu All Star em casa.

— Então tá — respondo, e me levanto.

Deixo as forminhas de cupcake no prato e sigo Thea pela pista de dança. Ela deixa Benji ir na frente e caminha ao meu lado. Quando saímos pela porta da frente, ela se inclina em direção ao meu ouvido e murmura:

— Você sabe que meu dever é cuidar de você, não é? — diz, como se percebesse minha consciência pesada.

— Você não precisa fazer isso.

— Mas eu quero. Se fosse comigo, você faria a mesma coisa.

CAPÍTULO 18

Paramos na beira da estrada depois de quase uma hora caminhando em silêncio; sentamo-nos em uma barreira enferrujada, bloqueando o trânsito que não existe mais. Maeve tira do bolso a arma de Becca e esfrega o metal manchado com o polegar. Eu me dou conta de que nunca havia visto uma arma de verdade. Só em filmes de crime e de ação. Nunca na vida real.

Há muitas perguntas que quero fazer, a maioria contendo palavrões. Ficam ecoando em meus ouvidos e se escondem nas fendas de meu cérebro. Fico pensando se acaso ela queria matar Becca. Fico me perguntando o que teria acontecido se ela houvesse conseguido. Estou com raiva; com raiva dela por mentir, por colocar nós duas em perigo. Mas também quero dizer: *Obrigada por não me deixar sozinha. Obrigada por ficar. Obrigada por salvar minha vida.*

— Você poderia ter me contado sobre essas pessoas — é só o que digo.

Maeve fica meio rígida.

— Eu não queria que você me achasse perigosa.

— Você invadiu minha casa, eu já a achava perigosa.

É um comentário meio bobo, mas não parece quando o faço.

— Eu sei; desculpe — diz ela, com uma voz tão desanimada que acho que não consigo ficar brava.

Talvez agora seja minha vez de cuidar dela. Nós duas fizemos coisas das quais nos arrependemos. Nós duas machucamos pessoas — temos isso em comum.

— Tudo bem.

Penso no que Becca disse; que eu não conheço Maeve; que Maeve conseguiu escapar da última vez. E penso em como a coisa terminou desta vez. Maeve não hesitou em dar uma facada em Becca para salvar minha vida. Não consigo deixar de me perguntar se ela já fez isso antes.

Maeve continua mexendo com a arma, parando só quando tira o pente. Ela ofega enquanto o inspeciona e olha dentro dele. Vejo a tensão em seu rosto quando ela o vira em minha direção para me mostrar o nada que espreita lá dentro.

— Está vazio — murmura, sem ousar me olhar nos olhos. — A arma não estava carregada.

Não sei o que dizer. Não sei como ajudá-la.

— Você não sabia disso, Maeve.

— Eu não precisava machucá-la

— Você não tinha como saber.

Com dedos trêmulos, ela coloca o carregador de volta na pistola, devagar, e me entrega a arma.

— Eu não precisava fazer nada. Você estaria segura de qualquer forma.

Ela não espera minha resposta; levanta-se devagar e volta para seu carrinho. Vai andando pela rua sem olhar para trás para ver se a estou seguindo. Olho para a arma em minhas mãos e engulo em seco antes de jogá-la na grama ao lado. Maeve não precisa dela pesando em sua consciência; não precisa viver assombrada por esse objeto.

Demoro um pouco para alcançá-la, mas quando consigo, finjo que nada aconteceu e guio nosso papo em uma direção diferente.

— É sempre assim? — pergunto enquanto passamos por um campo de futebol deserto, exceto por uma camiseta e uma garrafa de água em cima de um banco.

O campo está completamente coberto de mato; as ervas daninhas chegam até meus joelhos, o musgo e a hera engolindo as arquibancadas. Um placar surge na distância, já quase completamente tombado. Maeve olha para a frente, como se tentasse esquecer o que aconteceu.

Como se, não desviando o olhar, evitasse encontrar meus olhos e eu não pudesse perguntar nada sobre Becca.

— É sempre tão vazio?

Maeve segura o carrinho com força.

— Quando as pessoas saem de casa, não tomam a dos outros, porque se derem sorte, encontrarão só mofo e cheiro de podre nos edifícios que sobraram. Mas quando não têm sorte... encontram a morte. Ninguém quer encontrar um corpo em decomposição. Acabam inventando outras soluções para se abrigar, longe do que sobrou da sociedade.

— Então, está todo mundo escondido?

Viramos a esquina e passamos por uma charcutaria que fica a um quarteirão da livraria; a placa que diz aberto ainda se vê na porta. O resto do edifício virou pó; a parede da frente é a única que ficou em pé. Parece um cenário de filme malfeito, sem graça e unidimensional. Atrás da porta de vidro quebrada, vejo um freezer de sorvete tombado cheio de mofo dentro. Não tenho a menor noção do mundo exterior de meus clientes; estou focada demais no passado e nas histórias deles para entender como o mundo funciona agora. Claro, eu sei que existem grupos, mas Becca e aquele homem na floresta falaram sobre protocolo... nunca pensei que algo tão organizado pudesse surgir em um ano.

Penso na livraria, nas pessoas que espreitam do lado de fora. Espero que ninguém tenha fugido com as setenta e oito cópias de *O doador de memórias* que me restam. Um dos meus colegas de trabalho pediu, sem querer, trezentas cópias, em vez de trinta, ao preparar o pedido de uma escola, e ficamos com um monte deles encalhados. Não consegui me livrar de uma única cópia ano passado. Surpreendentemente, depois do fim do mundo as pessoas parecem não se interessar por literatura distópica.

— Algumas coisas ainda funcionam — Maeve está explicando quando eu volto à realidade. — Como sua livraria. Existem grupos, como aquele da floresta. Uns são mais perigosos que outros, só precisamos saber onde ficam.

— Você sabe onde ficam?

— Eu sabia — diz ela.

— Sabia?

Mas Maeve não responde; desvia o olhar, acelerando o passo.

— Não quero falar nisso.

De repente, surge um lampejo de entendimento e eu paro e fico esperando até que Maeve me olhe nos olhos. Percebo que nunca vi a barraca quebrada dela e entendo. Eu sei como é ser deixada para trás. *Banida.* Foi o que o homem disse.

— Maeve, diga a verdade. Sua barraca quebrou mesmo?

Observo emoções conflitantes passando depressa pelo rosto dela.

— Não — ela admite por fim. — Eu estava sozinha, não sabia para onde ir. Não podia continuar fugindo deles, precisava de abrigo, e quando vi a livraria, pareceu um bom lugar. Não sabia que tinha alguém morando lá.

Não sei o que dizer. Eu nunca soube o que dizer em situações como esta. Nunca soube confortar as pessoas além de lhes dar um abraço acanhado. Olho para a mandíbula apertada de Maeve. Ela está tensa, como se quisesse correr pelo último quarteirão até a livraria. Entendo o impulso, mas não a deixo.

Tiro a mochila das costas e vou até ela, passo meu braço bom em volta de seu pescoço e a mantenho perto de mim. Ela não se afasta. Fico nessa posição, sem saber se devo parar, até que sinto duas mãos em volta de minhas costas me abraçando forte. Ela suspira; seu hálito quente enche meu ouvido.

— Você pode ficar o tempo que for preciso — digo.

É o mínimo que posso fazer. Ela salvou minha vida, duas vezes.

— Obrigada — sussurra, tão baixo que mal consigo ouvi-la.

• • •

Por fim, continuamos a volta para casa, descendo o quarteirão. Maeve puxa seu carrinho pelo asfalto com cuidado para não derramar a água que pegamos. Ela caminha em direção à livraria a um ritmo lento e deliberado. Cada passo parece exigir um pouco mais de energia do que deveria, como se ela estivesse com o tanque quase vazio. A maneira como ela se comporta me diz que essa é a verdadeira Maeve. Nada de energia avassaladora, nada de confiança irritante, nada de humor mordaz.

Quero perguntar se ela está bem, mas não pergunto. Sei que ela não vai me dizer a verdade. Ninguém nunca diz a verdade quando as pessoas fazem esse tipo de pergunta.

Mas quando Maeve para a poucos metros do meio-fio e respira fundo, pergunto:

— Você está bem?

— Não sou eu — responde Maeve, largando a alça do carrinho para apontar para a lateral do edifício. — É isso.

No começo, eu nem noto, apenas franzo as sobrancelhas e me pergunto do que Maeve está falando. Até que vejo. A árvore morta ao lado do edifício caiu, levando junto a maior parte da parede.

CAPÍTULO 19

Estou ferrada, estou muito ferrada. Fico repetindo a frase muitas e muitas vezes em minha cabeça. Quando eu era mais nova, implorava a meu pai que me deixasse ter uma casa na árvore, mas não era isso que eu tinha em mente.

Maeve está olhando para mim, atenta, para ter certeza de que não vou ter um treco diante de seus olhos. Não tenho 100% de certeza de que não vou mesmo. Uma parte de mim, possivelmente a pior parte de mim, quer rir. Quer rir do absurdo total dos últimos dias, porque o universo continua jogando merda em cima de mim como se achasse engraçado. É a parte de mim que ocasionalmente soltava uma gargalhada quando eu via alguém cair na calçada. Sei que é um impulso horrível, e talvez isso me torne uma pessoa horrível, mas às vezes deixa tudo um pouco melhor.

Eu me sento devagar no tronco da árvore.

— Estamos completamente ferradas — digo.

Da esquina, Maeve me encara.

— Acho que *completamente* é meio exagerado.

Ela não está sendo sincera; sei pelo jeito que olha para o tronco da árvore, para a grama, para qualquer lugar, menos para mim.

— Maeve, tem um buraco do tamanho de um fusca na lateral do edifício. O que você quer que eu faça? Finja que sempre quis uma segunda entrada?

Espero que Maeve responda, mas, em vez disso, ela se aproxima e, antes que eu possa reagir, me abraça. E me deixo abraçar. Deixo sua mão passar cuidadosamente sob meu braço direito e ao redor de meu tronco. Deixo seus dedos pressionarem minhas costas com uma firmeza que não sentia há muito tempo. Três abraços em um dia — ou melhor, em poucas horas — depois de passar anos sem nenhum. Claro, quando abracei Maeve foi bom, mas *ser abraçada* é algo totalmente diferente. Ela segura firme minha cintura.

Mas sinto a tensão em meu estômago e as lágrimas prontas para rolar por meu rosto. Deixo meu lábio tremer enquanto enterro o rosto no ombro de Maeve, só respirando fundo. Este era o lugar que deveria ser seguro quando todo o resto não era. O lugar que deveria continuar em pé, porque estava aqui quando meu lar desapareceu. Agora, com outra Tempestade se aproximando, isso importa mais que nunca.

Uma lágrima corre, apenas uma. Quente e salgada, descendo devagar por meu rosto e pingando no ombro de Maeve. Ela sente.

Ela se afasta, mas não me solta completamente. Mantém os braços em volta de mim e afrouxa só o suficiente para poder ver meus olhos e meu rosto.

— Liz, vamos entrar, avaliar o estrago e traçar um plano — diz ela, com voz carregada de sinceridade.

Ela vai na frente em direção à porta, não ao buraco, puxando seu carrinho. Hesita antes de entrar e pega a jarra purificadora azul para levar para dentro.

— Não precisamos pegar as coisas agora, não é? — pergunto e Maeve cruza os braços.

— Nossos eus futuros nos agradecerão se pegarmos — diz Maeve, e tira meu pedaço de fita adesiva Nancy Drew, que felizmente não foi violado.

Por dentro, o estrago parece pior. Os galhos da árvore se estendem da parede até a borda do balcão; derrubaram todas as prateleiras e mostruários de cartões de aniversário pelo caminho. Ainda bem que a árvore não era tão alta nem estava tão perto da livraria, senão o prejuízo seria maior. Mesmo assim, o buraco que abriu é muito maior do que eu posso suportar. Deve ter mais de um metro de largura. Metro e meio, se eu for generosa. É um buraco do tamanho de uma criança quase pré-adolescente.

Maeve salta sobre o balcão curvo da frente, vai até o outro lado do tronco e o inspeciona atentamente.

— Qual é seu diagnóstico de especialista? — pergunto, com medo da resposta.

— Pela primeira vez, não sou especialista — admite, também pela primeira vez. — Mas temos duas opções.

— Que são?

— Primeira: começar a trabalhar. Tiramos a árvore e remendamos o buraco. Segunda: tiramos a árvore e vamos para outro lugar esperar a Tempestade passar, só por precaução.

— O quê? — digo, atônita. — Eu não vou embora daqui, Maeve.

Ela se vira para olhar para mim.

— Mas talvez essa seja a opção mais segura. Voltaremos depois, quando não tiver mais nenhuma ameaça iminente.

— Está falando sério?

— Sim.

Balanço a cabeça.

— Isso está absolutamente fora de cogitação.

— Mas podemos conversar sobre a possibilidade?

Deixar tudo para trás? Deixar este lugar à mercê de saqueadores? Já foi difícil fazer nossa expedição recente, a ideia de abandonar a livraria à intempérie é meio demais para mim. Posso perder o único lugar que me resta para chamar de lar por uma chance meramente melhor de sobrevivência. E quem sabe se o lugar aonde formos não terá um buraco ainda maior na parede?

— Sem chance.

Maeve faz como se quisesse discutir, mas se detém.

— Tudo bem. Podemos falar sobre isso depois.

Ela começa a arrancar galhos do tronco e os joga na rua. O estalo de cada galho é ensurdecedor, mas ela parece não notar. Trabalha com fúria, usando todo o peso do corpo, com todos os seus músculos tensos em movimento. Sinto-me inútil tirando os pedaços menores com meu braço bom; pequenos galhos que nunca chegaram a vingar. Meu braço está melhorando, eu sinto, mas vai demorar um pouco mais para que esteja totalmente funcional. Olho pela janela enquanto trabalho, permitindo me distrair com o nada lá de fora. Se isto aqui fosse um faroeste de baixo orçamento, eu veria uma bola de feno passando agora mesmo.

Olho para a ponte ferroviária ao lado da praça. Está enferrujada e feia, e quando a gente passava por baixo, sentia líquidos misteriosos pingando de cima. Eu me lembro de correr para a estação de trem nas noites quentes de verão às sextas-feiras, com Thea, para encontrar meu pai voltando do trabalho. Todos esperavam do outro lado da ponte até o trem desaparecer nos trilhos para evitar as substâncias estranhas que pingavam dele. E quando o trem partia e os passageiros começavam a se aproximar, imediatamente virava uma competição entre nós para ver quem conseguia avistar papai e seu terno bem-feito primeiro. Ficávamos ali, suando um pouco no ar doce do verão, até que ele sorria para nós, dando-nos permissão para correr para seus braços.

Enquanto olho para a ponte, uma figura aparece, hesitando nas sombras. Está longe demais para eu poder distinguir algo específico, mas me parece ser um homem. Provavelmente alguém vindo à livraria para fazer uma troca ou deixar uma carta. Não estou com cabeça para atender alguém agora, mas imagino que uma conversa com uma pessoa aleatória deve ser mais emocionante que arrancar galhos de uma árvore. Então endireito minha postura e me dirijo à porta, pronta para receber o recém-chegado.

Mas a pessoa não se mexe. Apenas observa, e suas características discerníveis ficam escondidas nas sombras. Eu fico esperando que a pessoa faça alguma coisa, qualquer coisa. Mas ela continua imóvel como uma estátua.

— Você está vendo aquilo? — pergunto, virando-me para Maeve.

Ela vai confirmar minhas suspeitas. Vai rir e dizer que é bizarro e que não preciso me preocupar. Que é apenas um estranho, nada mais, nada menos.

— Vendo o quê?

Maeve caminha em minha direção fazendo ranger as tábuas do assoalho. Limpa as mãos na calça.

Eu me viro de novo para a janela, pronta para apontar a pessoa embaixo da ponte, mas já não há mais ninguém.

Talvez eu esteja ficando louca.

• • •

Não durmo bem, e desta vez não é por causa do calor. Uma brisa fria fora de época entra pela janela aberta, e puxo minha colcha para perto do queixo.

Quero contar a Maeve sobre a pessoa debaixo da ponte. Quero provar que era real, mas ela está com olheiras profundas e calos nas mãos. Cada respiração deve ser um custo; ela não precisa de minhas ideias idiotas para piorar as coisas.

Fico olhando para o teto; sinto algo farfalhando atrás de mim. Só me sento na cama quando ouço a porta da frente ranger; a colcha fica amontoada em volta de minha cintura. Percorro o quarto com os olhos, que saltam sobre vários objetos antes de perceber que o lugar de Maeve no chão está vazio. Espero, pensando se devo segui-la. Talvez ela queira ficar sozinha. Talvez tenha esquecido algo no carrinho e só se lembrou agora, no meio da noite. Eu sempre me lembro das coisas mais ridículas nas horas mais ímpias. Mas ouço a porta da frente bater e o som débil de cascalho sob pés.

Não quero ficar sozinha nesta escuridão.

• • •

Maeve está sentada no degrau da frente, com as pernas esticadas. Ela não olha para mim enquanto cuidadosamente passo pela porta, roçando suas costas com minha perna.

— Ei — sussurro, tentando preservar a paz que paira no ar.

Eu me sento ao lado dela e cruzo as pernas, desenhando linhas na terra com as pontas de meu All Star.

— Não consegue dormir?

— Nem um minuto — responde ela, dando um sorriso frouxo.

— Quando foi a última vez que você dormiu? — pergunto. — Tipo, dormiu em paz de verdade, sem sonhos malucos e tal.

Uma risada aguda irrompe de seus pulmões e ecoa pelo vazio.

— Seria horrível se eu dissesse que não consigo lembrar? — Ela faz uma pausa. — Meu Deus, acho que virei um zumbi.

— Geralmente, os zumbis vêm com o fim do mundo mesmo.

— Sempre achei que me sairia bem em um apocalipse zumbi — diz Maeve. — Você, por outro lado, seria a primeira a morrer.

Finjo que uma flecha atravessou meu coração.

— Não diga bobagens! Eu sou praticamente um John Wick adolescente. Eu seria uma serial killer de zumbis. Os zumbis ensinariam seus filhos zumbis a terem medo de mim!

Maeve ri.

— Claro, Elizabeth Swann.

Ficamos em silêncio um tempo e, embora eu não queira estragar o clima agradável entre nós, sei que vou explodir se não fizer a pergunta que está martelando em minha cabeça há horas.

— Quer falar sobre o assunto?

— Que assunto?

— O que aconteceu antes. — Sinto que minhas bochechas ficam vermelhas, mas continuo. — O que aconteceu com você antes de vir para cá.

Maeve sacode a cabeça.

— Não sei se quero falar sobre isso.

Eu assinto, achando que é fim de papo, mas ela limpa a garganta, olha para a frente e respira fundo, como se estivesse se preparando para fazer um discurso apaixonado.

— Fiquei uns sete ou oito meses com um grupo que encontrei a uns quinze quilômetros ao norte daqui. Parecia bom demais para ser verdade, sabe?

Eu sei. Eu sei como é ter tanta certeza de que nada de bom vai acontecer com a gente de novo. Eu entendo como é acreditar que a única coisa que nos espera no futuro é a dor.

— Eu fui a mais nova do grupo durante alguns anos — prossegue, olhando para algo oculto na escuridão. — Aquele cara que estava com eles ontem ainda não tinha chegado, e logo ficou claro que eles me julgavam por minha idade. Todos, exceto uma pessoa, que me defendia quando as coisas ficavam tensas demais. Ela sempre ia me ver quando eu me escondia por muito tempo. Era uma boa amiga, mas todos os outros me julgavam. Achavam que tudo que eu podia fazer alguém mais velho poderia fazer melhor. Nunca me davam chance de provar que eu era mais capaz que todos eles juntos.

Ela morde o lábio, quase até rasgar a pele.

— Claro que isso me incomodava. Eu não era lá a pessoa mais amável e não gostava de receber ordens. E um dia, decidi mostrar meu valor. Saí para caçar sozinha, levei a faca de Becca. Não contei a ninguém. Saí de manhã cedo para que ninguém pudesse me impedir, para que ninguém pudesse me dizer que eu não deveria ir. Encontrei um homem na floresta todo ensanguentado e machucado. Ele disse que havia sido atacado e precisava de ajuda. Que sua filha tinha sido levada e ele não sabia para onde. Então, deixei minha caçada de lado para salvar o homem. Acho que pensei que, se ajudasse ele, os outros veriam que eu era melhor, mais forte que eles. Tirar uma vida é uma coisa, mas salvar uma vale muito mais.

Maeve se cala por uns instantes.

— Devia ter sacado que ele estava mentindo. Devia ter percebido assim que ele hesitou quando perguntei o nome da filha dele. Ou quando ele disse não quando perguntei se precisava de curativos. Eu deveria ter percebido, mas não percebi. E o levei ao acampamento comigo, deixei que atravessasse nossos muros; era justamente o que ele queria. Ele foi embora em menos de duas horas levando a maioria de nossas armas e comida. Tudo que pudesse usar para sobreviver. E eu levei a culpa. Eles disseram que aquilo havia sido a gota d'água. Fizeram uma votação, e minha amiga, a única pessoa que eu achava que me defenderia e entenderia por que havia feito aquilo, foi o voto decisivo. Então, fui banida. De suas florestas também. Não importava para eles que aquelas florestas fossem o único lugar próximo com água potável e vida selvagem.

Sei que não é hora de fazer perguntas, mas faço mesmo assim:

— E por que você ficou na área? Por que não se mudou para outra cidade?

Maeve dá uma risadinha. Uma risadinha desesperada.

— Eu teria ido para bem longe daqui. Teria ficado sozinha, sempre em movimento, mas quando surgiu a oportunidade, imaginei que seria mais seguro ter um abrigo. A natureza nem sempre segue uma programação rígida. — Ela se cala um pouco, franze a testa. — Eu ia saquear a livraria e cair fora, mas, bom, não foi isso que aconteceu. Achava que a loja estava longe o suficiente da floresta para não me causar problemas. E eu me preocuparia em encontrar um *lar* mais tarde. — Ela faz uma pausa.

— Este lugar se tornou um lar para mim — digo, sentindo meu peito se apertar. — Depois da Tempestade, virou meu lar. Uma colega de trabalho... uma amiga estava comigo, e isso era legal.

— Sério?

Percebo que nunca falei de Eva para Maeve.

— Ela ficou aqui comigo um tempo, mas depois foi embora.

— E você gostava dela? — pergunta Maeve, mas parece não querer saber a resposta.

— Mais do que ela gostava de mim, acho.

Alguns segundos se passam antes que Maeve finalmente diga, torcendo os lábios:

— Ah... E por que quer ficar aqui, ou nesta cidade, depois de tudo que aconteceu?

— Prefiro pensar que as coisas boas superam as ruins; pelo menos um pouquinho.

— Mas depois de tudo isso você não... — a voz de Maeve some, mas logo ela acrescenta. — Talvez devêssemos ir embora.

Noto a mudança repentina em seu tom de voz e levo alguns segundos para perceber o que ela está dizendo.

— O quê?

— Tem uma Tempestade chegando, e nós duas já passamos por muita coisa aqui.

— Nós duas também já passamos por uma Tempestade.

— Mas não assim — argumenta. — Não com um buraco na parede e sem um teto.

— Vamos consertar, como você disse.

— Eu sei, mas não temos como arranjar mais água. Acho que não é mais seguro.

Dou uma risadinha, como se ela estivesse brincando, mas sei que não está.

— Você já caçou na floresta mesmo depois do banimento, não é?

Mas Maeve sacode a cabeça.

— Não podemos arriscar de novo. Não vou arriscar sua vida de novo.

Estendo a mão e pego a dela, surpresa com minhas próprias ações. Entrelaço meus dedos nos dela e a olho nos olhos; minhas entranhas vibram.

— Eu não vou embora daqui. Lamento por tudo que você passou, mas agora não é hora de fugir. Não posso fugir de novo. — Faço uma pausa. — Pessoas assim são a razão pela qual não podemos ir embora daqui. É seguro aqui, porque aqui, as pessoas vêm e vão, mas pelo menos são pessoas vivas. Aqui é solitário às vezes, mas agora tenho você. E temos comida e um pouco de água, parte de um teto sobre nossa cabeça. Vai saber o que teremos longe daqui?

Não sei se ela acredita em mim, mas espero que sim. Espero que ela perceba que não está sozinha.

Mas ela não diz nada.

CAPÍTULO 20

Encaro o que sobrou da árvore e ela me encara também; os nós de sua casca estão começando a parecer olhos. Maeve está atrás de mim, praticamente respirando em meu cangote. Bato o pé, impaciente.

— Você tem uma serra? — pergunta ela, esfregando o queixo com as pontas dos dedos.

— Maeve, isto é uma livraria. Para que eu ia precisar de uma serra?

Ela ergue uma sobrancelha, não se rende ao poder de minhas piadas mal contadas.

— E a loja de ferragens?

A imagem de prateleiras vazias espreita no fundo de meu cérebro; poeira escura se acumulando no metal bege.

— Não deve ter — digo. — Não sobrou nada lá.

— Que ótimo.

Maeve bufa e olha para mim. Suas olheiras estão ainda mais profundas e o verde outrora forte de suas íris agora é opaco.

— Então, dê-me uma solução — diz ela, afastando uma mecha de cabelo do rosto. — E um lugar onde possamos arranjar madeira também, para remendar esse buraco.

Eu quero revidar e perguntar: *Qual é a sua solução?*, mas não digo nada. Este não é o território dela, é o meu. Minha cidade, minha responsabilidade, não é?

Quando esse pensamento entra em meu cérebro, é imediatamente seguido por outro. Eu sei onde encontrar uma serra, madeira e qualquer outra coisa de que Maeve possa precisar para fazer sua mágica.

Isso me provoca uma sensação desconfortável, mas é a melhor opção que temos. Provavelmente a única.

— Tá, eu tenho uma solução — anuncio, e um pingo de vida retorna ao rosto de Maeve. — É uma casa, a dez minutos daqui; lá devemos encontrar as coisas de que você precisa.

Mas a ideia de deixar este lugar de novo faz meu estômago revirar. Lembro muito bem o que aconteceu da última vez que fiz isso.

Ela aperta os lábios; um pequeno vinco se forma em sua testa.

— Liz, estamos em um bairro residencial. Não quero ficar cara a cara com corpos de pessoas que não tiveram a mesma sorte que nós, e com certeza não quero ficar andando por uma casa que cheira a carne podre.

Assinto devagar, pronta para me explicar, mas Maeve não terminou.

— E não podemos simplesmente ir e roubar a casa de alguém. Seria diferente se ninguém tivesse morado lá, como uma loja ou uma escola, mas a casa de alguém?

Eu só sacudo a cabeça.

— Não vamos roubar a casa de ninguém — esclareço. — Vamos para minha casa.

• • •

Partimos na manhã seguinte; uma dor de cabeça martela minhas têmporas desde o momento que acordo. A gravidade da situação oprime meu peito como uma tonelada de tijolos enquanto amarro meu All Star e desço a escada, com Maeve ao meu lado. *Minha casa. Minha. Casa.*

Sorrio para Maeve como se dissesse: *Está tudo bem,* é sério. *Estou bem.*

Não estou bem. A verdade é que não voltei lá desde o que aconteceu. Tentei não pensar na aparência da casa, no cheiro que tinha quando minha mãe fazia o jantar. Na sensação da maçaneta da porta em minha mão. Em minha voz que ecoava pelos corredores tomados por correntes de ar sempre que eu gritava *Cheguei!* O som que o assoalho de meu quarto fazia nas raras ocasiões em que eu decidia dançar. Tentei deixar minha casa em minha memória, construir uma barreira e começar uma nova vida. Não tive tanto sucesso.

Muitas vezes pensei no que faria se alguém oferecesse apagar minha memória. Parece implausível, mas o fim do mundo também parecia. Pensei em começar do zero sem nada mais a que me apegar. Estar contente com meu presente porque não tinha um passado de referência. Não seria capaz de pensar em coisas como escola, ar-condicionado ou família, porque não me lembraria da existência deles. Começaria no presente, sozinha e sobrevivendo, e talvez tivesse uma chance de lutar pela felicidade. Não saberia da existência de nada além da pura sobrevivência, dia após dia, que minha vida é agora. Não haveria nada do que sentir falta.

Mas às vezes, a lembrança vale a pena. É como assistir de novo ao episódio mais triste de nossa série favorita, mesmo sabendo quanto vai doer. É como olhar um álbum com fotos de pessoas que já morreram.

Partimos depois que nosso "cliente" do dia foi embora. Ele trocou um spray antisséptico e um saco de arroz por um velho pacote de pilhas que eu esqueci que tinha. E uma cópia de *A extraordinária jornada de Edward Tulane*. O spray antisséptico poderia ter sido mais útil uns dias atrás, mas a cavalo dado não se olham os dentes.

— Tem certeza de que está tudo bem? — pergunta Maeve baixinho. — Não precisamos ir. *Eu* também não voltei desde...

Não a deixo terminar. Não quero que ela tenha que pensar nisso.

— Está tudo bem — afirmo. — Eu não teria oferecido se não estivesse.

Maeve parece aceitar essa resposta, mas desconfio que é mais porque não quer discutir do que por acreditar em mim. Saímos, a fechadura quebrada tilinta quando a porta bate. Colocamos a fita adesiva, como fizemos antes. Voltaremos em duas horas e poderemos atacar a árvore de novo, com força total.

Vou na frente, saindo da livraria por um caminho que não percorro há quase um ano. Mantenho a respiração estável, meus olhos fixos à frente. Está tudo bem. Tudo ótimo.

Viro uma esquina; Maeve está uns passos atrás puxando seu carrinho, batendo suas botas na pedra. Passamos por um parque, onde foi meu primeiro encontro com um menino de minha aula de música. Foi meu primeiro e último encontro com um menino e terminou abruptamente depois de ele ficar falando sobre boxe durante duas horas e meia direto. A última coisa que eu soube dele foi que estava indo para Harvard. Será que ainda está vivo? É o parque onde eu andava de trenó nos dias frios de inverno, subindo e descendo a colina em frenesi, sabendo que uma reconfortante xícara de chocolate quente estaria me esperando quando eu chegasse à minha casa. O parque que eu atravessava a caminho do trabalho, onde costumava me sentar às sextas-feiras depois da escola com meus amigos, deixando a grama roçar meus tornozelos enquanto eu bebia refrigerante e comia o salgadinho mais barato que tinha.

Passamos pela Holland Court, que era a melhor rua para andar de bicicleta; tinha um leve declive, dava para ganhar velocidade na descida. O pessoal das casas que ficavam no sopé da ladeira dava barras de chocolate inteiras no Halloween, e em uma delas havia um gato malhado que aparecia em nosso alpendre dos fundos no verão. A rua cheira a verão, inclusive; esse cheiro tangível de asfalto quente e muito pólen. Fresco e pesado ao mesmo tempo. E a leve brisa me traz dezessete anos de memórias.

Eu andando de bicicleta de moletom, mesmo suando pra caramba, porque o moletom era novo e me fazia parecer *cool*. Fones de ouvido, aqueles que custavam os olhos da cara porque bloqueavam todos os ruídos de fundo — o que, definitivamente, não era seguro na rua, mas eu não me importava. Violent Femmes, Woodkid, Harvey Danger e Radiohead explodindo em meus ouvidos como se eu estivesse no estádio vendo o show.

As lembranças caem sobre mim como mil pedrinhas de granizo caindo do céu, quase me derrubando de meus pés já instáveis. Se Maeve percebe meu estado de fuga, não diz nada. Mas as memórias continuam vindo, como um soco no estômago atrás de outro. Festas de aniversário no quintal, nós jogando bolas de tênis contra a porta da garagem, refrigerante gelado do posto de gasolina a três quarteirões de casa. Nesse momento, o mundano é lindo. O mundano é raro e precioso, mas passa rápido como uma brisa, fazendo-me pousar de volta no presente.

O portão da casa está entreaberto, e quando o vejo, meu coração dispara. Paro no meio da rua, como se meus All Star de repente grudassem no asfalto. Maeve fica tensa ao meu lado, e sinto dedos gentis envolvendo meu braço.

— Não precisamos entrar — sussurra. — Podemos dar outro jeito.

— Estou bem — digo.

Mas não estou.

O portão é meramente decorativo, chega até um pouco acima do joelho. A tinta branca está descascada por falta de manutenção e certos eventos climáticos apocalípticos. É doloroso olhar para ele; penso que deveria ter feito algo para recuperá-lo antes de ir embora, para deixá-lo do jeito que quero lembrar. Mas aí, me lembro do ótimo trabalho que tenho feito com a livraria. Talvez, se eu houvesse ficado aqui, a esta altura uma árvore já teria derrubado o telhado.

A tinta amarela da casa também está descascada, e as persianas caídas pendem como em um filme de Halloween malfeito. Claro que eu nunca vi uma casa mal-assombrada *de verdade,* mas eu diria que a minha se qualifica, mesmo sem poder ver meu pôster em tamanho real de Emma Stone me espiando pela janela do quarto. O telhado está quase todo destruído; musgo cresce nas laterais da casa e na calçada de asfalto cinza escuro. Eu subi no telhado uma vez, achando que poderia voar como Wendy de *Peter Pan.* Felizmente, mamãe me viu antes que eu pudesse pular. E eu me recusei a falar com ela durante uma semana depois disso.

Parece haver mato cobrindo a casa toda. Lembro que sou eu a razão de ninguém ter ficado para dar a ela o amor que merecia. É minha culpa que esta casa esteja vazia.

Sigo pela calçada pisando em várias ervas daninhas e flores silvestres que brotaram das rachaduras no cimento. Meu pai teria um treco se visse o estado do jardim, ele passava horas cuidando dele.

— Só preciso de um minuto; pode entrar se quiser, ou pode esperar aqui fora — digo, tentando esboçar o maior sorriso que consigo.

Acho que não é muito convincente.

— Não vou deixar você entrar aí sozinha.

Seus olhos buscam os meus, mas disfarço bem minha relutância. Ela fica ao meu lado enquanto abro a porta da frente.

A casa cheira a mofo, e há poeira grudada em todas as superfícies. Quando piso no tapete da entrada, uma nuvem irrompe à minha frente e não consigo segurar um espirro. Meus ombros chacoalham e eu estremeço pela dor que isso provoca em meu braço.

— Você está bem? — pergunta Maeve.

— Só espirrei, não estou morrendo.

Ouço sua débil risada e fico aliviada.

A casa inteira está escura, exceto por colunas de luz solar que entram pelas janelas quebradas. Começo a subir a escada; a madeira range sob meus pés.

— Você guarda as serras lá em cima? — diz Maeve, brincando.

É o suficiente para me fazer rir, ou melhor, para exalar uma meia risada pelo nariz. Eu me viro e olho para ela.

— Sim, embaixo do meu travesseiro. — Aponto para uma porta no térreo. — Deve ter madeira na garagem, da época que tentei construir uma cabana no quintal. Pegue os pedaços que achar que pode aproveitar. A serra também deve estar lá. Já volto.

Maeve sai correndo e fecha a porta com cuidado. Continuo subindo, pondo um pé na frente do outro; cada passo parece pesar uma tonelada.

Meu quarto é o primeiro cômodo no alto da escada. A porta está entreaberta e eu hesito diante dela, sem saber se quero mesmo entrar. Não sei se quero ver este mundo — este lugar que foi meu porto seguro por tanto tempo — em ruínas. Não sei se quero entrar e inspirar o ar e perceber que não tem mais meu cheiro. Mas minha curiosidade me corrói, então, empurro a maçaneta suavemente com as pontas dos dedos.

Parte da parede externa desmoronou, arrancada da casa por alguma força ímpia. Eu sabia que ela havia sofrido danos estruturais durante a

Tempestade por causa do vento, mas não fiquei tempo suficiente para descobrir quais nem consertar nada. O quarto ficou exposto durante o ano passado, o que permitiu a entrada de chuva e neve e quem sabe o que mais. Os lençóis brancos adquiriram um tom de bege desbotado, tão comidos por traças em alguns lugares que dá para ver o colchão. Mr. Frog, um dos meus bichinhos favoritos da infância, está sentado em cima de meu edredom, com sua pelúcia emaranhada e um olho — um botão — pendurado por um fio. Essa visão faz minhas entranhas se revirarem, mas entro, tomada por uma espécie de fascínio macabro.

Eu me sento na cadeira de minha escrivaninha e a sinto firme como uma rocha. O metal foi corroído, mas ainda consigo girá-la um pouco. É estranho, mas me parece normal. É o mais próximo do normal que sinto há muito tempo. Fecho os olhos; fecho os olhos e não vejo os lençóis cheios de furos de traça; não vejo a tinta descascada nem a poeira que me cerca. Imagino que está tudo normal, só por um instante. Enquanto eu puder manter a ilusão.

Sou transportada de volta a outro tempo, um ano e meio atrás. Estou digitando alguma bobagem sobre *Frankenstein* em meu notebook, falando sem parar sobre Pandora e Prometeu e a metáfora que representam. O sol se põe lá fora, lentamente substituído pelo crepúsculo, mas eu não percebo; estou de fones de ouvido ouvindo Interpol e batendo os pés no chão ao ritmo de *Evil*.

A luz de minha luminária pisca; está em cima de uma pilha de livros que ainda não li, apesar de prometer dezenas de vezes a mim mesma que os lerei. Estou feliz, ou suficientemente feliz. Entre feliz e contente enquanto escrevo minha dissertação e ouço música sobre assassinos, fingindo ser mais rebelde do que jamais serei.

Em minha imaginação, meu pai bate na porta gentilmente, apesar de estar aberta. Tiro os fones de ouvido e os deixo em cima do teclado do notebook. Ainda consigo ouvir as notas graves pulsantes da música, mas pequenas e insignificantes. Papai olha para mim, eu sorrio, ele sorri.

O que está fazendo?, pergunta ele com voz calorosa.

Uma redação para a Thompson. Sei o que quero escrever, mas não está fluindo tão bem quanto eu esperava.

O que já escreveu ficou bom?

O suficiente para entregar, respondo.

Ele sorri e ruguinhas surgem ao redor de seus suaves olhos azuis.

Eu a conheço muito bem, tenho certeza de que está ótima. Você sempre escreveu muito bem.

Eu sei que ele está dizendo o que todos os pais dizem; é função deles contar pequenas mentiras às vezes, só para nos fazer sentir melhor. Mas eu decido que, nessa memória, ele acredita que está dizendo a verdade.

Já comeu?, pergunta.

Tomei sopa.

E é verdade, porque eu tomei sopa todos os dias durante o último ano do ensino médio. Era o que eu mais comia.

Papai geme.

Se continuar tomando tanta sopa, vai virar sopa!

Eu sei, eu sei, mas o que quer que eu faça? Em time que está ganhando não se mexe.

Papai se vira e pega algo no console do corredor. Uma caneca cheia de golden retrievers surge em sua mão.

Fiz um chá para você.

Sinto o calor subindo pelo meu rosto como se tudo isso fosse a vida real, não só uma invenção de minha imaginação.

Você me trata bem demais, digo a ele.

É meu trabalho.

Antes que papai saia, giro a cadeira para ele.

Amo você, sabia?

Eu também amo você.

Deixo o som encher meus ouvidos. Deixo que me envolva, que me sufoque. Quando abro os olhos, sou transportada de volta à vida real. A ilusão acabou.

A redação ainda está pregada de qualquer jeito em meu quadro de avisos, rasgada, mas ainda distinguível. As folhas amareladas se enrolaram sobre si mesmas. Eu me levanto para olhar melhor.

Com a mão trêmula, pego as folhas. A nota 8/8 mal se vê, quase desapareceu e caiu no esquecimento. Se eu não soubesse que esteve lá, não conseguiria vê-la. Sou a única que ainda se lembra de que tirei 8/8 nessa tarefa. Isso vai morrer comigo.

Ouço uma porta bater lá embaixo e passos pelo piso de madeira.

— Encontrei a madeira — grita Maeve. — E a serra, caso você ainda esteja procurando.

— Legal — digo, mas minha voz falha.

Sua voz me faz lembrar que não estou sozinha, mesmo que me sinta tão solitária às vezes. E agradeço por isso.

— Já vou descer — acrescento.

Algo quente molha meu rosto e percebo que estou chorando. Enxugo a lágrima em minha bochecha e dou uma última olhada no quarto, meu quarto. Tento gravar na memória como ele era antes. Tento gravar papai, o chá e a redação, não os buracos de traça, a tinta descascada e o cheiro. Não as coisas horríveis que aconteceram aqui.

Antes de me dirigir à porta, pego o sapo de minha cama e o abraço, encaixando-o na dobra do cotovelo.

Maeve me espera ao pé da escada com serra na mão, parada diante de umas madeiras cuidadosamente empilhadas.

— Tenho pregos nos bolsos também — diz ela enquanto me passa a serra.

Tento pegá-la sem soltar Mr. Frog. Maeve olha para o sapo, olha para mim e de novo para o sapo.

— E esse bichinho?

— É meu amigo.

• • •

Está difícil dormir esta noite. Bem, é difícil dormir qualquer noite, mas especialmente esta. Porque voltar me obrigou a recordar, trouxe de volta as lembranças jogadas no fundo de minha mente. Agora, estão vagando por meu cérebro sem nada para detê-las.

Depois que voltamos para a livraria, Maeve imediatamente adormeceu na poltrona perto da janela da cozinha. Disse que ia se sentar só para descansar os pés, mas em um instante apagou como uma luz.

Não quis incomodá-la e levá-la para a cama, mas mesmo que quisesse, provavelmente não conseguiria só com uma mão. O quarto está vazio sem ela, silencioso demais. Não há som de lençóis farfalhando no canto, nem dos roncos ou do ocasional movimento de virar na cama. Há apenas silêncio.

Olho a rua pela janela. Deitada na cama, vejo só um quadradinho, mas olho mesmo assim. Vejo uma faixa amassada, anunciando um acampamento de verão para alunos de programação, balançando na rua. Isso me lembra a letra de uma música de Fiona Apple, que me lembra Maeve.

A princípio, não noto a figura se esgueirando rua abaixo. Ninguém mais fica muito tempo fora à noite. Há muitas coisas a temer. Mas essa figura — essa pessoa — parece não ter a menor ideia de que está sendo observada. Nem sonha que há alguém acordado aqui dentro olhando para ela. É a mesma pessoa do outro dia, que estava espreitando sob a ponte ferroviária. Sei pela postura curvada dela.

A figura se aproxima da livraria, curvando-se para olhar algo que não consigo distinguir daqui. Ela para, mas logo se dirige à lateral do edifício, desaparecendo completamente de minha vista. Talvez tenha notado a árvore gigante saindo da parede. Seria difícil não notar, mesmo que a pessoa seja fruto de minha imaginação.

Passam-se alguns minutos até que a figura sombria retorna ao meu campo de visão. Saio de baixo das cobertas e vou até a janela na ponta dos pés para ver melhor. É um homem, acho. Ou uma mulher muito alta. Está na calçada do outro lado da rua, com a mão no bolso, procurando alguma coisa.

Quando ela retira a mão, vejo que está segurando um quadradinho branco; um pedaço de papel. Depois de ler o papel, a pessoa pega um lápis e começa a escrever.

Meu coração palpita enquanto observo. Quem é? O que está escrevendo? Uma mensagem? Um aviso? O que ele quer? Talvez eu esteja sendo ridícula. Talvez ele esteja fazendo um retrato fofo do edifício e eu acorde amanhã e o encontre na escada, um presente. Talvez a pessoa tenha sido atingida por uma inspiração artística e sinta a necessidade de escrever um poema sobre a quietude da noite e as ervas daninhas que crescem na calçada. As duas teorias são altamente improváveis, mas prefiro fazer de conta que a pessoa misteriosa que espreita a casa é só um poeta noturno, e não um intruso perigoso.

Chego ainda mais perto da janela, como se esses trinta centímetros me dessem uma visão melhor. Só o que consigo é fazer as tábuas do assoalho emitirem um gemido medonho. Merda.

Ouço Maeve se mexer na cozinha quando estou voltando para meu colchão.

— Liz? Está tudo bem aí?

Ela acordou; sua voz atravessa a porta fechada do quarto.

Quero lhe dizer que olhe pela janela, mas sei o que vai acontecer. Não quero que ela pense de novo que estou ficando louca. Posso fazer de conta uma vez, mas duas? Seria forçar a barra.

— Estou bem! — respondo. — Só estou indo ao banheiro.

E, de fato, quando olho de novo pela janela do quarto, a pessoa desapareceu.

Tobias Browne
42 anos
Nova York, NY

Juro, estava tudo bem no auge do resto de minha vida, sabe? Bem, acho que passei alguns anos naquele estado de quase realizar tudo que sempre quis. Mas estava bem. Dois dias antes da Tempestade, recebi a resposta para fazer um longa-metragem, a adaptação do palco para as telas de um musical. Lembra aquele sobre mitologia grega e aquele culto? Sim, era esse. Queriam que eu interpretasse Dionísio, um papel de barítono muito rico. Finalmente, sentia que havia encontrado um papel que havia sido escrito para mim. Bem, ainda não era meu, mas seria. Mas acho que isso não importa mais. As coisas se desmontam mais facilmente do que se montam. E puf, o papel se foi, e todo o resto com ele.

CAPÍTULO 21

Na manhã seguinte, acordo antes de Maeve e corro para vestir uma blusa; não consigo esquecer o estranho lá de fora. É como se eu houvesse sido possuída pelo espírito de Nancy Drew enquanto desço a escada, tomando cuidado para colocar meu peso somente nas laterais de cada degrau, onde a estrutura é mais forte. (Na verdade, aprendi isso em um livro de Nancy Drew, mas não lembro qual. Existem uns dez mil!)

Não sei o que estou procurando quando saio. Talvez alguma garantia de que não estou completamente louca; talvez uma erva daninha com o caule quebrado, pisoteada pela pessoa da noite passada. Talvez pegadas de lama ao lado do edifício, apesar de que não choveu.

Paro diante da porta para me certificar de que minhas ideias malucas sobre poesia e desenho estavam corretas. Ou que talvez ela tenha deixado uma carta para mim. Talvez nem tudo tenha que ser horrível. Mas nenhum pedaço de papel me espera. Absolutamente nada.

Vou para o meio da rua, olhando para a janela de meu quarto e tentando parar onde a pessoa estava. E conforme me movimento, noto algo preso no vão entre a rua e o meio-fio. Tão encaixado que eu poderia nem notar. Mas noto.

Um pequeno lápis de madeira.

Eu já examinei o perímetro da livraria muitas vezes, sei que o lápis não estava aí antes. Não é invenção minha. Havia *alguém* aqui ontem à noite.

Sinto alívio por minhas suspeitas serem confirmadas, mas a sensação de triunfo logo é substituída por pavor. Eu estava certa; a figura que observava a livraria era real. Então, isso me leva à pergunta: por que ela estava aqui?

Antes que eu possa pensar muito nessa questão, ouço Maeve me chamar lá de cima. Eu me abaixo e pego o lápis jogado na rua. Depois de observá-lo uma última vez, coloco-o no bolso e volto para dentro.

• • •

À noite, Maeve e eu nos sentamos frente a frente ao balcão da cozinha, ambas em bancos enquanto eu folheio um exemplar de *As irmãs Penderwick*. Antes havia só um banco aqui em cima — um era suficiente para mim —, mas desci a escada e peguei o de metal que ficava atrás da mesa. Vai ficar aqui em cima, decido. Acabaram-se os dias de sentar no chão.

— O que quer jantar? — pergunto, apesar de cozinhar muito mal.

Não que eu precise ser uma jovem Gordon Ramsay agora, mas queria que as coisas tivessem um gosto um pouco melhor. Também estou tentando puxar papo para que a revelação de minha descoberta matinal seja menos abrupta. Escondi a notícia o dia todo, e o lápis está começando a queimar e abrir um buraco em meu bolso.

Maeve finge estar imersa em pensamentos enquanto se levanta devagar e abre o armário, revelando nossa despensa recém-abastecida.

— Hmmm, parece que nossas opções são sopa, macarrão ou feijão.

— Ah, a variedade! — murmuro.

— Prometo que vou montar a armadilha antes da Tempestade — responde Maeve. — Podemos salgar a carne e deixar secar, e levá-la conosco quando sairmos da livraria. Só para ter uma comida boa, para variar.

Ela está tentando me provocar, mas não vou morder a isca. Não quero discutir com ela sobre ir embora daqui. Agora não; ela já tocou no assunto poucas noites atrás, mas agora temos coisas mais importantes em que pensar. Por isso, apenas concordo com a cabeça.

Vasculho uma das gavetas da cozinha procurando a caixa de fósforos que poderia jurar que vi Maeve deixar aqui ontem. É uma dessas gavetas que há em todas as casas, cheias de coisas que não cabem em nenhum outro lugar. Rolhas de vinho velhas e lápis quebrados com borrachas que mal apagam e sujam a folha. Papel de rascunho, mas que já foi usado, e cardápios de delivery de todos os restaurantes em um raio de cinquenta quilômetros.

Enquanto estou debruçada sobre a gaveta, com mechas de cabelo avermelhado caindo para a frente, sinto duas mãos e dez dedos longos pousarem em minhas costas. Maeve se inclina perto de mim, com a boca perto de minha orelha, e sua respiração faz cócegas em meu rosto.

— Está calor demais para comer comida quente, não acha? — pergunta ela.

— E você quer que comamos isso aí frio?

Ela ri.

— Vou deixar apetitoso, prometo. Vá fazer alguma coisa enquanto eu preparo tudo.

Ela me empurra para o lado, praticamente me levando para o quarto. Paro, sem saber se este é o momento certo para lhe contar. Mas tenho que contar. Pode nunca chegar o momento certo, não é? Levo a mão ao bolso e seguro o lápis, só para ter certeza de que ele ainda está lá, então me viro para Maeve.

— Acho que alguém anda nos observando — digo como se não fosse nada demais.

Quase torço para que Maeve ria e diga que sou ridícula. Mas não é o que ela diz.

— Sério?

— Achei que era imaginação minha, mas ele voltou ontem à noite. E deixou cair este lápis. — Coloco-o em cima do balcão da cozinha para enfatizar minhas palavras. — E a menos que ambas estejamos alucinando com o mesmo lápis, isso significa que a pessoa é real.

— Merda — murmura Maeve, forçando uma risada. — Isso só marca mais um ponto para o time do *Vamos embora daqui.*

Ela fala como se fosse brincadeira, mas eu sei aonde quer chegar. É como se nem estivesse ouvindo o que estou dizendo, de propósito, só para poder reforçar suas crenças. Não é bem a reação que eu esperava, para ser sincera. Franzo o cenho.

— Quem você acha que é?

— Eu... — ela se interrompe, pensando na maneira correta de expressar seus pensamentos. — Não sei. Mas vamos falar sobre isso depois, tá? Quando eu tiver tempo para pensar. Por enquanto, deixe-me focar no jantar.

— O quê? Você não liga?

Sua indiferença é impressionante e fico de boca ligeiramente aberta. Maeve bufa.

— Claro que eu ligo, Liz, mas vamos falar sobre isso depois de comer alguma coisa, tá bem?

Não faz sentido. Eu esperava que Maeve ficasse furiosa ou começasse a bolar o plano perfeito para descobrir tudo, mas a reação dela é estranha. Em nenhum lugar de minha mente isso faz sentido.

— O que o jantar tem a ver com isso? — pergunto. — Não, Maeve; eu esperei tempo demais para falar sobre isso. Guardei tudo para mim o dia todo e quero falar sobre esse assunto com você. Pode me dar cinco minutos?

— Tudo bem, Liz — diz Maeve, sem olhar para mim. — Você quer falar sobre algumas coisas? Então podemos falar sobre ir embora também, não é, já que estamos falando sobre *questões grandes e urgentes.*

Ela fala como se eu fosse uma criança, o que me faz sentir uma criança, e a indignação que uma criança sente diante de um amiguinho no parquinho cresce dentro de mim.

— Isso não é justo, Maeve.

— Eu acho perfeitamente justo. Se falarmos sobre o que você quer falar, falaremos também sobre o que eu quero falar. Direitos iguais.

Aperto os lábios e olho feio para ela. Não vamos falar sobre partir agora, porque não vai rolar, e Maeve já deveria saber. Já deveria entender.

Por fim, Maeve cruza os braços.

— Então me deixa fazer o jantar.

Sem alternativa, volto para meu quarto e Maeve fecha a porta. Eu me sento no colchão e fico mexendo no curativo de meu braço, tirando-o com cuidado da tipoia. Vou abrindo devagar, pedaço por pedaço, desenrolando-o como se eu fosse uma múmia maluca. Já fiz isso antes para ver o ferimento, mas isso não torna tudo menos perturbador. Tiro a régua e minha pele começa a aparecer, enrugada e marcada onde Maeve pressionou sua faca incandescente. Ainda posso ouvir meu grito abafado ecoando em meus ouvidos. Lembro que enterrei o rosto em uma camiseta velha e só sentia cheiro de suor e queimado. Penso na mão de Maeve em minhas costas, fazendo tudo e nada ao mesmo tempo. Penso no estranho lá fora. Maeve sabe quem ele é ou está preocupada como eu? Ela deve conhecê-lo; não há outra maneira de explicar sua reação.

Digo a mim mesma para esperar até que ela tenha tempo para pensar, e não deixar a desconfiança que paira no fundo de minha mente se transformar em outra coisa. Ela precisa de tempo para processar tudo antes de se abrir. E depois, tudo ficará bem.

Meus dedos estão se recuperando devagar, mas ainda não consigo mexê-los. Sinto-me separada dela quando olho para minha mão; não parece minha. Não a sinto como minha. Às vezes, a gente diz que conhece algo "como a palma da mão", mas agora, não conheço a palma de minha mão. Eu conhecia suas curvas, seus sulcos, suas veias forçando levemente contra a barreira da pele. O formato de minhas unhas e os ângulos de meu polegar. A maneira como esses dedos caíam em cascata sobre as teclas do piano, e seguravam um lápis, e dedilhavam uma guitarra. Fico me perguntando se essa mão tocará, escreverá ou dedilhará de novo. Preciso dela agora, mais do que antes.

Depois de inspecionar por um tempo a carne de meu braço, enfaixo-o cuidadosamente de novo, posicionando a régua no mesmo lugar. Olho uma última vez se há sinais de infecção, apesar de que não saberia o que fazer se os encontrasse. Coloco o braço de novo na tipoia e tento esquecê-lo. Olho pela janela, vejo o sol brilhante quase desaparecendo sob a linha das árvores. É uma vista bonita; sempre me surpreende encontrar beleza hoje em dia. A estética do apocalipse nem sempre é atraente, mas este pôr do sol está lindo. É digno do Pinterest. Uma imagem do Pinterest para o fim do mundo.

Sou despertada de repente por uma batida na porta.

— É melhor você vir aqui, Liz! — grita Maeve. — Depressa! Não vai durar muito tempo!

Quero perguntar do que ela está falando, mas a porta se abre e eu a vejo em cima do balcão da cozinha.

Está ao lado de uma lata de feijão aberta; o feijão está duro e um fósforo aceso sai dele. No começo, fico confusa. Feijão e um fósforo? É alguma piadinha interna nossa que esqueci porque estou preocupada demais?

Maeve sorri para mim ao lado de sua obra. Seu sorriso brilha quase mais que a chama.

— Feliz aniversário — diz ela, com voz forte e cheia de esperança.

É meu aniversário. É meu aniversário? Já? É muito estranho que um ano inteiro tenha se passado e eu esteja um ano mais velha. Entramos oficialmente em agosto sem que eu sequer me desse conta. Fico olhando o fósforo; a chama está cada vez menor, quase se extinguindo.

— Como... — pergunto, sem conseguir completar a frase.

— Vi no calendário na cozinha de sua casa. Espero que não se importe por eu...

— Não — interrompo, forçando um sorriso. — É muito legal. Você...

Minha voz falha quando percebo que não sei como explicar o que sinto. Nem sei direito se realmente sei o que sinto. Mas Maeve parece não se importar.

— Eu havia esquecido — admito por fim.

Ela concorda com a cabeça e diz:

— É difícil comemorar quando a gente está sozinha, não é?

— Mal consigo lembrar que dia é, muito menos controlar a chegada do meu aniversário.

Mas é muito mais do que isso. Sinto um tufão ácido subindo dentro de mim, recordando tudo que aconteceu. Me lembrando por que estou viva e por que não mereço estar. É como se houvesse uma bomba-relógio amarrada em meus ossos esperando para explodir a qualquer momento. Meu Deus, preciso explodir. Preciso que a vergonha, o cansaço e a angústia que serpeiam por meu cérebro me dominem e finalmente se dissipem. Preciso me sentir normal de novo e silenciar a voz sempre presente no fundo de minha cabeça sussurrando que é tudo culpa minha.

— Apague a vela — insiste ela, e eu me aproximo e me sento no banco.

Ela faz o mesmo, sentando-se em frente a mim.

Olho para a vela de aniversário improvisada, tremeluzindo levemente enquanto o palito de madeira carboniza e evapora diante de meus olhos. É como quando eu era criança, dividindo um bolo com cobertura de chocolate e tentando apagar as velas antes de Thea. Seu sorrisinho visível através do brilho caloroso, minha mãe tentando capturar tudo com a câmera.

Maeve sorri, expectante, fazendo um sinal com a cabeça como se estivesse me cutucando. ***É isso aí, sopre!***

Como um suspiro, a chama desaparece e uma fumaça fantasmagórica sobe e some no nada. Maeve me olha fixo.

— Você está bem? Eu fiz algo errado? Juro que queria que fosse legal.

Ela pousa a mão em meu ombro, mas eu estremeço. É um tremor pequeno, quase imperceptível, mas Maeve nota e recolhe o braço a um lugar confortável e seguro em seu colo. Dá para ver sua tatuagem na escuridão. A lua em sua pele me encara.

— Estou bem — digo, sentindo-me rasgar por dentro.

— Tudo bem se não estiver.

E assim, cada grama de energia, que eu nem sabia que tinha, é sugada de mim.

— Eu...

Não consigo falar. Apesar de meus pensamentos se alinharem perfeitamente em meu cérebro, eles não saem. Então, respiro fundo e começo de novo:

— Eu tinha uma irmã.

A verdade paira no ar entre nós, sugando a energia da atmosfera. Até que Maeve limpa a garganta e diz apenas:

— Ah...

— O nome dela era Thea.

Percebo que é a primeira vez que digo o nome dela em voz alta desde que tudo aconteceu. Sinto algo quente, fraco, espreitando em meus olhos, pronto para explodir. Mas ainda não.

— Eu tinha uma irmã gêmea — suspiro, e as lágrimas começam a rolar. — Ela era melhor que eu, mais forte que eu. As pessoas gostavam de Thea, sabia?

— Eu gosto de...

— Ela morreu e eu estou aqui, e a culpa é minha. Ela está morta por minha culpa. — Encolho as pernas, tentando desaparecer. — Hoje seria aniversário dela também.

Eu não deveria estar aqui. Esse pensamento me atinge como um soco no estômago e faz todo meu corpo estremecer. Eu não deveria estar aqui sem ela. Eu não deveria estar aqui sem meus pais. Eu não deveria estar aqui sem tantas outras pessoas. E minha irmã era tão boa! Muito melhor que eu. Ela merecia um destino muito melhor.

Maeve pousa a mão em minha coxa — um toque suave, para me transmitir coragem. O cheiro da fumaça a faz torcer um pouco o nariz.

— Fico feliz por você estar aqui — diz ela, com voz firme. — Eu sei que dói, sei como é essa sensação de afogamento. Sei como é sufocante.

Tudo que posso fazer é assentir e engolir ar enquanto as lágrimas rolam por meu rosto. Devo estar parecendo uma idiota.

— Mas você está aqui. Comigo. E eu não trocaria isso por nada no mundo. Ou pelo que sobrou dele.

Passo a mão embaixo do nariz, tentando me recompor.

— Obrigada. — Fico uns instantes calada, sem saber aonde isto vai nos levar. — Sabia que hoje eu faço dezoito anos? Nós duas faríamos dezoito anos.

Uma risada irrompe de meus pulmões e nem acho estranho. É como se eu fosse entrar em combustão espontânea se não risse agora.

— Eu deveria estar jogando na loteria, fazendo paraquedismo. Deveria estar, sei lá, comprando fogos de artifício legalmente.

— É... eu sei — responde Maeve, pegando minha mão.

Sinto um choque elétrico quando nossos dedos se tocam.

É tudo muito lento, cada movimento uma hesitação, mas quando nossos lábios se tocam, o calor irradia por meu corpo. Meus lábios pousam nos seus e os sinto macios; familiares. Parecem algo que eu não sabia que me faltava. Como um lar. Ela leva a mão à parte de trás de minha cabeça e me puxa para mais perto, abrindo mais os lábios. Quando por fim nos separamos, uma eletricidade oscila entre nós. Eu nunca beijei ninguém.

Estou vermelha e noto que Maeve também.

— Desculpe — murmuro, sem saber mais o que dizer. — Eu pensei que...

— Não! Foi legal — diz Maeve. — Foi bom!

Sua voz treme e ela se cala, procurando o que dizer. Eu a observo enquanto o calor domina suas bochechas. Maeve envergonhada? Nunca.

— O que estou tentando dizer é que eu gostei.

Quando ela diz isso, um peso é tirado de meu peito e consigo respirar de novo.

— Eu também gostei — digo.

— Então tá.

— Tá bom.

Ficamos nos olhando mais alguns segundos, até que Maeve solta minha mão e tira o fósforo da lata de feijão. O constrangimento é palpável, mas pela primeira vez não é ruim. É tudo real e certo. E eu só quero beijá-la de novo.

— Bom apetite — diz ela.

— Achei que você ia deixar isso aí apetitoso.

— Foi para isso que coloquei o fósforo.

Assinto com a cabeça enquanto Maeve vai pegar duas colheres na gaveta.

— Me fala da sua irmã.

Sinto uma leve pontada no peito.

— Tem certeza?

— Eu não pediria se não tivesse.

Decido começar do começo.

CAPÍTULO 22

— Empurrei minha irmã em cima de um aquecedor quando éramos pequenas.

É assim que começo. É uma escolha estranha, mas me parece apropriada. E parece mesmo o começo, porque é a primeira lembrança que tenho com minha irmã, quando a empurrei em cima de um aquecedor aos três anos de idade.

— Tínhamos uma lousa no canto da sala de jantar, e era inverno, então, os aquecedores estavam no máximo. Era nossa antiga casa, não a que você viu; era da era vitoriana, por isso as coisas não eram muito seguras — explico. — Ela estava usando a lousa e eu queria desenhar alguma bobagem, então a empurrei e ela caiu no aquecedor. Ela queimou a perna toda; meus pais achavam que ficaria com cicatrizes pelo resto da vida. Não ficou, mas ela nunca me deixou esquecer isso. Sempre me lembrava; ela sabia guardar rancor.

Hesito, mas Maeve fica em silêncio para que eu continue falando.

— Sempre fomos uma dupla meio estranha, não combinávamos muito. Ela era boa em coisas que eu não era, e das coisas que eu gostava porque era boa ela não gostava. Claro, em algumas coisas combinávamos, mas na maioria... Thea nunca leu Harry Potter porque eu era tão obcecada pela saga que ficava dando spoilers. Ela era a estrela do hóquei sobre grama, e eu um total desastre; mas minha mãe matriculava as duas em todas as temporadas.

"Não éramos o tipo de irmãs que iam para todo lugar juntas. Conhecíamos gêmeos que eram inseparáveis, usavam roupas iguais e tinham os mesmos amigos, mas nós não éramos assim. Sempre dávamos espaço uma à outra. Ela tinha os amigos dela e eu tinha os meus, e às vezes nos cruzávamos nos corredores da escola. Éramos únicas, e gostávamos que fosse assim; mas éramos próximas.

"Contávamos nossos segredos mais profundos e obscuros uma à outra. Reclamávamos de nossos pais; uma fazia o dever de casa da outra no fundamental. Quando eu saí do armário, foi a Thea que contei primeiro, e ela disse que já sabia faz tempo. Devia saber antes mesmo de eu descobrir. Acho que conhecíamos melhor uma à outra que a nós mesmas.

"Ela cuidava muito de mim. Em qualquer circunstância, ela sempre fazia de tudo para que eu estivesse bem, enquanto eu a jogava em cima de aquecedores."

Eu me calo, sentindo as lágrimas brotando em meus olhos mais uma vez.

— Eu não merecia esse tipo de amor.

— Não diga bobagens — por fim Maeve murmura. — Ela tinha razões para gostar de você.

— Ela era tão boa! — é tudo o que consigo dizer. — Ela era tão boa, e eu era...

— Você também é boa — sussurra Maeve, segurando firme minha mão esquerda. — Você é a melhor pessoa que eu conheço.

Não sei o que dizer, então não digo nada. Ela não sabe nem da metade. Se soubesse, acho que me odiaria. E talvez fosse embora, e eu não saberia o que fazer. Não sei se eu aguentaria.

CAPÍTULO 23

21 DE JUNHO: ANTES DA PRIMEIRA TEMPESTADE

Nunca tivemos um treinamento para tempestade. Acho que não. Tivemos treinamento em caso de incêndio, de quarentena, de fuga para abrigos e de evacuação, mas nunca de tempestade. Nunca houve necessidade disso. Talvez na Flórida houvesse treinamento em caso de furacão, mas em Nova Jersey o clima nunca foi horrível a ponto de precisarmos disso; normalmente, eles passavam por toda a Costa Leste antes de chegar até nós.

Mas imagino que é sempre assim: ninguém precisa de um treinamento, até precisar.

Nunca precisamos de treinamento para quarentena, até precisarmos, e agora, são obrigatórios, no mínimo duas vezes por mês. Ficamos agachados em um canto, encostados na parede, e esperamos. Esperamos enquanto o segurança da escola passa pelo corredor testando as maçanetas. Ficamos no escuro e esperamos até o alto-falante nos avisar que podemos voltar à aula da vez.

A sra. Carey está em frente à sala passando uma apresentação de PowerPoint, sem muito entusiasmo. São fotos de banco de imagens de nuvens ameaçadoras, árvores caídas e grandes placas amarelas dizendo *Cuidado*. Tudo entra por um ouvido e sai pelo outro.

Os treinamentos em caso de tiroteio começaram no terceiro ano. Ou foi no terceiro ano que eu finalmente consegui entender o que tudo isso significava.

Lembro que minha professora nos mandou sentar no tapete e disse que teríamos que nos esconder no canto da sala, entre os pontos que ela havia colado nos armários. Assim, não seríamos vistos do corredor.

Também lembro que ela nos deixou fazer perguntas depois, mas tenho certeza de que se arrependeu quase imediatamente dessa decisão. Levantei a mão e perguntei o que aconteceria se um atirador quebrasse o vidro da janela. Ela disse que o vidro era reforçado com arame. Outra criança perguntou o que aconteceria se um atirador conseguisse passar pela porta da sala. Foi quando a professora decidiu nos mandar para o recreio.

A sra. Carey está estressada; suas bochechas estão coradas e ela gesticula freneticamente em direção à sua apresentação. Toda mudança é assustadora, mas esse tipo de mudança é aterrorizante. Saber que agora a vida é assim é aterrorizante.

Quando estava no terceiro ano, não pensava nas implicações que um treinamento de quarentena teria em minha vida ou na sociedade. Mas agora, entendo que significa que as coisas pioraram a tal ponto que isso é necessário. E a julgar pelos jornais que meu pai deixa espalhados sobre o balcão da cozinha, só vai piorar. Uma tempestade se aproxima; os jornais parecem ter certeza disso. E será ruim. O governo fica o tempo todo testando sistemas de alerta de emergência mandando mensagens para os celulares de todo mundo e fazendo simulações na TV, mas a verdade é que ninguém sabe como vai ser quando chegar.

— A qualquer momento, vão anunciar pelos alto-falantes uma emergência climática — diz a sra. Carey, pausando o último slide da apresentação.

Vemos uns bonequinhos de palito sorridentes, representando estudantes. Fico brincando com a borracha de minha lapiseira.

— Estou avisando que é só um treinamento; não precisamos nos assustar — diz a professora de história, bastante assustada. — Vocês vão formar uma fila indiana e ir para o corredor...

— Achei que no ensino médio não precisaríamos mais fazer fila indiana.

Eu me viro e vejo o menino sentado atrás de mim sorrindo, satisfeito consigo mesmo. A menina do lado se inclina para sussurrar algo:

— Ué, Dawson, achei que você gostava de receber ordens de mulheres poderosas.

Reviro os olhos e torno a olhar para o quadro branco na frente da sala.

— Os corredores vão ficar lotados — prossegue a professora enquanto fecha seu notebook. — Sei que a apresentação fornecida pela escola diz para se sentarem encostados nos armários, mas, infelizmente, não tem espaço suficiente para isso.

Aqui na cidade há apenas uma escola de ensino médio, e não é preciso ser um gênio para saber como é superlotada. Ficamos amontoados como sardinhas, embora o conselho escolar afirme que não há mais de vinte e cinco alunos por classe. Já cheguei a contar trinta e sete.

— Procurem encontrar um lugar no chão, e se não conseguirem, fiquem embaixo de uma porta aberta.

Alguém levanta a mão na frente da sala.

— Podemos entrar nos armários se não tiver espaço suficiente? Talvez seja mais seguro.

A sra. Carey solta um suspiro exasperado. Não posso dizer que a culpo.

— Estou apenas seguindo as instruções do comunicado que recebi da administração, está bem? E lá não diz nada sobre armários, então, por favor, não entrem neles.

O alto-falante ganha vida nesse instante.

— Atenção, corpo docente e funcionários. Atenção, corpo docente e funcionários, esta é uma emergência climática. Uma emergência climática. E então, a voz desaparece.

Demoramos um pouco para reagir. Demoramos um pouco para lembrar o que a professora nos disse para fazer literalmente dez segundos atrás. Até que nos levantamos e vamos arrastando os pés pelo piso de linóleo em direção ao corredor, como um rebanho de lemingues.

Pego meu celular na mesa e o coloco no bolso. Aprendi da maneira mais difícil a nunca deixar nada importante na sala de aula durante qualquer tipo de treinamento. Uma vez, deixei meu notebook durante uma simulação de incêndio, só que não era uma simulação.

Alguém havia ateado fogo em uma garrafa de gel desinfetante em um dos banheiros. Só quando os caminhões dos bombeiros chegaram foi que descobri meu erro. Tive que esperar duas horas para resgatar meu computador.

Quando chegamos ao corredor, percebo que minha professora não estava exagerando. Aqui fora está uma zona; muitos alunos se empurrando e se acotovelando, tentando encontrar espaço para sentar. Mal consigo ver Thea do outro lado do corredor, sentada no chão conversando com sua amiga e tentando evitar ser pisoteada por três jogadores de futebol. Não que eu a veja com muita frequência em casa também. Como mamãe e papai passam cada vez mais tempo longe um do outro, trabalhando até tarde ou saindo com amigos, ela aproveita a oportunidade para passar as tardes e noites na casa do namorado.

Encontro um lugar perto do banheiro dos meninos e me abaixo devagar, até ficar de cócoras, tentando me distanciar de meus vizinhos. A professora está parada à porta da sala tentando nos contar, como se pudesse ter perdido um aluno no metro que percorremos da sala de aula até o corredor.

Um professor de espanhol coloca as mãos em concha ao redor da boca e berra:

— Lembrem-se do que foi dito na apresentação. Mãos sobre a cabeça!

Todos paramos e sussurros começam a correr pela multidão. Algumas crianças olham ao redor para ver se seus amigos vão obedecer às instruções; ninguém quer ser o único a fazer papel de idiota. Até que todo mundo segue as instruções.

Eu aperto a cabeça com as mãos e me preparo para um impacto inexistente.

CAPÍTULO 24

Olho fixamente para Maeve enquanto ela me entrega um pedaço de madeira serrada. Fizemos um trato: ela corta e eu jogo cada parte da árvore pelo buraco da parede. A união faz a força, enfim...

Ela enxuga uma gota de suor da testa; a leve brisa que entra pelo buraco não ajuda contra o poder do sol de verão. Também estou com calor, meu braço coça embaixo das ataduras levemente sujas. Vou precisar trocar mais tarde, e tenho certeza de que Maeve vai insistir em ajudar.

Parte de mim se contorce por dentro por causa da sensação de leveza que ela me provoca. Mas uma parte menor ainda deseja que eu nunca houvesse me permitido precisar dela. Porque preciso; essa é a verdade e ela me domina, como se fosse me sufocar até a morte. Eu preciso de Maeve, apesar de ter jurado a mim mesma que nunca mais precisaria de ninguém.

Eu já passei por isso: acordar todas as manhãs e saber que havia alguém comigo, até que não houvesse mais. A pessoa vai embora; todo mundo vai, e a gente fica sozinha. Eva foi embora porque eu não consegui fazê-la ficar, e então, abri meu coração para Maeve. Só espero que ela precise de mim também.

Em um súbito momento de fraqueza, vou até ela e lhe dou um beijo no rosto.

Maeve me olha com um leve sorriso nos lábios.

— O que está querendo?

Não sei o que eu quero; só me pareceu necessário. E lhe digo a verdade.

— Não sei; achei que devia.

— Achou que devia... — Maeve ri. — É possível que eu tenha deixado a imperturbável Liz Flannery sem palavras?

— Não sou nada imperturbável.

Maeve cora e volta a olhar para os restos da árvore e o buraco na parede. Quero dizer outra coisa, fazer outra coisa para fazer o momento durar mais, mas não sei o quê.

Ela pega outro tronco e vai passá-lo para mim, mas endireita a coluna e diz:

— Eu gostei, sabia?

E volta ao trabalho, como se não houvesse acabado de me fazer uma grande revelação. Eu me apoio no balcão para que minhas pernas trêmulas não me derrubem.

— Somos praticamente domésticas — diz Maeve enquanto me entrega outro pedaço de tronco.

— Domésticas?

— É — ela confirma, enxugando a testa com as costas da mão. — Eu trago o pão para casa e você cuida de mim, como uma boa esposa.

— Esposa? — digo com a voz meio embargada. — Acho que essa mentalidade é meio tóxica. Prefiro acreditar que nossa sociedade superou os anos 1960.

— Não critique antes de experimentar.

— Mas eu *estou* experimentando — retruco.

Maeve se vira para mim com as sobrancelhas erguidas.

— Está me dizendo que não está gostando disto?

— De quê? De ser sua ajudante obediente?

— O que você está fazendo é mais que ajudar — corrige Maeve. — Você está me dando ânimo, e isso é igualmente importante.

— Não é a mesma coisa.

Ela abre um sorriso e dá um passo em minha direção; pula no balcão e se senta ao meu lado, descansando a cabeça em meu ombro. Tenho a altura perfeita para esse tipo de coisa.

— Tudo bem; se quer estar no comando, tem que me ensinar alguma coisa.

— Tipo o quê? — pergunto, imaginando o que eu poderia ensinar a Maeve.

— Me ensina a arrumar os livros nas estantes — responde ela, apontando uma pilha de livros que está na ponta do balcão. — Tenho certeza de que você tem um sistema super complexo para isso.

Maeve pula do balcão e vai até a pilha para inspecioná-la.

— É em ordem alfabética — murmuro. — Não é nada revolucionário.

— Bom, para nossos ancestrais, o alfabeto foi algo bem revolucionário.

A luz dourada do sol que entra pela janela da frente faz tudo brilhar. E deixa Maeve ainda mais bonita, mesmo estando suada e com as mãos cobertas de serragem.

Eu sou o tipo de pessoa que evita chegar perto da água na praia porque odeio que a areia grude em meus pés. Sou o tipo de pessoa que evita entrar na piscina porque não gosto de ficar molhada depois. Mas com Maeve, o suor e a serragem não me incomodam, especialmente porque eu também não devo estar com um cheiro muito bom. Como podemos cheirar bem se passamos dias sem tomar um banho decente?

Então, eu me inclino um pouco enquanto Maeve fica monologando sobre alfabeto e carpintaria. Parece eu falando sobre fatos desinteressantes dos livros nas prateleiras.

Ela se cala, com as sobrancelhas erguidas, mas não faz nenhuma pergunta. Também não lhe dou chance, porque a beijo mais uma vez. Ela não se afasta, ao contrário; segura minha cintura com a mão empoeirada e me puxa para perto, até que preciso me afastar para respirar.

— Sabe, a palavra *alfabeto* vem das duas primeiras letras do alfabeto latino — digo.

— Esse é o tipo de coisa que você acha ser um comentário romântico?

Eu sorrio.

— Alfa e beta.

— É, faz sentido — responde Maeve. — Onde você encontrou essa pérola de sabedoria? Em *100 maneiras de conquistar mulheres*?

— Não, no décimo primeiro volume de *Curiosidades para crianças*, óbvio. Devia ler um dia.

— Você sabe que eu não faço esse tipo de coisa.

Sorrio.

— Um dia, vou encontrar algo nessas prateleiras que você vai curtir, juro.

— Não duvido.

Agora é a vez de Maeve se inclinar para mim, segurar a parte de trás de minha cabeça e pousar seus lábios nos meus. Passo meu braço bom em volta de seu tronco e retribuo a gentileza.

A porta da frente se abre e entra uma rajada de vento; sem dúvida, a culpa é da fechadura quebrada. Mas eu ignoro e puxo Maeve para mim ainda mais.

Por fim, nos afastamos; Maeve dá uma risadinha. Vou fazer algum comentário espirituoso quando ouço uma voz feminina.

— Eu não queria interromper...

As bochechas de Maeve ficam vermelhas; nós duas nos viramos para a visitante inesperada. Meus olhos levam um segundo para se adaptar à luz brilhante que entra pelas janelas da frente, e então, percebo para quem estou olhando.

Seu cabelo louro está trançado, caindo sobre as costas. A tatuagem de hera ao lado de sua orelha é quase invisível. Conforme absorvo cada detalhe, meu coração vai se apertando.

Ela quebra o silêncio por mim.

— Oi, Liz.

Essa voz... essa voz tão familiar.

— Oi, Eva — consigo dizer. — Há quanto tempo.

CAPÍTULO 25

Eva está aqui. Eva está *aqui.* Essas palavras se repetem na minha cabeça sem parar, junto com mais um milhão de pensamentos, colidindo e caindo uns sobre os outros dentro de meu cérebro bagunçado.

Maeve está confusa. E chocada. Ela levanta a sobrancelha e se inclina mais para mim.

— *Eva?* — diz.

Não respondo. Não consigo responder. Esqueci como falar.

Ela voltou, exatamente como disse que faria. Bem, demorou um pouco mais do que eu gostaria, mas voltou. E está aqui. Quero correr para ela, abraçá-la e dizer o quanto senti sua falta. Contar-lhe tudo que aconteceu comigo desde que ela foi embora. Por um lado, quero olhar para ela e me acostumar com a sensação de vê-la de novo, de ouvir o som de sua voz, ver a cor de seu cabelo, o brilho em seus olhos. Mas também sei como as coisas terminaram e sei que as coisas são diferentes agora. Portanto, decido deixá-la dar o primeiro passo.

Mas Maeve reage primeiro, estendendo a mão.

— Maeve — diz.

Eva aceita o aperto de mãos.

— Eva.

Sua voz está rouca. Mais rouca do que eu me lembrava.

— Eu sei.

Eva olha para mim, como se pedisse aprovação, antes de dizer a Maeve.

— Eu trabalhava aqui antes de...

— Antes de ir embora — termino.

— Você foi demitida? — brinca Maeve.

Mas ela sabe a verdade; eu lhe contei. E Eva também.

Eva faz uma careta antes de responder.

— Mais ou menos.

Quero interromper, dizer algo inteligente e espirituoso que alivie a tensão e deixe o clima melhor, mas não consigo pensar em nada. Então, Maeve continua falando.

— E por que voltou? — pergunta.

A princípio, parece uma pergunta inocente; até que ela acrescenta:

— Ela não precisa mais de você, sabia?

Abro a boca e olho para Maeve, chocada com sua audácia. Ela não pede desculpas nem parece arrependida do que disse. Ao contrário, ergue uma sobrancelha, desafiando Eva a discordar. Mas Eva não diz nada.

— A ausência amolece o coração da gente, não é, Eva? — digo, com um sorriso feito um ramo de oliveira.

Eva o aceita com prazer.

— Acho que sim.

• • •

Maeve está tirando uma soneca no quarto de cima enquanto Eva e eu conversamos.

Não consigo parar de inspecionar seu rosto. Ela está diferente; tem ruguinhas de sorriso que não estavam aí antes. Será que anda sorrindo mais? Ou só está mais velha? Fios soltos de cabelo emolduram seu rosto e não escondem seus olhos azuis-claros. Ela está mais velha; diferente. Não sei o que pensar disso.

— Então... Maeve? — diz, tentando tocar suavemente no assunto.

— Ela é minha amiga. A barraca dela quebrou, ela precisava de um lugar para ficar, então está aqui por enquanto.

Eva não precisa saber de tudo ainda.

Eva assente. Por sua expressão, dá para ver que não acredita em mim, mas não me questiona.

— Você parece feliz — diz.

— Estou mesmo.

Claro que essa não é a história toda, mas é um bom resumo. Estou feliz agora, pelo menos mais feliz do que andava, e nada mais importa.

— Como está a velha livraria? — pergunta Eva com descontração, batendo no balcão com os nós dos dedos.

Eu rio, tentando lhe mostrar que está tudo bem ela estar aqui e que podemos deixar o passado para trás e conversar normalmente. Ela solta uma risada sem entusiasmo também, distraidamente passando os dedos pelos cabelos.

— Fora o buraco na parede, está ótima. Maeve tem me ajudado.

Por um segundo, penso que vou ficar sem saber o que dizer de novo, mas Eva me salva.

— E seu braço?

Olho para ele com desdém.

— Precisa ver como ficou o outro cara — brinco.

Eva arregala os olhos.

— Brigou com alguém?

— Não, nada disso! Foi um gerador; fiz uma besteira.

— Não duvido disso — murmura Eva. — O gerador funciona?

Claro que ela ainda se importa comigo e com este edifício.

— Tenho certeza de que funciona, mas acho que quebrei com minha mão, por isso, vamos precisar dar um jeito para fazer funcionar de novo. Maeve vai consertar quando arranjarmos tudo que ela precisa para isso.

Eva apenas concorda com a cabeça e pergunta:

— Como conheceu ela?

Por um momento, é tudo como nos velhos tempos; nós conversando como duas meninas sobre coisas mundanas. É legal, familiar.

— Na verdade, é uma história engraçada — começo, antes de me dar conta de que Eva talvez não ache graça nenhuma.

Acho que a maioria dos membros de nossa sociedade não acha invasões de domicílio uma coisa engraçada. Mas é engraçado para mim, por isso prossigo:

— Ela invadiu a livraria enquanto eu estava...

— Invadiu a livraria?

— É.

Seu olhar preocupado indica que, de fato, ela não achou nada engraçado.

— Você precisa ter mais cuidado, Liz. Não pode confiar em qualquer um que entra pela porta da frente.

Meu coração se aperta. Estou feliz por ver Eva, claro, mas é estranho vê-la me repreender por deixar as pessoas entrarem, sendo que foi ela quem me abandonou.

— Eu confio nela.

— Aposto que não sabe quase nada sobre ela — resmunga Eva.

— Ela salvou minha vida.

Eva parece prestes a fazer outro comentário, mas morde a língua, respira pesado. Passam-se alguns segundos.

— Eu queria lhe pedir desculpas.

— Está tudo bem — respondo. — Está tudo bem, eu a perdoo.

Estou sendo sincera... acho. O que importa agora é que Eva está aqui, ela voltou. E eu prefiro focar no presente a reviver o passado.

— Mas não deveria. Eu deveria ter conversado com você antes de ir embora.

— Não conversou, mas tudo bem. Você voltou, e é só isso que importa.

Eva não tenta argumentar. Apenas pousa a mão em meu braço. É uma atitude estranha; seus dedos tremem levemente. Eu não me afasto. E mesmo não sendo um abraço — como o que ela me deu quando pensou que eu ia para a faculdade e nunca mais voltaria para Nova Jersey —, é melhor do que nada.

— Também tenho uma coisa para te contar — murmura Eva.

— Então, você não veio aqui só para me pedir desculpas?

Ela parece ficar ofendida, parece que vai tentar se defender, mas não. Ela apenas morde o lábio inferior e diz, tão baixinho que quase não consigo ouvi-la:

— Odeio ser portadora de más notícias.

Endireito o corpo, prevenida. Más notícias têm um novo significado hoje em dia. Antes, normalmente significavam *perdi minha carteira* ou *tomei uma multa no domingo; não é uma loucura?* Agora, más notícias podem ser *meu braço foi devorado por um gerador* ou *fiquei sem comida e sem água.* Mas não sei o que ela vai dizer; talvez não seja tão ruim. Pode ser que o que ela vai dizer seja o novo equivalente a notícias não tão ruins, como *não fiquei sem comida e sem água, mas só tenho creme de milho para comer; não é uma merda?* Mas seu olhar me diz que não é nada disso.

— Tem outra Tempestade vindo — diz ela, com voz rouca.

Reviro os olhos e solto um suspiro.

— Já sei disso.

Isso não é ruim. Não é como se já não tivesse lidado com isso.

Mas Eva não terminou.

— Vai chegar em uma semana. Talvez menos, talvez mais, mas está chegando.

Isso não pode ser verdade. O medo inunda meu cérebro e olho ao redor, do buraco na parede à porta quebrada e às vidraças faltando.

— Não, nada disso. Ainda temos um mês.

O Homem do Casaco de Marinheiro não disse nada sobre a Tempestade chegar em uma semana. Disse que teríamos um mês. Maeve disse a mesma coisa. Eu estava contando com um mês; talvez mais, com um pouco de sorte. Mas quem está certa: Eva ou Maeve?

Eva me olha com uma expressão solene e a pele quase cinza.

— Tínhamos até o final de agosto ano passado, mas esses não são dados confiáveis, não é? Sabe muito bem disso, Liz.

E eu sei mesmo, por mais que meu coração queira retrucar. Não posso confiar no ano passado para determinar este ano; isso não é estatisticamente sólido. Como meu professor de estatística diria, não é uma amostra grande o bastante. Como nossos conquistadores alienígenas diriam, ⊬O̲⎍⍀Ш ⎍⎍ ᘏ☍ Шф, que se traduz aproximadamente como *Vocês estão totalmente ferrados.* Mas ainda não estou pronta para jogar a toalha.

— Como você sabe?

— Foi... um amigo meu — diz ela.

Suas palavras me machucam um pouco, e mais ainda pelo fato de ela ter hesitado antes de dizer *amigo.* Talvez eu tenha esquecido que ela poderia ter amigos fora daqui. Que a vida continuou para ela depois que foi embora, que eu posso ter sido substituída.

— É um caçador de tempestades amador; bem, era, pelo menos. Quase um meteorologista. Ele adora essas coisas, e acerta noventa e cinco por cento das vezes, desde uma garoa até tempestades. Se ele diz que está chegando, é porque está.

— Tem certeza? — pergunto, com a voz meio trêmula.

Ainda há uma chance de ela estar errada, mas, conforme começo a analisar os fatos, percebo que talvez tenhamos menos tempo do que pensávamos. Penso nos pássaros, nos veados e nos coelhos; eles começaram a fugir em meados de agosto do ano passado; e o vento está aumentando, a temperatura está caindo mais do que deveria nesta época do ano.

— Eu teria vindo até aqui se não tivesse certeza? — responde Eva.

A pergunta me machuca no começo. Como pude ser tão inocente? Claro que ela não viria até aqui se não tivesse um motivo importante. Ela não voltaria para cá se não precisasse. Havia deixado bem claro o motivo de estar indo embora. Então, entendo tudo; é como se uma pedra caísse em cima de minha cabeça. A Tempestade pode chegar em menos de uma semana e eu não estou preparada. Olho para minha mão inútil; tenho tanta coisa para fazer...

— Precisava avisar você — diz Eva, solenemente. — Não podia deixar você morrer desse jeito, minha consciência não me perdoaria.

Ouvir isso faz meu coração palpitar. Ela ainda se importa comigo. Eu sabia que ela ainda se importava.

— Eu já cheguei até aqui, não é essa Tempestade que vai me derrubar — respondo. — Isso eu garanto.

CAPÍTULO 26

Sentamo-nos formando um triângulo assimétrico, tomando sopa em temperatura ambiente. Não sei se tenho estômago para isso. O silêncio entre nós é ensurdecedor, e toda vez que olho para cima, vejo dois pares de olhos me encarando. Maeve olha feio para Eva, mas Eva se recusa a erguer os olhos, por razões que ainda não consegui discernir. Talvez esteja com ciúmes.

Eu me sinto como a conexão entre dois grupos diferentes de amigos. Como quando a gente faz aniversário e fica sentada na cabeceira da mesa com uma dúzia de pessoas nos olhando em busca de orientação. A gente age como a ponte entre os colegas da aula de artes e os do time de futebol e tenta quebrar o gelo falando que adoramos sorvete e torcendo para que ninguém se pergunte o que está fazendo ali.

Olho para uma e outra e elas me olham, expectantes. É ridículo ver Eva, três anos mais velha que eu, esperando que eu lhe diga o que fazer. Não sei para quem devo olhar — Eva ou Maeve? Fico olhando entre as duas, sentindo que toda vez que volto a atenção para uma, estou ofendendo a outra.

— Nós vamos ficar bem — digo a ambas, tentando disfarçar o medo em minha voz trêmula, mas Maeve e Eva não percebem, ou fingem que não. — Lembra aquela vez que um guaxinim entrou aqui? Você e Laurel surtaram, e ele tentou comer a edição limitada de *Os Irmãos Karamázov*. Foram dez minutos infernais, mas o guaxinim saiu correndo, nós consertamos o estrago que ele fez e tudo ficou bem no fim.

— Claro que eu lembro — murmura Eva, embora não pareça querer recordar.

Mas logo franze os lábios e observa o espaço entre mim e Maeve.

— Você viu como está este lugar? Era ruim quando eu estava aqui, mas agora...

Maeve fica só sentada, fazendo caretas, de modo que decido defender nós duas.

— Temos tudo de que precisamos — digo, e olho para Maeve.

Mas ela apenas sacode a cabeça devagar, como se dissesse *temos sim, é verdade.* Queria que ela olhasse para mim, que fosse minha líder de torcida na conversa. Mas ela fica calada. Então, prossigo sozinha:

— Não deve ser tão difícil. Bem, para mim é fácil falar, não sou eu que estou fazendo o trabalho pesado, mas... temos todo o material necessário para arrumar, não é? Podemos consertar esse buraco em uma semana.

Ninguém me corrige nem diz que talvez nem tenhamos uma semana para isso.

Maeve olha para Eva e diz com a mandíbula apertada.

— Não precisamos de sua ajuda, Eva, se é isso que quer saber.

O tom dela me pega de surpresa: é solene e rude. Ela não fica assim desde que a conheci, e mesmo naquela época não era tão ruim. Isso não é sarcasmo mordaz, é animosidade, uma raiva cuja razão não consigo entender. Ela encara Eva como se a desafiasse, e Eva a fita de volta, apertando a mandíbula. Eu as ignoro e tento não pensar em tudo que precisamos fazer. Não tenho tempo para as estranhezas delas. As janelas, o telhado, a porta da frente, a voz de Maeve, tudo ecoa em minha cabeça. *Sairei para caçar antes que a Tempestade chegue.* Nós nem paramos para pensar que não haveria animais para capturar, mesmo tendo uma armadilha.

Estamos sem tempo, a implacável contagem regressiva foi encurtada em semanas, mas estou fingindo que está tudo bem. Eu me lembro de uma redação que escrevi no ensino médio, sobre os cinco estágios do luto. Negação, barganha, raiva, depressão e aceitação. Nem sempre nessa ordem, mas estou sentindo a primeira agora. Uma parte de mim não acredita que tudo pode terminar assim. De verdade desta vez.

— Ficaremos bem — digo a Eva, tentando pôr nas palavras de Maeve um pouco mais de simpatia. — Não precisa se preocupar conosco.

Ela sacode a cabeça e volta a olhar para sua tigela de sopa. Estou com bem menos fome que antes.

— Se você está dizendo, tudo bem — diz ela.

Essa não é a velha Eva. A velha Eva teria me questionado por mais tempo. Teria continuado a insistir até enfiar em minha cabeça que eu, na verdade, não estava *bem*. A velha Eva teria continuado a falar sobre chuva ácida, dizendo que "bem" não é suficiente nessas situações. A velha Eva teria falado na minha cabeça até eu admitir a verdade, mas a nova Eva parece resignada. Ela fez o que tinha que fazer, pode ficar com a consciência tranquila.

Não consigo deixar de me perguntar o que Maeve está sentindo, sentada ao meu lado, mas como se estivéssemos a quilômetros de distância. Se Eva não estivesse aqui, ela diria que eu estava sendo tola ou ridícula, ou tiraria sarro de mim, como sempre. Mas ela está sentada em silêncio, quase sem dizer nada. Recusa-se a falar com Eva mais que o necessário. Nunca imaginei que Maeve fosse ciumenta, mas às vezes as pessoas nos surpreendem em situações inusitadas.

Por baixo do balcão da cozinha, estico o braço devagar, timidamente, até tocar com meus dedos os de Maeve. Ela não se esquiva. Permite que eu segure sua mão. Aperto-a gentilmente como se nunca mais fosse soltá-la. E digo, dirigindo-me a Eva:

— Então, você voltou...

Maeve larga a colher e olha de frente para Eva, pela primeira vez desde que começamos a comer. E diz com voz fria:

— Tenho certeza de que não pode se dar ao luxo de ficar muito tempo.

Eva concorda.

— É, tenho que ir para casa. Mas é bem longe, por isso, pretendia passar a noite aqui e ir embora amanhã de manhã, se vocês não se incomodarem. — Ela olha de Maeve para mim e depois de volta para Maeve. — A viagem é perigosa no escuro.

— Onde é? — pergunto.

— Eu tenho um grupo — responde ela. — Não é muito grande, mas já é alguma coisa.

— Ah...

Não posso fingir que a notícia não me machuca um pouquinho, mas o que eu esperava? Que ela voltasse e ficasse e que nós três vivêssemos felizes para sempre? Ela não tem essa vibe solitária incrível que eu tenho. Ou tinha.

— E são todos legais como eu?

Eva olha para o colo.

— Não tem porque falarmos deles. — Ela sacode a cabeça e ergue os olhos. — Desculpe, é que eu sou chata. Você é muito mais interessante que eu.

Sinto o calor subindo para meu rosto e desvio o olhar. Mas uma parte de mim sente que suas palavras não são sinceras, apesar de eu querer muito acreditar nelas. Ela só está tentando me agradar.

— Na verdade, Maeve é que deixa tudo mais interessante. As coisas andam agitadas por aqui ultimamente, no bom e no mau sentido.

Olho para Maeve, que morde a língua.

— Bem, não quero atrapalhar vocês.

— Pode ficar mais tempo — ofereço. — Se quiser, claro. Eu adoraria que ficasse.

Se bem que, com Maeve agindo assim, não sei se isso seria bom para nós. Por que ela se recusa a ser gentil por algumas horas?

Eva sacode a cabeça.

— Quem dera eu pudesse.

— Melhor assim — interrompe Maeve com voz dura.

Ela não olha para mim. Talvez se olhasse, entenderia. Talvez se falasse comigo, perceberia que Eva é uma amiga, não uma inimiga. Mas Maeve continua alheia, presa em sua própria cabeça.

• • •

Eva dorme na sala de estar.

Maeve e eu dividimos o quarto. Dividimos o colchão também, o que é uma evolução emocionante, exceto pelo fato de eu não conseguir dormir. Estou olhando para Maeve, que está tentando fingir que está cansada.

— Por que você a odeia? — pergunto.

Por fim, Maeve desiste de fingir e rola de frente para mim.

— O quê?

— Por que você odeia Eva?

— Eu não a odeio — murmura Maeve depois de uma pausa de alguns segundos.

Só o que posso fazer é rir.

— Você não trocou nem meia dúzia de palavras com ela esse tempo todo. Está fria, distante.

— Porque eu sei que ela magoou você — resmunga Maeve.

Mas isso não faz sentido, porque eu nunca disse isso a Maeve.

— Isso é passado.

Maeve bufa e estreita os olhos.

— Não tem nada a ver.

— Mas eu a perdoei — digo. — Não precisa guardar rancor, porque eu não guardo. Você não pode estar mais chateada com ela do que eu.

— Posso, sim.

Maeve rola de novo e me deixa olhando para suas costas.

— Não poderia ser mais legal com ela, por mim? — pergunto, sem saber se Maeve vai sequer responder.

— Liz, por favor, agora não — diz ela com voz cansada.

— Dá uma pensada, vai?

Maeve não responde.

• • •

Ouço as duas sussurrando na cozinha, pensando que estou dormindo e achando que estão falando superbaixo. Não sei quando Maeve conseguiu sair furtivamente do quarto sem me acordar, mas mentalmente acrescento *ninja* à lista de qualidade dela. Mas elas estão falando baixo o suficiente para que eu não consiga entender cada palavra, apenas as importantes.

É estranho que elas estejam conversando, e sem mim, esgueirando-se no meio da noite para falar sabe Deus lá o quê. Principalmente dada a hostilidade de Maeve e a relutância de Eva a voltar. E talvez eu seja egocêntrica por pensar que elas não deveriam ter nada para conversar sem mim, mas é verdade. O que Eva poderia ter a dizer a alguém sobre quem não sabe nada? Por que não me incluiriam?

Mas conforme suas vozes se elevam, não consigo parar de me perguntar se há alguma coisa que eu não sei, uma dimensão dessa situação que não sou capaz de entender.

— Vá pro inferno, Eva. Você não pode me enganar como fez com... — explode Maeve.

Ouço algo bater no balcão da cozinha e prefiro pensar que foi a mão dela, e não algo mais ameaçador.

O final da frase sai baixo demais para eu ouvir, pois o vento assobia lá fora, abafando tudo que está acontecendo na cozinha.

— Você não sabe; não finja que sabe o que está acontecendo.

— Então, conte a ela como você chegou aqui. Acha que ela ficaria orgulhosa? Acha que ela ainda...

Há lacunas demais na conversa delas para que eu entenda o que está acontecendo. Isso me deixa com mais perguntas que respostas, e tento não esquecer cada uma delas.

Enquanto rolo na cama e fico olhando para o teto, tento preencher as lacunas, resolver um enigma cuja resposta talvez não queira saber.

Kat Delgado

16 anos

Morristown, Nova Jersey

Minha mãe jurava de pés juntos que a Guarda Nacional viria. Que chegariam de helicóptero, armados até os dentes. Era como se ela estivesse contando as horas. Ela descia a escada e dava uma olhada em mim enquanto eu observava a água girando lá fora. Ela anunciava sua melhor estimativa acerca de quando o governo apareceria e nos salvaria. "Só mais quarenta e oito horas!", dizia; ou às vezes era mais específica e dizia: "Só mais vinte e sete horas". Não sei de onde ela tirava esses números. mas ficava dizendo isso porque nós duas achávamos que aquilo só estava acontecendo ali, não no país todo. Que não estava tão difundido. E ainda nem sabemos sobre o resto do mundo. Mas conforme os dias passavam e ninguém aparecia, fomos entendendo. Ninguém iria nos salvar.

CAPÍTULO 27

19 DE JULHO: ANTES DA PRIMEIRA TEMPESTADE

Thea está ocupada beijando o namorado no sofá da sala, por isso decido ir a pé para o trabalho hoje. Ela está com as chaves do carro e não estou a fim de interrompê-los. Não é longe, mas mamãe prefere que eu vá de carro porque tenho o péssimo hábito de andar com fones de ouvido o tempo todo e quase ser atropelada. Gosto de pensar que vale a pena o risco, mas mamãe discorda. Ela está passando a semana no interior de Nova York com uns parentes porque precisa de um tempo longe de papai; longe de nós. Longe de todos. Por isso, a casa está silenciosa, exceto por Thea e seu namorado, e eu estou sozinha.

Meus fones de ouvido estão colocados e vou meio que correndo pela rua. Uma coisa de que gosto na livraria é o fato de não haver regras de vestimenta. Eu trabalhava em uma pizzaria onde todos os funcionários usavam camisetas iguais, e no terceiro dia da semana o cheiro de fumaça e alho era tão forte que eu não conseguia suportar. A livraria é muito mais casual, mas me culpo por não ter colocado um par de tênis mais resistente esta manhã, já que vou passar a tarde em pé atrás de um caixa.

Um sininho toca acima de minha cabeça quando entro. Laurel, minha colega de trabalho, me vê do fundo da loja. Eva não está em lugar nenhum, o que significa que deve estar lá embaixo almoçando.

— Pode ficar no caixa? — pergunta Laurel, e sua voz ecoa pela loja pequena.

Concordo e vejo que há uma mulher esperando diante dele.

Vou para trás do balcão e coloco meu melhor e mais brilhante sorriso de atendimento ao cliente no rosto, prendendo uma mecha de cabelo atrás da orelha. Decidi improvisar um corte de cabelo ontem à noite, mas acho que deixei a parte da frente meio curta demais.

— Quer uma sacola? — pergunto enquanto olho os livros da mulher, um a um.

— Não precisa, obrigada — diz a mulher, sorrindo. — Vamos salvar as árvores.

Quero lhe dizer que um saco de papel não vai salvar tantas árvores. Quero lhe dizer que, mesmo que ela recuse a sacola, a árvore já foi morta e cortada em pedacinhos e transformada em um saco de papel. A jornada acabou para a pequena árvore que mais tarde se tornou esse saco.

— Deu trinta e seis e oito — digo à mulher, empurrando os livros em sua direção.

A mulher não diz nada e enfia o cartão de crédito na maquininha chique. Ela estreita os olhos levemente e rabisca sua assinatura com o dedo. A seguir, para e olha para mim, como se estivesse me inspecionando. De repente, eu me sinto desconfortável, então pouso os olhos sobre uma pilha de livros de Shirley Jackson, na prateleira logo acima do nível dos olhos dela.

Ela limpa a garganta e eu esboço mais um sorriso simpático.

— Você estuda em Middlebury?

— O quê?

Então, percebo que ela está olhando para minha camiseta, que diz claramente MIDDLEBURY COLLEGE.

— Ah, sim. Começo ano que vem.

— Eu estudei lá! — diz ela, e sorri. — Adorei!

Não sei bem o que dizer, então digo.

— Que legal!

— Você vai adorar — afirma a mulher.

Mas não sei como ela pode ter tanta certeza, visto que não sabe nada a meu respeito.

— Estou animada — digo, apesar de não ter descoberto ainda o que acho de morar fora de casa.

Terminar o ensino médio foi emocionante; fantástico, na verdade, mas sair da livraria me parece muito mais difícil. Sair de casa também.

— Bem, parabéns — diz a mulher. — A faculdade é a melhor fase da vida!

Que deprimente deve ser a vida dela para que os quatro anos que ela passou exausta e estressada tenham sido os melhores de sua vida... Acho que ela não teve a intenção de que suas palavras parecessem ameaçadoras, mas me cortaram como uma faca.

E então, ela pega seus livros e eu fico sozinha com meus pensamentos.

• • •

No começo, não noto que Eva ficou até mais tarde. Ela normalmente sai cedo às segundas-feiras, mas imagino que deve ter algo para fazer, tipo repor livros ou receber pedidos.

Começo a estranhar quando Eva me pede para arrumar as coisas na Sala das Crianças. Está tudo impecável lá; sei disso porque arrumei tudo quando cheguei. Quando vou para lá, claro, descubro que está quase tudo em ordem, apenas uns livros ilustrados espalhados pelo chão. Fico ofendida por alguém ousar questionar minha organização meticulosa.

Pego os livros do chão e olho meu relógio. São quase sete; hora de fechar. Eva não deveria estar aqui ainda, não é?

Mas decido, mais uma vez, não questionar, e me dirijo à estante de livros ilustrados. Canto a canção do alfabeto algumas vezes mentalmente enquanto guardo os livros. Eu sempre digo que esqueço o alfabeto e Eva ri, mas não é mentira. Na verdade, não sei dizer qual letra vem depois de qual sem cantar a canção do alfabeto inteira. É um defeito fatal, meu calcanhar de aquiles.

Passam-se mais alguns minutos até que ouço Eva me chamar da outra sala. Ainda tenho um livro ilustrado na mão, e o coloco no lugar antes de correr de volta para a frente da loja.

Eva e Laurel estão lado a lado, com um cupcake em cada mão. Quando me aproximo, Eva diz:

— Surpresa!

— O quê?

Laurel apenas ri.

— Feliz quase último dia!

— Ah! — digo, como se houvesse esquecido.

Mas como eu poderia esquecer? Pego o cupcake na mão e enfio o dedo distraidamente na cobertura cerosa rosa. Pelo menos, a proporção de cobertura e bolo está certa. Quanto mais cobertura, melhor. Um cupcake sem cobertura suficiente nem vale a pena.

Olhando para o rosto radiante de Laurel e Eva, eu me sinto mal. Com o brilho de uma única vela acesa, sinto o calor do gesto irradiar ao meu redor. As coisas estão de ponta-cabeça no mundo e em casa, mas aqui, eu me sinto segura. Como posso abandonar este lugar que amo? De repente, o cupcake parece uma granada de mão. Um movimento errado e tudo vai explodir na minha cara.

Eva me entrega um cartão.

— Abra depois.

Faço que sim com a cabeça.

— Obrigada, meninas. Não precisava.

— Mas nós queríamos — responde Laurel. — Estamos tentando convecer você a não nos abandonar.

Eu forço um sorriso pouco convincente e olho para elas.

— Eu queria não ter que ir embora.

CAPÍTULO 28

Quando Maeve e eu acordamos, de manhã, Eva já está pronta para ir. Ouço-a mexendo em algo na cozinha, tentando não fazer barulho, mas sem sucesso.

Maeve me olha quando eu me viro e ficamos com o rosto a centímetros um do outro; sua perna descansa em cima da minha. Odiava dividir a cama com Thea nas férias em família, mas isto aqui é muito melhor. Faz todo o sentido.

Ela ergue as sobrancelhas, como se dissesse: *Pelo amor de Deus, por que alguém acorda tão cedo?* Não pergunto sobre a conversa delas ontem à noite. Se perguntar, ela saberá que eu sei e não falará. Conseguirei obter mais informações se esperar. E se eu for um pouco mais gentil. Mas eu nunca fui a pessoa mais gentil do mundo.

Olho pela janela e meu coração quase para. O sol acaba de nascer, mas não é para ele que meus olhos gravitam. Vejo nuvens pairando no horizonte, tão pequenas que mal consigo vê-las, mas sei que estão lá. Está mais escuro que o normal lá fora; o céu azul desbotado virou um cinza triste. Isso me faz querer começar a consertar a parede de baixo ainda mais cedo e saio depressa de baixo dos cobertores. Maeve finge não notar, mas a vejo mordendo o lábio enquanto dá uma olhadinha para fora. Ela pensou o mesmo que eu.

Visto uma camiseta fresca por cima de meu top esfarrapado. Meu braço ainda dói muito quando o levanto, por isso, apanho um pouco para me vestir, tentando passar gentilmente o braço pela manga. A camiseta não está limpa, mas dei uma enxaguada nela há pouco tempo e não vejo nenhuma mancha ao inspecioná-la. Estampadas na frente estão as palavras vencedora da feira de ciências do ensino médio Dwight D. Eisenhower. Nunca venci uma feira de ciências nem participei de nenhuma; esta camiseta é herança de uma prima, por isso a uso com orgulho. Também a uso em uma vã tentativa de apagar da memória meu trabalho de ciências do primeiro ano, que foi vergonhoso. Nem Maeve nem Eva precisam saber minha péssima história com a física.

Eu me levanto devagar do chão, usando o assento da cadeira da escrivaninha para me equilibrar, e vou para a sala de estar.

Bato na porta, hesitante, para não assustar Eva. Tenho o péssimo hábito de fazer isso: costumo chegar silenciosamente por trás das pessoas quando elas menos esperam. Quando eu tinha cinco anos, achava isso legal, era como se tivesse um superpoder ultrassecreto, mas a maior parte de minha família e amigos discordava. Se bem me lembro, para Eva isso lhe "dava nos nervos".

— Posso entrar? — pergunto.

Eu não deveria estar pisando em ovos perto de Eva; ela já deveria estar acostumada comigo.

Não ouço nada além do leve farfalhar dos lençóis de Maeve, que sai da cama atrás de mim.

Então, a porta à minha frente range ao se abrir. Eva está parada ali, com seu cabelo cuidadosamente trançado.

— Acordei você? — pergunta Eva enquanto passo por ela em direção à cozinha.

Eva já está com a mochila na mão, os cadarços amarrados. Eu sei o que ela faria se eu houvesse demorado mais alguns minutos. Ela já fez isso antes.

— Não — respondo. — Por quê? Estava pensando em sair fugida de novo?

Ela sacode a cabeça, envergonhada.

— Estou brincando, juro.

Maeve aparece na cozinha também com o cabelo trançado, mas um pouco mais bagunçado que as tranças perfeitas de Eva. Sinto que fui deixada de fora de um clube.

— A caminhada é longa, é melhor eu ir — diz Eva, por fim.

Olha discretamente pela janela e eu sigo seu olhar. Ela também notou as nuvens; meu sangue gela enquanto as vejo se aproximar.

— A menos que você queira ficar — respondo, dando de ombros.

Maeve não diz nada.

Eva dá um passo à frente, lentamente; a princípio, não entendo o que ela está fazendo, até que estica os braços e me abraça. É um abraço quente, apesar de estranho. Eu cresci alguns centímetros desde que nos vimos pela última vez. É diferente; ela está diferente, eu estou diferente. Mas não consigo me afastar, não consigo me soltar. É o adeus que nunca tivemos. Da última vez, eu estava muito tensa. Da última vez, não a abracei e passei o mês seguinte desejando tê-lo feito.

Uma parte de mim quer implorar para ela ficar. Outra, deseja não ter que fazer isso. Mas passei tanto tempo esperando Eva voltar e fazer minha vida funcionar de novo, que não percebi que estava funcionando sem ela. O tempo passou, eu toquei a vida. E Maeve, um fator no quebra-cabeça que eu nunca imaginei que existiria, está aqui agora. Não posso implorar a Eva que volte a uma vida que não existe mais.

Não que eu não queira que ela fique, não é nada disso. É que não posso fazer isso comigo mesma de novo; não posso passar a vida esperando que Eva me escolha.

Maeve e eu acompanhamos Eva. Descemos a escada, caminhando em um silêncio constrangedor passando pelo que resta da árvore e do buraco. Fingimos não notar, mas sei que todas nós reparamos.

Eva sai pela porta; para quando chega à calçada e se volta para mim. Noto que seus olhos se movem depressa em direção à lona que cobre o telhado.

— Boa sorte — diz com voz firme.

— Para você também — respondo, torcendo para que ela perceba tudo aquilo que não consigo dizer em voz alta.

Eva olha para Maeve, que assente com um movimento leve de cabeça.

— Lembra-se do que conversamos? — pergunta Eva, ainda olhando para Maeve.

Maeve concorda, devagar, e Eva se vira e vai embora. Nem tenho a chance de lhe perguntar o que ela quis dizer. Nem tenho tempo de questioná-la sobre o que ouvi ontem à noite.

Fico olhando enquanto ela desaparece pela rua, atrás da cerca, em direção à sua casa. Acho estranho não saber onde é a casa dela. É estranho tê-la conhecido tão bem, durante tanto tempo, e de repente parece que não sei nada dela. Ela tem uma nova vida, um novo grupo, um novo lar. Mas eu também, não é?

Olho para Maeve, que faz uma careta, em uma tentativa malsucedida de sorrir. Estendo a mão e pego a dela, um tanto surpresa por ela não se afastar. Bem, ela não se afastou ontem à noite, e não se afastou na noite anterior. Ela não vai me deixar como Eva. O ciclo não vai se repetir. Desta vez, não.

— Está tudo bem? — pergunto, meio que esperando que ela conte o segredo que está escondendo de mim agora que Eva se foi.

Mas ela não está pronta para isso.

Maeve concorda e diz:

— Claro. Vamos, é melhor começarmos.

E me puxa de volta para a árvore, o buraco e a pilha de madeira. O chão ainda está coberto de serragem, lembrando-nos do trabalho a ser feito antes que a Tempestade chegue.

— Claro.

• • •

Maeve se posiciona com cuidado.

— Prego — murmura, estendendo a mão para mim.

Eu me atrapalho um pouco vasculhando o potinho e lhe entregando um prego. Ela o pega com a mão livre e a estende para mim mais uma vez.

— Martelo — pede, e o passo para ela também.

Observo enquanto ela prepara os itens necessários com precisão de especialista. Ela gesticula para mim freneticamente e eu apoio a mão boa na madeira para segurá-la, para que não saia do lugar. Ela firma o prego, segurando-a com o indicador e o polegar, e baixa o martelo com um golpe seco, quase acertando as pontas dos dedos.

— Outro — diz, estendendo a mão para trás.

Eu pego um prego, mas quando Maeve vai pegá-lo, recolho a mão e a escondo às minhas costas.

— Que foi? — pergunta ela, erguendo as sobrancelhas e se virando para mim.

— Sobre o que você e Eva conversaram? — pergunto com a voz subitamente firme; preciso saber. — Ouvi vocês ontem à noite.

— O quê? — Uma pausa, antes que sua expressão endureça. — Nada importante.

— Não me venha com essa — aviso.

— Não é da sua conta.

— É claro que é da minha conta!

Alguns segundos de silêncio nos envolvem antes que Maeve finalmente desista.

— Ela queria que eu convencesse você a sair daqui.

— O quê?

Entre todas as pessoas que sobraram no mundo, eu pensava que Eva era a única que se lembraria do que este lugar foi um dia. A única pessoa que eu achava que poderia compreender quanto este lugar significa para mim e por que não posso simplesmente abandoná-lo tão facilmente.

— Ela me contou para onde seu grupo está indo e disse que poderíamos ir junto. Conseguiremos se sairmos hoje. Depois, quando a Tempestade passar, podemos ir para a Carolina do Norte, ficar seguras de uma vez por todas, parar de lutar tanto para sobreviver.

— Por que ela contaria isso para você? — pergunto. — Por que ela simplesmente não falou comigo?

Maeve sacode a cabeça.

— Eva não tem se saído muito bem no que diz respeito a convencer você a ir embora daqui. Ela achou que talvez eu tivesse mais influência sobre você.

Tento ignorar a sensação de traição que me rói por dentro. Haverá tempo para sentimentos depois.

— Você ao menos sabe como chegar lá?

— Sim, Liz, eu sei. Não vamos aguentar a Tempestade deste jeito. Há muita coisa a fazer e não vou conseguir fazer tudo sozinha. Eu sei que você tem suas merdas na cabeça para resolver, mas sobreviver é mais importante que qualquer coisa.

— E o que a faz pensar que eles estão melhor que nós? — pergunto, ignorando a dor que suas palavras me causam. — Nós nem sabemos quem eles são! Podem estar tão ferrados quanto nós. E nós já dedicamos muito trabalho a este lugar, quer mesmo desperdiçar tudo?

Faço uma pausa antes de acrescentar:

— Por favor, Maeve. Eu não pediria se não fosse importante para mim.

— Você não está entendendo — diz Maeve, erguendo a voz. — A questão é muito maior do que o que você quer e como se sente. Eu já disse antes: ficar aqui é uma péssima ideia. Você vai morrer.

— Eu já disse que não vou embora.

— E eu estou lhe dizendo que ficar não é uma opção — diz Maeve com arrogância, largando o martelo no balcão. — Como você acha que vai ser quando a Tempestade chegar aqui? Acha que vamos poder nos esconder na seção de culinária e esperar passar? A chuva ácida e os detritos vão destruir este lugar, Liz. E nós vamos acabar queimando junto.

— Podemos fazer os consertos! — protesto.

— Você não confia em mim? — sussurra Maeve, tentando pegar minha mão, mas eu recuo, evitando seu toque. — Não poderemos ficar juntas se estivermos mortas.

— E você quer que fiquemos juntas? — pergunto, com a garganta seca de repente. — E qual é o peso disso para você?

Maeve para de repente, atônita. Engole em seco e baixa o olhar. Mas eu ainda a fito, torcendo para que sinta meu olhar queimando sua pele.

— Eu quero, Liz, não seja ridícula. — Ela se cala por um instante, pensando no que dizer. — É por isso que precisamos ir embora daqui. Não quero que tudo acabe antes mesmo de começar.

— Aposto que você está arrependida de ter vindo para cá — murmuro, e minha saliva tem gosto de veneno. — Aposto que preferia ter ficado longe de mim e deste lugar.

— Não, nunca. Porque eu gosto de você, Liz. Eu gostava de você dois dias atrás e gosto agora. Nós não estaríamos aqui discutindo isso se eu não gostasse de você. Independentemente de como tudo termine, nunca vou me arrepender de ter vindo para cá.

— E como tudo vai acabar? — pergunto, sem saber se quero saber a resposta.

— Isso é com você — responde Maeve, virando-se para o buraco na parede e estendendo a mão. — Prego.

• • •

Estou sentada no balcão observando Maeve dar os retoques finais na nova parede, martelando de novo cada prego, por via das dúvidas. Sendo generosa, está parecendo uma colcha de retalhos; e não sendo, o monstro Frankenstein. Mas me obrigo a ter esperança; vai dar certo. Tem que dar. E podemos passar para o telhado.

Maeve enxuga a testa na manga do moletom e olha para mim.

— Você é incrível — digo, fingindo aplaudir com uma mão só. — É a salvadora da pátria, literalmente.

Maeve ri, por fim, e coloca o cabelo atrás da orelha.

— Vou subir — diz, olhando para mim em busca de aprovação, e eu assinto. — Vou só tirar um cochilo rapidinho, talvez trocar de roupa, só para esvaziar a cabeça.

— Claro, você merece.

— E daqui a uma ou duas horas, podemos falar sobre os próximos passos. Pense no que eu disse, tá?

Assinto de novo e Maeve sobe. Ouço suas botas subindo os degraus e depois a porta do apartamento bater. Não digo a ela que não tenho relógio; não digo a ela que estou com medo; não digo a ela que queria que tivéssemos mais tempo. Não preciso dizer nada.

CAPÍTULO 29

Maeve está me esperando na cozinha quando finalmente subo, depois de mais uma hora de trabalho. Ela está sentada em um dos bancos, perto do balcão da cozinha, brincando com sua caixa de fósforos. A única luz no apartamento é sua lanterna de acampamento, que lança uma leve névoa sobre o cômodo. Seus olhos estão praticamente vidrados, olhando para o nada e para tudo ao mesmo tempo.

— Está tudo bem? — pergunto.

Agora me dou conta de quantas vezes falei essas palavras nos últimos dias. Quantas vezes precisei perguntar se ela estava bem. Quantas coisas nós duas vivemos que poderiam nos fazer não estar bem.

Maeve não responde. Empurra uma lata morna de sopa pela metade para mim.

— Não está com fome?

— Isso não responde à minha pergunta.

Maeve ergue os olhos devagar e me fita.

— Não posso mais, Liz — diz ela com voz dura. — Não posso continuar assim.

— Ouça, nós vamos superar isso — murmuro, tentando fazer que olhe para mim.

Mais um minuto de silêncio se passa entre nós. Penso em como era um primeiro encontro, aquele silêncio horrível quando a gente sabia que nunca mais ia sair com a pessoa, nem nos sonhos mais loucos. Não sei o que dizer para aliviar a tensão; não sei nem se devo tentar.

— Você não está me ouvindo, Liz. Eu não posso viver assim — sussurra ela com a voz quase inaudível. — Não sei o que fazer.

É a primeira vez que a ouço dizer isso, e já estava começando a pensar que nunca ouviria. Acaso é a mesma Maeve que arrancou minha mão do gerador? Acaso é a mesma Maeve sempre cheia de soluções que consertou o buraco na parede porque eu não conseguiria?

O que foi que mudou? Então, me lembro da conversa abafada da noite passada. Essa é a única coisa diferente desde ontem.

Maeve desvia o olhar e acrescenta:

— Não sei o que posso fazer para deter eles.

Eles? A princípio, Maeve não percebe o que disse. Noto isso ao ver sua mandíbula ficar tensa enquanto seu cérebro processa o que acabou de sair de sua boca. Então, a cor desaparece de seu rosto e seus olhos percorrem a sala, procurando algo para dizer para explicar seu deslize. Mas é tarde demais.

— De quem você está falando?

— Não foi o que eu quis dizer. Nem sei o que eu quis dizer — diz ela depressa.

Eu sei que ela está mentindo. Tudo deve estar conectado. A conversa abafada delas ontem à noite e o fato de terem me deixado de fora. Eva sabe de alguma coisa. Alguma coisa ruim e perigosa. Algo que vai muito além de uma Tempestade.

Maeve se levanta depressa e vai para o quarto, recusando-se a me olhar nos olhos.

— Vou fazer as malas, tá? — murmura.

— O que ela disse para você, Maeve? — pergunto, passando na frente dela e bloqueando seu acesso à porta. — Diga o que ela disse.

Maeve dá um passo para trás e me fita.

— Não tenho medo de você, Liz.

— Então não vou embora daqui.

Maeve olha fixamente para mim, sacudindo o dedo em minha cara.

— Você não está entendendo. Ou você vai embora ou morre.

— Eu não vou morrer — digo.

— Tudo bem — rosna Maeve. — Quer saber o que nós conversamos? O pessoal da floresta está vindo para cá. E vão matar nós duas.

— O quê?

— Vão chegar antes da Tempestade, por isso, precisamos aproveitar a oportunidade e ir embora logo.

— O quê? Por que aqui? Por que agora?

Maeve sacode a cabeça.

— Pelo visto você contou para aquele menino na floresta do gerador. Eles nem sabiam da existência deste lugar até você decidir contar sobre o gerador. Eu não queria te contar porque não queria assustar você, mas... — Ela se cala um instante antes de prosseguir. — Você precisa saber.

É como se todo meu sangue houvesse sido drenado de meu corpo; sinto cada centímetro de minha pele esfriar. Não me pareceu tão grave quando comentei com Benji; achei que estava só conversando, batendo papo com alguém de minha vida antiga. Não sabia que era tudo tão maior do que eu imaginava. Minha cabeça está girando, e a única coisa que consigo dizer é:

— A culpa é sua, não minha. Eu não tinha esse tipo de problema antes de você chegar.

— A culpa não é minha — responde Maeve com a voz embargada. — Não diga isso.

— Se você não tivesse atacado Becca...

— Se eu não tivesse atacado Becca, eles teriam feito sabe Deus o que conosco, lembra?

Eu lembro, mas não estou nem aí. E Maeve ainda não terminou:

— Eles não estão vindo para cá por causa de Becca, e sim para tomar a livraria. Vão resolver tudo antes que a Tempestade chegue.

Dou um passo para trás, cambaleante.

— Por que eles iriam querer a...

Maeve solta uma risada áspera.

— Por que não? Você tem um sistema de trocas instalado aqui, um gerador juntando poeira lá fora, e quando Eva chegou, deu com a língua nos dentes mais uma vez, falando sobre água corrente fresca!

— Este lugar está caindo aos pedaços!

— Você não sabe fazer nada! Não é capaz de cuidar de um lugar como este! — diz Maeve, furiosa. — Não do jeito que precisa ser. Eles sabem. Você não passa de uma criança sentimental demais apegada a um prédio velho. Nós duas não passamos de crianças!

Sinto meu coração doer, mas ignoro a sensação.

— Por que você mentiu, então? Por que não me contou? Por que escondeu de mim?

— Eu não sabia antes de Eva chegar. Só descobri depois que a questionei. Conheço Eva bem demais para confiar nela — diz Maeve.

— Como assim?

Meu cérebro não consegue correlacionar Maeve e Eva, mas sei que faz sentido. Os sussurros, os olhares furiosos, as palavras duras. Maeve nunca teve ciúmes de Eva. Era algo mais: as duas estavam conspirando juntas. Contra mim.

— Aquela minha amiga da floresta que me baniu era Eva. Sua Eva. Eu a conheci há uns meses, quando ela chegou ao nosso acampamento. Depois de sair daqui, acho. Ela era minha amiga e me magoou como magoou você. Eu sabia que ela não veio para cá para brincar de família feliz. — Maeve se calou um instante. — Eu não te contei porque a conheço muito bem; sei que você ia querer ficar e proteger este lugar. E sei que você não ia querer acreditar que Eva não é mais a amiga que conheceu um dia. — Ela me olha diretamente nos olhos. — Vai dizer que é mentira?

Ela escondeu tudo isso de mim. Segredos e mentiras, independentemente das intenções. Só o que consigo dizer é:

— E você, quem é?

Maeve diz com sarcasmo:

— Você está sendo ridícula!

— Você mentiu para mim. Você mentiu para mim e teve a cara de pau de condenar Eva por ela ter ido embora e me deixado. Você é muito pior.

Maeve abre a boca, buscando a refutação correta.

— Isso foi tudo culpa de Eva!

— Não a culpe!

— Por que você acha que ela veio? Para dar um oi? Ela veio aqui para inspecionar, assim como aquele estranho que você viu pela janela. Veio para confirmar que os esforços deles valerão a pena, coisa que, só para lembrar, você confirmou.

— Você está mentindo.

— Eva não é tão inocente quanto você pensa. Este mundo muda as pessoas, inclusive Eva — diz Maeve. — Ela faz parte daquele grupo da floresta. Ela *machucou* pessoas. — Ela se cala por um instante. — Eu sabia que algo estava acontecendo quando ela chegou; não havia razão para ela aparecer aqui do nada. Seria muita coincidência.

— Isso não é verdade.

— Desculpa ter que dizer isso, Liz, mas acho que conheço Eva melhor que você. Vivi com ela naquela floresta durante *meses.* No mínimo, consigo ver como ela é de verdade. Ela não é mais a pessoa que era antes, por isso a confrontei. E por isso descobri o que ela estava realmente fazendo aqui.

De repente, a lembrança de Eva perfeita desmorona. A pessoa que sempre me apoiou, que sempre me escutou, transforma-se em uma coisa completamente diferente: na pessoa que fez o que tinha que fazer para garantir sua sobrevivência; na pessoa que me esqueceu; na pessoa que foi embora para salvar a própria pele.

E com isso, vem a compreensão acerca de Maeve, a quem deixei entrar em minha casa. De quem me permiti gostar, a quem me permiti beijar. A pessoa que me fez sentir como se estivesse em casa pela primeira vez em muito tempo. Eu me deixei envolver, e é isso que acontece. Talvez Maeve nunca tenha se importado comigo. Talvez eu fosse apenas um meio para um fim, nada mais.

— *Você* machucou pessoas!

— Eu fiz aquilo para salvar sua vida! — protesta Maeve.

— Mas não foi a primeira vez, não é? — digo com fúria, mas logo acrescento com mais suavidade: — Diga-me que foi a primeira vez.

Maeve não diz nada, e seu silêncio já é uma resposta. Ela sacode a cabeça.

— Nós fazíamos isso para sobreviver, só quando era necessário.

Mas isso não tem sentido para mim. Eu nunca precisei machucar os outros para sobreviver.

— Estou tentando ser uma pessoa melhor. Estou tentando fazer o certo, o bom.

— Outras pessoas nunca cometem esse tipo de erros.

— Eva cometeu esses erros! — protesta Maeve.

Mas isso não é verdade, não me importa o que ela diga.

— Eva não é assim.

— Você não sabe mais nada sobre ela.

— Eu não sei mais nada sobre *você*!

Deixo o silêncio ferver entre nós. Maeve me encara e seus olhos abrem buracos em minha pele. Eu não olho para ela.

— Para onde iríamos? Para o grupo de Eva? O grupo que baniu você? — pergunto.

Maeve olha para o chão; sacode a cabeça.

— Isso eu inventei — diz ela. — Ela não nos convidou para ir a lugar nenhum.

— Você mentiu sobre isso também? — explodo, com as faces em chamas.

— Eu sabia que você só iria embora se soubesse para onde iríamos.

— Então, qual era seu plano? Se eu aceitasse ir embora daqui, você simplesmente nos deixaria morrer em outro lugar?

— Eu ia achar uma solução! Algo melhor, não sei! — Maeve bate a mão no balcão, estressada, franzindo a testa. — Eu teria dado um jeito, juro.

— E você espera que eu simplesmente saia daqui, depois de tudo? Quer que eu saia daqui e vá para algum lugar que você nem sabe se existe? Você quer que eu saia daqui para acabarmos morrendo em outro lugar, longe de minha casa? — Suspiro. — Você fica dizendo que está tentando me salvar, mas só o que ouço é que não tem plano nenhum e nada para defender seus argumentos.

— Por favor, Liz, vamos embora. Não importa o que você pense, eu gosto de você. Eu fiz tudo isso porque gosto de você.

— Não diga isso. Você só está pensando em salvar sua pele. Não posso abandonar a livraria. Ela me manteve viva por muito tempo, não posso simplesmente deixá-la morrer.

Esse pensamento parece comicamente pequeno enquanto as palavras escapam de meus lábios, mas finjo não notar.

Maeve sacode a cabeça.

— Você não entende, não é? Você se refere a esse lugar, este edifício em ruínas, como se fosse uma pessoa. Como se a sobrevivência dele valesse tanto quanto a sua. Mas não vale; para mim, não vale. Não há a menor chance de eu escolher este lugar em vez de você, de eu escolher este lugar em vez de nós.

— Não vou — digo com voz firme. — Não vou embora, mesmo que eu morra. Não vou embora, nem por Eva nem por você.

Minha voz é firme, sei que estou sendo sincera. Não posso ir a lugar nenhum com Maeve agora, depois de tudo.

Maeve olha para mim.

— Eu também tinha uma irmã — diz. — Eu tinha uma irmã, uma mãe, um pai e pessoas de quem gostava também, Liz. Você não foi a única. E quando eles morreram, eu os deixei para trás. Claro que doeu ir embora, mas fiz isso para sobreviver. Fiz isso para não morrer sufocada pelas lembranças. Fiz isso para não morrer de fome. Se você pudesse respirar um segundo e se recompor, perceberia que não é a única pessoa que perdeu alguém. Você se deixar morrer aqui, aceitar isso... Thea teria desejado algo melhor. — Ela se cala por um instante, sacudindo a cabeça. — Você cavou uma cova para si mesma aqui, Liz, e não há espaço suficiente para nós duas.

Não digo nada. Escuto o vento assobiando contra a janela. Também não olho para ela, prefiro ficar olhando as linhas do piso de madeira.

Quase consigo ouvir as engrenagens girando na cabeça de Maeve, ler seus pensamentos. *Controle-se, Liz. Você estragou tudo, por que não diz nada?*

Mas o que ela realmente diz é:

— Eu entendo por que Eva foi embora.

E isso dói mais do que qualquer outra coisa.

Sinto a boca seca tão seca que minha voz mal sai.

— Você não entende — murmuro, mesmo sendo apenas meia-verdade. — Você não entende nada.

— Sim, eu entendo, Liz — retruca Maeve. — Entendo perfeitamente. Acho que é você que precisa entender que simplesmente não tem o necessário para sobreviver. Acho que você precisa entender que não estaria tão sozinha se fosse mais corajosa.

Tudo vem borbulhando. A traição, o ódio, as mentiras, as lembranças. Tudo vem girando em meu cérebro. Maeve é egoísta. Maeve não entende. Maeve é uma mentirosa. Então, aperto a mandíbula e digo a única coisa que me resta dizer:

— Preciso que você vá embora. Preciso que você vá embora daqui.

Maeve se vira para mim; sua animosidade derreteu.

— Liz...

— Vá embora, por favor — sussurro. — Quando eu acordar, não quero mais vê-la aqui.

Ela hesita, seu corpo balança um pouco, mas se vira e desaparece pela porta do quarto.

CAPÍTULO 30

22 DE AGOSTO: ANTES DA PRIMEIRA TEMPESTADE

Os jantares em família estão ficando raros e cada vez mais espaçados. Mas não é minha culpa; mamãe diz que está cansada de sempre cozinhar e nós não gostarmos do que ela faz. Também acho que está cansada de nosso papo niilista no jantar. Papai está fazendo mais horas extras, mas não sei se é pelo dinheiro ou para evitar mamãe falando sobre o Alasca. Acho que é um pouco de cada.

Sei que papai vai para o Alasca de qualquer jeito, conosco ou sozinho. Ele vai deixar que tomemos a decisão quando for hora de voltar para casa depois das férias de inverno, supondo que o mundo não tenha virado de cabeça para baixo antes disso. Ele deixou a troca de e-mails com a irmã aberta no computador uma vez quando foi ao banheiro. Eu havia entrado para roubar um pouco de papel da impressora dele e vi a tela. Não acho que seja bisbilhotar quando a pessoa deixa tudo aberto assim.

Mamãe insistiu que jantássemos em família esta noite porque quer fazer algo especial antes de Thea ir para a faculdade, em Ohio. Mas a ocasião especial não muda o fato de que nenhum de nós quer estar aqui. Eu nem preciso ir para o Alasca; só quero estar bem longe daqui.

Vou para a faculdade em duas semanas; é mais tarde que as outras, mas é bom para mim. Mais duas semanas na livraria, mais duas semanas para decidir o que levar, mais duas semanas para descobrir como me comportar como uma adulta. É estranho ir para a faculdade enquanto tudo está piorando em todos os lugares. É estranho ignorar o que está acontecendo e agir como se isto fosse o novo normal. Agora as coisas são assim.

Minha faculdade mandou um e-mail semana passada falando sobre abrigos contra tempestades e seguro contra inundações, só para provar que estava tudo sob controle. Mesmo que algo acontecesse em Vermont, eu estaria segura e as aulas continuariam — ah, claro, porque essa era minha maior preocupação...

A ansiedade à mesa de jantar é palpável. Mamãe insistiu em comer no quintal, a céu aberto. Para mim, é apenas um convite para que insetos me piquem e mergulhem em meu copo de água. Mas sei que não devo reclamar; não sou boba a ponto de achar que estragar o jantar especial de mamãe seja uma boa ideia.

Thea escolheu hambúrguer para sua última refeição, e eu achei ótimo. É um dos meus pratos favoritos e mamãe faz uns bem bons. Ninguém diz nada enquanto comemos. O mundo inteiro está em silêncio, exceto pelo som dos talheres batendo nos pratos.

No começo, não noto quando começa a chuviscar. Nem havia notado que havia nuvens no céu. A escuridão ajuda a escondê-las, e nunca tenho a expectativa de ver muitas estrelas em Nova Jersey. Um dia, talvez no Alasca, irei para o meio do nada com apenas uma lanterna fraca, e então a desligarei. Então, seremos só eu e as estrelas. Todas elas, em toda sua glória. No Alasca, o mundo será engolido pelo nada.

Vejo que mamãe quer ignorar a garoa. Ela se esforçou muito para este jantar e quer que fiquemos aqui e terminemos, mesmo que para isso tenhamos que comer pão de hambúrguer molhado. Mas nada de reclamações.

Continuamos comendo, até que não aguento mais o silêncio, me levanto depressa e pego meu copo de água vazio. A pele da minha mão começa a coçar um pouco.

— Alguém vai dizer alguma coisa? — pergunto. — Porque se vamos comer em silêncio, eu posso fazer isso lá de dentro.

— Liz... — diz papai, colocando a faca de volta na toalha de mesa.

— Thea vai embora amanhã e você e mamãe se odeiam tanto a ponto de não conseguirem nem fingir que está tudo bem?

Thea revira os olhos.

— Não me inclua em seu discurso, Liz.

— Ou melhor, nada de discursos — diz papai. — A ideia é termos um jantar agradável.

— Para você é fácil dizer isso, visto que vai nos deixar em breve — explodo, como se algo estranho me possuísse. — Vocês vão se divorciar?

— Não diga isso — diz mamãe. — Não fale coisas assim.

Já fui longe demais para voltar atrás. É melhor acabar de cavar minha cova.

— Por que eu não tenho voz aqui para nada? — pergunto. — Por que nós duas não temos voz para nada? Você e papai discutem tudo e não nos incluem na conversa!

Mamãe abre a boca para falar, mas eu prossigo.

— Pai, quero ir com você para o Alasca. Não quero fazer faculdade e não quero ficar e apodrecer aqui.

Eu até que gosto do olhar chocado de mamãe, mas antes que ela possa dizer qualquer coisa, dou as costas a todos e me dirijo à porta que dá para a cozinha.

— Estarei lá dentro se quiserem me incluir na próxima conversa.

Subo a escada, batendo meus tênis na madeira. Preciso de algumas tentativas para conseguir abrir a porta, e quando consigo, entro e a tranco.

Sento-me à mesa da cozinha deleitando-me com minha glória. Ouço trovões ribombando no céu, mas não presto atenção. Se meu discurso não estragou o jantar, a chuva com certeza vai.

Deixo meu copo de água vazio na mesa e noto que a chuva começa a cair. É uma chuva torrencial, do tipo que é bom tomar quando a gente está derretendo sob o sol de verão. Apenas sacudo a cabeça enquanto brinco com meu copo vazio, empurrando-o de uma mão para outra sobre a mesa de madeira. É como um disco de hóquei, só que não desliza tão bem.

Só paro quando ouço gritos.

Não é incomum testemunhar uma briga entre meus pais. Eles gostam de fazer de conta que não poderemos ouvi-los se brigarem lá fora, mas esquecem que nossa casa é velha e as paredes são finas. A esta altura, toda a vizinhança já ouviu uma de suas brigas. Vou deixá-los brigar em paz; tenho certeza de que Thea vai acabar entrando também.

Mas quanto mais escuto, mais percebo que não parece uma briga normal. As vozes de uns não dão espaço para as dos outros; gritam juntas, um som cru e furioso.

Há algo errado.

É como se houvesse algo estático no ar; os pelos de minha nuca estão arrepiados. Largo meu copo e vou para a porta. Deve haver algo errado para eles estarem brigando assim.

Quando a voz de Thea se soma ao coro estridente, hesito. Thea não grita. Thea nunca grita. Tem algo muito errado.

Como se houvesse sido convocada por meus pensamentos, Thea aparece na porta da cozinha, iluminada por um relâmpago. Meu coração começa a bater forte, corro para a frente, tropeçando. O que está acontecendo?

Conforme me aproximo, vejo melhor Thea. Só que não parece Thea nem um pouco.

Está debaixo da chuva, com o rosto vermelho, brilhante, cheio de bolhas. Suas roupas mal se agarram a seu corpo. Sua pele pálida pende de seu corpo como se houvesse sido derretida por um maçarico, liquefazendo-se diante de meus olhos. Pequenos fios de tecido parecem enxertados em pedaços maiores de carne sangrenta. Em seus ombros e cotovelos, nos lugares onde não há a barreira de gordura e músculo, vislumbro pedaços brancos de ossos e cartilagem ainda mantendo as articulações unidas. A pele de seu antebraço se amontoa em volta de seu pulso como se fosse excesso de tecido, enquanto a chuva faz buracos em sua camiseta manchada. Meu coração se aperta enquanto olho, imóvel, sem saber se estou olhando para um ser humano ou um fantasma. Não pode ser de verdade. Não pode ser a vida real. É o tipo de monstro que assombra meus piores pesadelos.

Tudo que posso fazer é assistir, com os pés de repente enraizados no chão, enquanto Thea bate no vidro com a mão ensanguentada. Ela tenta pegar a maçaneta, mas sua pele áspera não lhe permite segurar o metal frio. Ouço-a chorar através do vidro, apesar de não poder ver as lágrimas em seus olhos. *A chuva*, ela ofega e se apoia na porta. *Por favor, Liz. Socorro.*

Mas não me mexo. Não consigo. Não consigo nem respirar; meu coração se aperta e minhas entranhas viram pedra. Vou cambaleando para trás, enroscando os pés um no outro, e caio. Bato forte no chão, mordendo o lábio, e o gosto de sangue enche minha boca. Um estrondo ecoa pela casa.

Luto para ficar em pé de novo; meus membros tremem demais, não funcionam direito. Fecho e aperto as mãos trêmulas, cravando as unhas em minha pele. Estou paralisada de medo, confusa, enquanto um milhão de pensamentos correm por minha cabeça, tornando impossível pensar. Não entendo nada. Nada faz sentido.

Mas acabo conseguindo levantar e dou uns passos cambaleantes em direção à porta. É como se eu nunca houvesse movido meu corpo antes, meus músculos parecem solidificados por anos de estagnação. Meus dedos tocam a fechadura, aquela que tranquei quando voltei para dentro.

Os gritos de Thea ecoam do outro lado do vidro enquanto tento girar a fechadura e abrir a porta. Mas o metal não se mexe, apesar de meu esforço; os nós de meus dedos ficam brancos pela quantidade de força que estão aplicando. Uso a palma da mão para empurrar a fechadura, de novo e de novo, rezando para que ceda. Talvez, se eu tivesse mais alguns segundos, conseguisse abri-la. Talvez, se tivesse só mais uns momentos, a fechadura se mexesse. Mas não se mexe.

Só o que posso fazer é olhar enquanto os joelhos de Thea cedem e ela cai no chão, diante da porta ainda fechada. Só me resta assistir enquanto seu peito para de subir e descer. Não posso fazer nada além de olhar enquanto ela fica completamente imóvel.

CAPÍTULO 31

Esta noite sonho com a morte. Posso praticamente sentir seu gosto em minha língua. Sonho com a escuridão, o frio e o nada.

O sonho é como uma amálgama de todos os filmes que já vi sobre o juízo final, reprisados em minha mente, ricocheteando nas laterais de meu crânio. Meu sonho desobedece às regras da física, os prédios se deformam, as ruas se curvam para cima e encontram o céu.

Quando eu era pequena, bem pequena, li um livro sobre o fim do mundo. Acho que foi o primeiro desse gênero. Foi o primeiro de muitos, e depois, a ficção deu lugar à vida real, e aqui estamos.

Peguei o livro na biblioteca, a capa estava gasta e levemente manchada. Era o último livro de uma série paralela baseada em uma série original que eu amava. Apesar de meus personagens favoritos terem desaparecido e o enredo estivesse começando a ficar questionável, continuei lendo.

O fim estava próximo para meus heróis intrépidos, e eu lia página após página após página do jeito que só crianças de férias conseguem ler. Os personagens corriam contra o relógio, tentando impedir que os membros de uma família rival virassem imortais enquanto o céu ficava amarelo e o inferno se instalava. Eu, aos nove anos, prometi prestar atenção para perceber se o mundo estivesse acabando e nunca ignorar meus instintos se o céu começasse a mudar de cor. Sem dúvida, esse foi o sinal revelador de que tudo estava indo para o brejo.

Faz sentido que o céu de meu sonho seja amarelo agora, embora as nuvens que cobrem o horizonte real sejam de um cinza repugnante.

Em meu sonho, o chão está coberto de fuligem. Cinzas vulcânicas descem do céu sem parar.

No sonho, tudo se contorce e revira, trovões explodem na distância, e conforme o céu vai passando de amarelo para vermelho, começo a cair. Atravesso o chão e caio no abismo que espreita embaixo. Atravesso o céu aberto. Caio sem ter onde me segurar e ganhando velocidade, até que acordo sobressaltada, com a testa molhada de suor frio.

A luz fraca do sol já começou a entrar — pelo menos a luz que consegue passar pelas nuvens ameaçadoras que cobrem metade do céu. No fundo, eu sei que não devem faltar mais de vinte e quatro horas, se tanto. Sei que temos que levantar e trabalhar o máximo possível antes que ela chegue.

Jogo as cobertas na ponta do colchão. Coloco as meias depressa e me viro para Maeve:

— Vamos, dorminhoca. Hora de aproveitar o dia.

Espero um gemido da parte dela. Espero que diga para nunca mais a chamar de dorminhoca. Espero que me lembre que normalmente sou eu que durmo até tarde. Mas não há resposta.

Caminho em sua direção; as tábuas do assoalho rangem a cada passo. Quando me abaixo para cutucá-la e acordá-la, percebo que há algo errado.

Só encontro cobertores empilhados onde ela deveria estar; só um espaço vazio no formato de seu saco de dormir. Como naquelas comédias cafonas dos anos 1980 a que meu pai costumava me fazer assistir nos fins de semana.

E então, eu me lembro do que disse ontem à noite. Do que eu disse e de como ela ficou quando minhas palavras foram absorvidas. *Vá embora. Quando eu acordar, não quero mais vê-la aqui.* E ela foi. Eu disse para ela ir e ela foi.

O medo aperta minhas entranhas e começo a suar. Saio correndo do quarto, meio que esperando encontrar Maeve sentada na poltrona surrada, rindo do meu desespero; apenas mais um clichê de filme de adolescente. Mas Maeve não está em lugar nenhum. A única coisa que encontro é meu caderno no balcão da cozinha, um pedaço de papel e uma caneta cuidadosamente presos na capa.

Dou um passo à frente, torcendo para que minhas pernas se movam, apesar de não quererem. Estendo a mão, trêmula, pego o papel e o desdobro. Qualquer coisa seria melhor que isto. Até meu sonho não tão terrível seria melhor que isto. Pelo menos, sei que não é real.

Letras curvas cobrem o papel; a tinta preta borrou levemente em alguns lugares. Parece que foi escrito às pressas.

> Para Elizabeth Swann, Liz.
>
> Desculpe por ter que ir embora. Sei que você me mandou ir, mas, mesmo assim, desculpe.
>
> É culpa minha que a floresta não seja uma opção. É culpa minha que você ainda esteja aqui, porque eu não consegui te convencer a vir comigo. Desculpe.
>
> Mas não vou morrer com você. Independentemente de quanto você goste de seus livros e seus finais trágicos, não estou disposta a morrer assim. Não estamos em um daqueles romances em que uma de nós tem que morrer para que a trama progrida. Minha vida vale mais que o destino de um edifício. A sua também.
>
> Se você recuperar o juízo, deixei instruções no verso deste papel.
>
> Vou me lembrar de você pelo resto da vida, dure o tempo que durar. Só espero que a sua dure muito.
>
> Não se esqueça de mim.
>
> Com amor,
> Maeve

Enquanto dobro o papel e olho pela janela, percebo que mais uma vez o ciclo se repetiu. Mais uma vez estou sozinha. Mais uma vez, não tenho mais ninguém para culpar além de mim mesma.

CAPÍTULO 32

Existe uma coisa que alguém com muito tempo livre inventou e chamou de efeito borboleta. Não sei por que decidiu lhe dar esse nome, porque, para mim, parece propaganda enganosa. A ideia é que cada momento afeta todos os outros, e que a menor ocorrência, como uma borboleta batendo as asas do outro lado do mundo, pode desencadear um efeito dominó capaz de mudar tudo. É como quando a gente chega um milissegundo atrasada e perde o trem. Talvez naquele trem estivesse nosso único amor verdadeiro, e talvez, agora que estamos paradas na plataforma esperando o próximo, acabemos encontrando nosso arqui-inimigo. As peças de dominó continuam caindo. Quando nascemos, tudo é perfeito e seguimos o caminho chamado destino sem nos importar com nada no mundo. Só que, a cada merda que acontece, as coisas ficam um pouco mais cagadas.

Alguns pensam no efeito borboleta e ficam maravilhados com a sorte que têm de evitar uma espiral descendente de pequenas tragédias. Já eu tenho minha filosofia: tudo que pode dar errado, dará errado. Alguns chamam isso de Lei de Murphy; eu chamo de ser realista. E minha vida inteira de adesão à Lei de Murphy me trouxe a este ponto. Nada de borboletas, apenas péssimas decisões de vida.

Talvez tudo tenha dado errado quando deixei Maeve ficar. Sem ela, eu teria dois braços funcionais. Não estaria sofrendo tanto. Não teria baixado a guarda e permitido que tudo saísse tanto do controle. Não haveria ninguém marchando em minha direção com facas e armas e quem sabe o que mais. Não haveria ninguém para me abandonar.

Ninguém para mentir para mim. Apenas ficaria aqui, sem ser incomodada, por escolha minha.

Mas talvez meu pior erro tenha sido lutar tanto para sobreviver. Sobreviver a todos que eu conhecia ou amava. Porque se eu não tivesse tentado, talvez não doesse tanto fracassar. Porque quando a gente sobrevive muito tempo, começa a se perguntar se um dia valerá a pena. Estou começando a pensar que talvez nunca valha.

Dobro a carta de Maeve e a deixo no balcão da cozinha torcendo para que pegue fogo com a raiva que irradia de meus olhos. A culpa é minha por sempre atrair o pior do pior. A culpa é minha por ser tão maluca que ninguém fica. Todo mundo vai embora. *O que pode dar errado, dará errado.* Eu tatuaria isso em algum lugar de meu corpo, mas tenho certeza de que, com a sorte que tenho, provavelmente pegaria uma infecção e morreria.

Quando eu tinha quinze anos, fiz uma tatuagem em mim mesma com uma agulha de costura ligeiramente torta e tinta acrílica, inspirando-me em uma música punk-rock dos anos 1990 sobre piercings na língua. Se eu fosse metaleira, não doeria, não é? Pois doeu pra caramba, mas me tatuei sozinha com tinta acrílica, provavelmente perigosa, furando minha pele repetidamente até deixar um símbolo do infinito mal desenhado permanentemente fixado na parte superior de meu braço. Ficou horrível e odiei, mas eu sozinha havia feito aquilo comigo mesma e não podia reclamar. Logo desbotou e sumiu; quase tudo, exceto uns pontos.

É nisso que estou pensando enquanto desço a escada para a livraria. Repito várias vezes em minha cabeça como um mantra. *Fez isso consigo mesma, Liz; não pode reclamar.*

E meu cérebro tem razão, como quase sempre, então faço a única coisa que sei fazer quando as pessoas de quem gosto vão embora. Faço o que fiz depois de meus pais e depois de Thea. Depois de Eva. E agora, farei depois de Maeve. Que é simplesmente seguir em frente. Dar um passo depois do outro, imaginando se algum dia valerá a pena.

Antes que eu possa chafurdar em meus sentimentos piegas por mais um minuto, volto a atenção para a porta da frente. A porta que não dá para trancar. A porta que parece ter algo pessoal contra mim.

Decido descontar minha raiva na porta, como as pessoas costumavam fazer naquelas salas de raiva superfaturadas confortavelmente instaladas em shoppings decadentes. Apenas dez dólares para quebrar cinco garrafas de cerveja com um taco de beisebol, como se a gente não pudesse fazer a mesma coisa de graça na garagem de casa. Coloco as tábuas de madeira embaixo de meu braço bom e recolho os pregos restantes na palma de minha mão suada. Costumo suar quando estou nervosa; mas por que eu estaria nervosa agora? Não é como se um grupo de indivíduos sanguinários e rancorosos estivesse vindo em minha direção, não é?

Maeve disse que o pessoal da floresta estaria aqui antes da Tempestade. Que resolveriam tudo antes de a chuva chegar. Portanto, vamos fazer as coisas no estilo de *Os miseráveis*. Se eu conseguir impedir que entrem por tempo suficiente, terão que sair correndo para ir embora antes que a Tempestade chegue.

Coloco um quadrado de madeira acima da maçaneta e uso o peso morto de minha mão que não funciona para mantê-lo firme no lugar. A pressão faz correr um choque lancinante de dor por meu braço, mas eu o ignoro. Tenho certeza de que morrer nas mãos de uma gangue da floresta ou queimar viva na chuva ácida doeria muito mais. Como se dizia, o que não mata, fortalece. Ou o que não mata agora ajuda a garantir uma morte lenta e dolorosa mais tarde.

Enfio um prego entre meus dedos imóveis, em uma manobra que provavelmente faria meu professor de carpintaria do ensino médio morrer de susto. E com alguns golpes aleatórios de um martelo, o prego está no lugar. Espero que segure melhor que a fechadura disfuncional. Vai segurar. Tem que segurar.

• • •

Foi difícil arrastar as estantes, mas consegui. Claro que não foi um processo elegante nem gracioso, mas está feito, e duas delas estão agora horizontalmente colocadas nas janelas da frente, junto com duas cadeiras de leitura, uma caixa registradora e um fogão a lenha falso que encontrei no porão. Por mais ridículo que pareça, não quis usar os livros. Bem, talvez sejam todos destruídos de qualquer maneira, mas me pareceu um sacrilégio usá-los como material para fazer uma barricada. Duvido que tenham chegado tão baixo em *Os miseráveis.*

Vou até a estante de Ficção Científica e escolho um livro: *Um cântico para Leibowitz.* Parece a hora certa. Enquanto o céu continua a escurecer lá fora, eu me apoio no balcão e fico folheando as páginas. Não é tão ruim quanto eu esperava, apesar de só falar de monges e se passar ao longo de milhares de anos. Na história, eles estão tentando preservar partes da humanidade, coisa que eu apoio. Não é tão ruim quanto meu pai me disse que era, independentemente de quantos anos tenham se passado, mas tenho certeza de que era mais assustador quando o apocalipse ainda era só uma fantasia. Tudo parece irreal, como se minha vida de antes nunca houvesse existido, como um daqueles prólogos supersaturados de comédias românticas — aquela família tão sorridente e feliz que já dá para saber que vão sofrer um acidente de carro. Só que minha família nunca foi sorridente e feliz. Todos simplesmente morreram.

O vento uiva lá fora e ouço o metal de uma lata de lixo arranhando o chão ao ser arrastada. Deixo o livro em cima no balcão, dobrando a página, e olho pela janela. Vejo uma figura nebulosa aparecer na distância, emergindo de trás da loja de ferragens; seus detalhes estão borrados na semiescuridão. As nuvens não deixam entrar luz suficiente nem para eu enxergar ao meu redor dentro da livraria. Nem lá fora há luz solar suficiente para discernir alguma coisa.

Conforme a figura se aproxima, meu estômago vai se embrulhando. Noto que minhas mãos estão começando a suar mais uma vez enquanto olho pela janela, sem ousar me mexer. Se eu não ficar firme, é porque sou fraca. Se eu correr e me esconder, talvez mereça morrer. Meu mantra fica se repetindo em minha cabeça. *O que pode dar errado, dará errado.* Mas não pode. Desta vez não. Desta vez, tem que dar certo.

Por fim, percebo que não é só uma pessoa que estou vendo; são quatro. Tinha que ser... Tenho certeza de que acham que Maeve ainda está aqui, espreitando de algum lugar entre as paredes da livraria. Ela esfaqueou uma pessoa por mim, certamente presumiriam que ficaríamos juntas depois disso, não é?

Mas o pessoal da floresta está errado. Só eu estou aqui, com só um braço bom e uma fração da força necessária para lutar contra quatro adultos. Talvez daqui a dez anos eu ache tudo isto engraçado e consiga rir, mas agora, parece uma piada de mau gosto. Encosto bem na parede para que as sombras me engulam completamente, até ter certeza de que não posso ser vista de fora.

O que pode dar errado, dará errado, meu cérebro me lembra.

As pessoas se aproximam, desviando dos destroços nas ruas ao redor da praça da cidade. A mais baixa não deve ter mais de um metro e cinquenta e cinco, de cabelo preto e liso preso em um rabo de cavalo que balança enquanto ela caminha mancando um pouco. Eu a reconheço imediatamente; a culpa fervilha em meu estômago. É Becca. Meus olhos se concentram nela, bloqueando todo o resto nos segundos que se passam. Becca aqui, agora. Não tenho tempo para entender como ela ficou bem o suficiente para estar aqui agora, depois que a vi caída e sangrando há quase uma semana. Mas eu deveria saber que não se pode pensar que alguém está morto sem ver seu corpo sem respirar. É o tropo mais antigo da literatura. Agora ela está aqui, e desta vez, é pessoal.

Becca cruza os braços e se vira para o homem ao seu lado, que é quase tão baixo quanto ela. Uma barba emaranhada desce pelo pescoço dele, e ele coça um bigode desgrenhado com um dedo decepado. Seu amigo da floresta, Tristan, tenho certeza. O outro homem, ou menino, é provavelmente mais preciso; é magro e alto como um varapau, e o cabelo desgrenhado o faz parecer uma mistura de humano com cotonete. Está atrás dos outros dois, mãos nos bolsos, chutando os destroços da rua. Benji. O último membro do grupo, musculoso e de ombros largos, sai de trás do menino alto com suas tranças para trás.

Quando seu cabelo louro aparece, seu suéter vermelho fica mais vibrante. Recuo, afasto-me da porta, bem longe dela. Como em um impulso, meus olhos caem na faca embainhada no quadril dela.

Ela desvia o olhar de seus companheiros de viagem e olha para a livraria como se estivesse espiando minha alma. Como se pudesse sentir que estou olhando para ela.

Fico repetindo apesar de não haver ninguém aqui para me ouvir. É mais uma oração que qualquer outra coisa:

— Eva.

CAPÍTULO 33

29 DE AGOSTO: DEPOIS DA PRIMEIRA TEMPESTADE

A água chegou até o degrau mais alto do alpendre. Eu a vi subir pela janela de meu quarto. As pessoas sempre diziam que esta área era propensa a enchentes, mas com esse nível de água, eu não me surpreenderia se o estado inteiro estivesse alagado, dada a elevação desta cidade. Eu nunca acreditei nisso; nunca pensei que algo assim poderia acontecer conosco.

Quando a água baixou, levou meus pais junto. Tive que acreditar nisso; a outra opção era que a água os houvesse transformado em nada bem à minha frente e eu não houvesse percebido. Não sei qual opção é a pior. Depois, veio o frio, quase como o inverno. Está um gelo há uma semana; a geada cobre todas as superfícies que ainda não estão queimadas. Tenho certeza de que estaria nevando se ainda houvesse água no céu.

Quando olho pela janela de meu quarto hoje, só vejo a grama amarela e um monte de terra embaixo da casa da árvore. Tudo que vejo está morto. Tudo. Talvez essa seja minha punição. Talvez estar viva seja minha punição, porque não sei o que fazer. Talvez minha morte seja dez mil vezes mais dolorosa que a deles e vou aguentar, porque eu mereço. Eu mereço tudo isso.

Não vou dormir esta noite, disso eu sei. Começou o tiroteio nas ruas. Os últimos sobreviventes se matando por comida, água, qualquer coisa em que possam pôr as mãos. Mamãe estava errada quando disse que esse tipo de coisa não acontece em Nova Jersey. Talvez estejamos fadados a destruir uns aos outros.

Todo mundo deve estar assustado e disposto a fazer o que for preciso para estar seguro. Eu me pergunto quantas pessoas restarão quando pararem de atirar. Não sei se sobrará alguém.

E eu?

Não sei se mereço viver.

CAPÍTULO 34

Não me mexo até que o primeiro tijolo quebra a janela da frente. É como se todas as minhas articulações houvessem sido coladas, travando meus joelhos e cotovelos para que eu seja obrigada a ficar imóvel como uma estátua. É uma sensação que já tive antes, um ano atrás, olhando por uma janela não muito diferente desta. É uma sensação que eu esperava nunca mais ter que sentir.

, me lembram nossos mestres alienígenas, o que pode ser traduzido como "*Você está ferrada*".

E eu respondo: *Podem calar a boca, por favor? Agora não é hora disso.*

Olho depressa para o martelo caído no chão. Talvez eu me sentisse mais forte se estivesse com ele na mão, sentindo seu peso e sabendo que teria algo com que me defender se realmente chegasse a esse ponto. Porque nas fendas mais escuras de minha mente, nas lacunas entre os neurônios que disparam sinapses a dois quilômetros por minuto, está o lembrete de que só há uma maneira de isto acabar. E enquanto olho para as quatro pessoas que vêm em minha direção pela rua, não sei se gosto das minhas chances.

Não sou assassina, isso é evidente. Nunca serei a gostosona matadora de zumbis que eu gostaria de fingir ser. Nunca serei o tipo de pessoa que ataca primeiro e pensa depois. Por isso, deixo o martelo em paz.

Observo o grupo se aproximando, chegando cada vez mais perto, até que consigo distinguir cada detalhe do rosto de cada um. Por que Eva veio? Por livre e espontânea vontade? Será que foi tudo ideia dela?

Não consigo decifrar o que se esconde por trás dos olhos dela, mas o sentimento que tive dias atrás ao ver uma velha amiga entrar pela porta desapareceu. Se Eva não tivesse ido embora meses atrás, nada disso estaria acontecendo. Estaríamos aqui juntas, sem ninguém a caminho para destruir tudo que é importante para mim. E eu nunca teria me permitido gostar de Maeve. Não haveria nenhum vazio em minha vida para ser preenchido.

Não consigo evitar e dou um pulo quando ouço um baque; é uma bota chutando a porta de madeira. Ela se curva como uma lua crescente, mas não cede. A parte que preguei está resistindo e me mantém segura por pelo menos mais um minuto. Benji solta um palavrão e murmura alguma coisa para o resto do grupo; não consigo ouvir por causa do vento uivante. Mas que bom que minha defesa improvisada está resistindo.

Benji volta para o meio da rua e pega outro tijolo desbotado, sentindo seu peso em sua mão de dedos longos. Ele não hesita, mas eu sim; passam por minha mente uma infinidade de maneiras de tudo dar errado. Ele estreita os olhos e leva o braço para trás, sem se dar conta de que o estou observando de dentro.

Benji arremessa o tijolo na janela, e o som de madeira lascada e vidro quebrado irradia por todos os meus ossos. Ele conseguiu acertar uma das vigas de madeira que emolduram os vidros — a transversal —, destruindo por completo a metade superior da janela. Embaixo do buraco aberto, os vidros que restam se agarram à estrutura de madeira, já prontos para cair no chão.

Eu me sobressalto e recuo até encostar na estante da seção de Negócios. Olho para trás, vejo fileiras de estantes e nenhuma saída. Estou presa, sem ter para onde correr. Inevitavelmente vão arrombar a porta, e eu passei tanto tempo preparando uma barricada aqui dentro que não deixei uma rota de fuga. Outro tijolo cai com um baque ao lado de meus pés, fazendo vibrar as tábuas do assoalho e provocando um choque em meu sistema nervoso. O impacto é tão forte que deixa um grande amassado em forma de garra no piso de madeira. Será que o pego e o jogo de volta em Benji? Não sei de que adiantaria.

Mas o susto é suficiente para obrigar meu corpo a voltar a um estado semifuncional. Se não tenho para onde correr, só me resta me esconder; não tenho escolha. Então, vou direto para a seção infantil, onde o carpete de tom pastel praticamente brilha como um farol à luz fraca. Não paro de correr enquanto as vozes ecoam do lado de fora. Não penso no que estão dizendo; não tenho tempo para isso. Não paro até virar a esquina e adentrar as profundezas da Sala das Crianças e estar longe da vista deles, de cara com uma cópia de *Mau começo.* Que ironia do destino.

Espio pela fresta entre duas estantes, com o peito tão colado nas prateleiras que meus pulmões se comprimem e quase não consigo respirar. Sinto a pulsação de meu coração até nos dentes, irradiando pela mandíbula. Em um universo perfeito (leia-se: não este universo, evidentemente), eu teria bastante tempo para elaborar um plano concreto sem falhas. Teria fechado as janelas com tábuas, teria colocado uma armadilha, no estilo Kevin McCallister. Teria tido tempo para pensar nas decisões que estava tomando e em como me preparar não apenas para a Tempestade, mas também para as pessoas terríveis que viriam atrás de mim. Mas agora, estou fazendo tudo de improviso. Deus do céu, onde foi que eu me meti?

Becca, com olheiras fundas, dá o próximo golpe na janela com o cotovelo envolto na manga, fazendo o vidro cair no chão. Enquanto ela admira seu trabalho, eu percebo a falha em meu superincrível projeto de barricada. Não é alta o suficiente. Uma barricada não serve absolutamente para nada se o inimigo pode simplesmente passar por cima dela.

Enquanto ela enfia a mão pela janela, procuro nas prateleiras à minha frente algo para usar como proteção. Claro, teria sido melhor eu me esconder na seção de Clássicos, onde os livros normalmente passam das quinhentas páginas; mas é o que se tem para hoje. Meus olhos pousam em um kit de Pedra de estimação fechado, ainda com o preço: US$ 12,99. Não terá o mesmo impacto que um *Anna Karenina*, mas vai funcionar. Tem que funcionar.

O mais silenciosamente possível, abro as abas de papelão da caixa da pedra e avalio seu peso. Não deve pesar mais que um quilo e meio, mas espero que doa como se pesasse dez quando chegar a hora de jogá-la.

Ouço a voz de Eva ecoando pelo espaço aberto; as frágeis prateleiras não ajudam a abafar o som. Não consigo distinguir cada sílaba, mas conheço bem esse som, sei como sua voz treme quando ela está contrariada, então sei que não está dizendo nada de bom. Outra pessoa tosse, provavelmente engasgada com a poeira que o arrombamento levantou. Ou por causa da serragem que nunca consegui limpar. Ouço som de vidro sendo triturado pelas botas de alguém. Fecho os olhos e apuro os ouvidos. Um par de sapatos batendo no chão. Depois outro. E outro. E mais outro.

Já estão dentro, os quatro. É muito perigoso espiar pela fresta das prateleiras, porque com quatro pares de olhos, um deles certamente me verá ou detectará uma mudança nas sombras se eu me mexer. Não quero arriscar, então fico grudada nas prateleiras de madeira branca e espero. Espero até que não tenha mais escolha a não ser entrar em ação. Espero um milagre.

Como se lesse meus pensamentos, as tábuas do assoalho rangem e a voz de Eva mais uma vez flutua no ar.

— Liz?

Ela diz meu nome em tom de pergunta, como se eu não estivesse aqui. Mas nós nos conhecemos muito bem, não é? Nós duas sabemos que sou eu a que sempre fica para trás.

— Maeve? — diz Benji. — Liz?

Não respondo. Não desperdiço meu fôlego, apesar da tentação de falar. Apenas mordo meu lábio inferior até quase sangrar. Qualquer som que eu faça poderá ser usado contra mim. Qualquer coisa que eu faça poderá ser usada para identificar minha localização. Claro que eles vão acabar me encontrando, mas vou aproveitar cada segundo que me resta.

Eva prossegue, como se não esperasse mesmo que eu respondesse:

— Liz — repete. — Não estamos aqui para machucar você.

Eu me lembro do que vi na floresta. Lembro a sensação da faca de Benji em minha garganta. Lembro o jeito que Becca olhou para mim, tão intensamente que pensei que explodiria em chamas. Lembro o que Maeve fez para me proteger. Ela não teria feito isso se não tivesse que fazer. Não teria atacado Becca se não soubesse que eles estavam a fim e eram capazes de fazer a mesma coisa comigo. Assim como agora.

— Tudo isto pode acabar em paz — prossegue Eva. — Eles perdoarão vocês por machucar Becca se estiverem dispostas a negociar.

Ela está dizendo o que seus amigos querem ouvir, não aquilo em que acredita. Porque foi Eva quem apareceu aqui em uma tentativa meia-boca de me convencer a ir embora, de persuadir Maeve a me arrastar para um lugar seguro. Ela sabia que não seria um bom presságio que eu ficasse. E tudo isto não teria começado com um tijolo na janela se eles tivessem qualquer intenção de paz. Mesmo sendo mais fácil acreditar em Eva e me entregar, sei que não posso.

Eva não é mais a mesma; Maeve estava certa. Não é mais a pessoa que fazia trocadilhos com livros em dias de trabalho mais parados, ou que atirava elásticos em mim quando eu estava no caixa. Ela ficou durona, porque ser mole não é mais uma opção. Está quase irreconhecível nessa nova e mais forte versão de si mesma. Eu deveria ter me esforçado mais para impedi-la de ir embora; deveria tê-la impedido de mudar.

Tento avaliar a distância entre meu corpo e as vozes. Uns cinco metros, talvez. Solto um suspiro trêmulo e encosto a cabeça na prateleira atrás de mim. Tento lembrar como era estar aqui um ano e meio atrás, quando as coisas eram felizes, alegres e normais. Se alguém me dissesse, um ano e meio atrás, que Eva estaria liderando uma investida violenta e provavelmente assassina pela livraria em uma tentativa de me dominar antes de uma Tempestade apocalíptica iminente cair, eu teria considerado isso uma teoria incrível, mas absolutamente maluca.

Eu os ouço parando diante da porta dos fundos.

Uma voz familiar — a de Becca — fala com Eva.

— Aonde leva esta porta? — pergunta ela.

— Lá para cima.

— Lá para cima?

— É — diz Eva. — Tem um apartamento lá em cima. Acho que é lá que as duas moram.

— Será que ela está lá em cima? — pergunta Becca. — Você conhece ela melhor que nós.

Eva pensa um pouco.

— Não — decide por fim depois de alguns segundos. — Ela não faria isso. Ela está em algum lugar aqui embaixo, tenho certeza. As duas.

— Se você acha mesmo — resmunga Becca, e o som de passos voltam, lentos e metódicos.

Estou ferrada. Eles estão vindo para cá. É só uma questão de tempo.

Aperto a pedra na mão e levo o braço para trás, pronta para arremessar. Olho para a prateleira independente de livros ilustrados que faz parte da porta da Sala das Crianças. Eva e seus amigos esperam do outro lado. Tem cerca de um metro de largura, vai quase até o teto e tem livros dos dois lados. Do outro lado, está cheia de histórias em quadrinhos para jovens adultos e livros de não ficção, além de um mostruário com "Leituras de praia" ainda do verão passado. Isso dava certa privacidade para as crianças na Sala, que se projeta da sala principal como um L. Agora também me oculta aqui no cantinho.

Quando havia visitas de autores e eventos, eu tirava essa prateleira para abrir espaço. Era um saco, porque é pesada e quase impossível de arrastar, mas agora é oportuna.

Deixo a pedra no chão e dou um passo para a frente, pousando cuidadosamente a sola do tênis no carpete para que não faça barulho. Não hesito; não tenho tempo para isso. Então, empurro com todas as minhas forças; meus bíceps doem e minha mão queima, mas empurro até a estante ceder e começar a tombar.

Ela não cai rápido; fica oscilando para a frente e para trás, fazendo-me duvidar de que vai mesmo cair. Mas cai, e é lindo. Ouço uma voz áspera xingando alto e som de borracha rangendo contra o chão enquanto os quatro intrusos tentam escapar do apocalipse iminente em forma de estante.

Pego a pedra de novo e corro depressa de volta ao canto, mais para dentro da Sala das Crianças, para não ser vista por Eva, que cambaleia na ampla abertura que criei. A estante quase acertou sua perna direita. Ouço um uivo de dor, o que deixa claro que outra pessoa não teve tanta sorte. Se eu conseguir segurá-los por tempo suficiente, talvez eles decidam que não vale a pena e vão embora. Talvez, se eu os segurar aqui por tempo suficiente, Benji e Eva lembrem por que este lugar é importante e a pessoa que eu fui um dia. Talvez percebam que não sou inimiga deles.

Aperto a pedra; sei que desta vez precisarei usá-la. Ganho alguns segundos enquanto Tristan tenta soltar o pé, e de canto de olho vejo Becca se virar de um lado para o outro erraticamente, procurando uma pista de minha localização. Ela torce os lábios e procura, pronta para entrar em ação.

Uma mão entra em meu campo de visão e Becca a pega, apertando forte os dedos de Tristan. Quando ele se inclina, seu rosto aparece e sinto meu estômago revirar. Ele tenta se levantar, seus olhos estão tomados pela raiva. É evidente que ele não hesitará desta vez. Não me poupará como fez da última vez, pois sua própria sobrevivência está em jogo. Os quatro estão aqui, prontos para terminar o que começou há apenas uma semana.

Becca se inclina e puxa a prateleira para cima enquanto seu amigo se solta. Nesse contexto, eles parecem irmãos. Ou namorados; é difícil saber. Eles se olham e vejo o pomo de adão de Tristan subir e descer. Ele olha para o pé e estremece.

— Está quebrado? — ouço Benji perguntar, com voz trêmula.

— O que você acha? — responde Tristan, ríspido.

Vejo Becca cobrir o rosto com as mãos.

— Fique aqui — murmura Becca, e se vira para Eva. — Vamos continuar.

Ela não espera Eva responder; simplesmente vira a esquina e entra na Sala das Crianças antes que eu esteja pronta. Antes que eu tenha chance de me mexer ou me afastar mais da sala principal. Antes que eu tenha chance de fazer qualquer coisa. Sem aviso prévio. Então, eu jogo a pedra, em um última tentativa de impedir a aproximação de Becca.

Quando a pedra bate em sua testa, ela ergue os olhos depressa, registrando minha presença. Não estremece. Não diz uma palavra. Começo a empurrar a estante da seção Infantojuvenil. Nós nunca a arrastamos, mas isso não significa que esteja grudada no chão.

Ouço a madeira ranger enquanto a estante balança; meu braço ficando dolorido enquanto a estante se afasta da parede devagar. Ela não cai rápido, não pega ninguém de surpresa. Mas não precisa, porque as prateleiras quebradas e as páginas rasgadas espalhadas pelo chão formam mais uma barreira entre mim e Becca.

Ela fica parada um instante, mas logo retoma a perseguição. Examino-a de cima a baixo, até que meus olhos pousam no cabo de uma faca enfiada em uma de suas botas. Sangue escorre de um pequeno corte em sua testa já roxa. Ela não pega a faca ainda; não precisa. Ela ergue as sobrancelhas e um leve sorriso surge em seu rosto, e eu sei que se dá conta de que está com a vantagem. Sinto a presença da parede atrás de mim, mesmo sem a alcançar ainda. Não preciso olhar para saber que ela está aí. Estou sem espaço, estou sem opções; mas, pensando bem, quantas opções eu realmente tinha? Nunca houve a possibilidade de eu vencer, apenas de continuar viva por mais alguns minutos. Becca sabe disso também.

Ela começa a escalar a pilha de madeira lascada e livros destruídos que cobrem a maior parte do chão, contorcendo o rosto pelo esforço. É mais uma bagunça total que qualquer outra coisa. Ao pisar em uma cópia de *Under the Egg,* seu pé escorrega e acaba enfiado debaixo de uma prateleira caída.

Em uma fração de segundo, tomo a decisão de correr. Não sei para onde estou indo, mas ficar parada não é uma opção.

Minhas pernas reagem; estou quase passando por Becca quando ela percebe o que estou fazendo. Ela estende o braço, com a bota esquerda ainda presa, enquanto passo correndo. Eu desvio, meu corpo reage antes que meu cérebro possa processar qualquer coisa. Meu ombro lateja ao bater em um mostruário de histórias em quadrinhos. Ignoro a dor e me esforço para virar e passar por Benji, que está curvado, tentando estancar o sangramento na perna de Tristan. Ele se levanta quando eu passo voando.

Continuo correndo, vou em direção à porta e minha frágil barricada sem ideia do que farei quando chegar lá. Sair não é uma opção. Para isso, eu teria que escalar a barricada e desperdiçar um tempo precioso que não tenho. Se eu tentar fazer isso, Benji vai me alcançar e já era. Como a energia que percorre minhas veias: não é sustentável. Nada disto é.

Paro ao chegar ao outro lado do balcão. Minha respiração está ofegante enquanto observo o grupo esfarrapado, ainda parado no fundo da loja. Becca liberou o pé e está ao lado de Eva, finalmente com a faca na mão. Sua mandíbula está rígida, sua postura tensa. Seus olhos soltam fogo e me atravessam. Eu não sou uma pessoa para ela: sou um obstáculo em seu caminho. Devagar, Benji também se levanta e ajuda Tristan a ficar em pé. Ainda está sangrando, mas Tristan não parece notar enquanto pega o machado amarrado em sua cintura.

Só Eva hesita, sem arma na mão, seus olhos azuis procurando algo nos meus. Não sei o que ela espera que eu faça.

É Tristan quem avança primeiro com movimentos cambaleantes, deixando um rastro de sangue atrás de si. Seu rosto está pálido, sua testa brilha de suor, mas seu andar não mostra sinais de fadiga.

Ele para e se volta para olhar para Benji, que chegou à porta fechada que dá para o apartamento.

— Benji — diz, apontando para cima enquanto respira fundo. — Procure a outra. Veja se não está escondida em algum lugar.

Benji assente, sai correndo escada acima e entra no apartamento. Sem ele, o ar fica um pouco mais seco. Sem ele, sinto dez toneladas de pressão repousando sobre meu peito. Eva o observa, mordendo o lábio inferior enquanto procura algo no bolso de trás.

Sei que ela sabe que Maeve não está aqui. Nós duas conhecemos Maeve, e nós duas nos conhecemos. Em qualquer outra circunstância, eu teria me escondido lá em cima no apartamento, prendendo a respiração e deixando meus órgãos queimarem por dentro, enquanto Maeve, a corajosa, estaria aqui embaixo. Eva sabe que nunca seria o contrário, mas não diz nada.

Tristan não hesita. Vem em minha direção o mais rápido que sua perna permite. Não tenho para onde correr.

A distância entre nós vai diminuindo; Becca está apenas dois passos atrás dele. Vou pegar o martelo do chão, mas antes que meus dedos o toquem, um grunhido primitivo irrompe dos lábios de Tristan e seu machado passa a meros centímetros de minha cabeça. Tenho que admitir que estou feliz por ele ter errado; ando bastante apegada à minha cabeça. Seu machado acerta o buraco previamente consertado na parede, quebra o remendo em dois e espalha lascas de madeira em todas as direções.

Tento de novo pegar o martelo; os nós de meus dedos estão brancos de tanto que aperto o cabo. Quase caio quando bato o pé em minha barricada improvisada. É aqui que eu morro. Olho para trás e vejo as fileiras de livros de bolso. Edgar Allan Poe. Bem apropriado.

— Eva, você não quer fazer isso, não é? — digo, olhando para além de Tristan, sem saber por que estou gastando saliva. — Sabe que isso é errado. Por favor, diga que você sabe que isso não é certo.

Procuro algo em seu rosto. Não sei o que, qualquer coisa que me faça acreditar que ela não queria isso.

Eva abre a boca para falar, mas é silenciada por Tristan, a um braço de distância de mim.

— Não é essa a questão. Ou você morre, ou nós morremos, e eu não gosto da segunda possibilidade.

— Eu posso levar um de vocês comigo — desafio, levantando o martelo firme em minha mão fechada. — Eu posso fazer isso.

Minhas palavras são falsas e vazias, mas tento fingir o contrário.

— Não sei se você vai durar tanto tempo.

Então, ele avança e, em um movimento rápido, pressiona a lâmina do machado na minha garganta. Bato a cabeça em uma cadeira de madeira, ainda empilhada na porta da frente. Ele pressiona mais forte do que Benji aquele dia na floresta. Sinto o machado cortando as camadas de minha pele, o sangue quente escorrendo por meu pescoço. Não ouso me mexer. Não ouso falar. Não ouso engolir a saliva com gosto de cobre. Um movimento em falso e o machado me corta. Um movimento em falso e eu já era.

Agora, tenho plena consciência da gravidade da situação. Depois de anos lendo livros sobre morte, guerra, espadas e dor, finalmente estou vivenciando tudo isso. E estou com medo. Não nasci para esse tipo de histórias que gosto de devorar.

O medo me impede de agir quando é realmente importante. O medo me impediu de agir enquanto Thea batia na porta da cozinha.

Não tive coragem de dizer nada enquanto Eva saía deste edifício sem olhar para trás. Fui covarde demais para contar a Maeve o que sentia, para fazer o que fosse preciso para fazê-la ficar. E agora, a única vez que tentei lutar, tudo desmorona tão depressa...

A possibilidade de morrer é mais aterrorizante do que qualquer coisa que eu já conheci. A ideia de tudo acabar, de eu desaparecer na escuridão e depois o nada... Não vou me lembrar da sensação de tocar Maeve, de ser abraçada por ela. Não vou me lembrar de sua triste vela em meu aniversário ou de suas gracinhas meio irritantes. Não vou me lembrar de nada disso. Vou simplesmente desaparecer, nada restará além de células e carne mortas. E um dia, essas coisas também terão desaparecido. E Eva terá desaparecido, e Maeve, e Benji, e Homem do Casaco de Marinheiro, e não sobrará ninguém para se lembrar de mim.

Que linda tragédia pensar que esse é meu destino. A única maneira de fazer que a dor, a angústia e a tristeza acabem é que todo o resto acabe junto. Talvez isso sempre tenha sido inevitável. Talvez meu destino seja acabar assim.

— Você não precisa fazer isso — murmura Eva. — Apenas diga que abre mão da loja, Liz.

Tristan alivia um pouco a pressão que aplica em seu machado, olhando para Eva. Eu nem tenho a oportunidade de decidir se quero me render.

— Não é assim que funciona — diz ele. — Temos regras.

Eva sacode a cabeça e diz com voz levemente trêmula.

— Ela não fez nada! Liz é inocente. Maeve atacou Becca, Liz só estava lá.

— Maeve não está aqui — responde Tristan. — Vamos aceitar a reparação que temos agora.

Eva arregala os olhos e se vira para mim.

— Em que mundo isso seria certo?

— Neste mundo! — grita Tristan.

— Você está conosco ou não? — interrompe Becca, furiosa. — Porque está começando a parecer que não. Ela tentou me matar!

Então, Tristan sacode a cabeça.

— Você deveria fazer isso — diz, olhando para Eva.

— O quê? Não! Eu não vou fazer isso, Tristan.

Becca vai até Eva e coloca sua faca enorme na mão dela, que fecha frouxamente os dedos ao redor do punho da arma.

— Vamos, Eva, acabe logo com isso. Não temos o dia todo.

Sinto as lágrimas quentes rolando por minhas faces e pingando de meu queixo. Eva fecha os olhos.

— Não seja covarde — rosna Tristan. — Foi você que nos trouxe até aqui, agora termine logo com isso.

Becca empurra Eva para a frente e a força a colocar a faca na posição correta na minha garganta. Tristan recua. Eva não a segura do jeito que deveria; mal a toca, e seus olhos me dizem que ela está apavorada. Mas só uma de nós acabará morta no final; só eu tenho o direito de estar apavorada.

Aperto a mandíbula. É quase irônico que tudo termine assim. É quase shakespeariano. Meu professor de inglês do primeiro ano provavelmente conseguiria encontrar material de discussão para uma turma inteira neste momento. Mas a ironia não importa.

— Depressa, Eva — murmura Becca.

— Já vou! — grita Eva com voz trêmula, e segura a faca de Becca contra minha garganta sem pressionar. — Não me obrigue a fazer isso.

Desvio o olhar quando as mãos de Eva começam a tremer; olho pelas janelas obscurecidas. Não vou olhar nos olhos dela.

Lá fora, tudo é cinza envolvendo o mundo e os lugares que eu conheci. Uma sombra espreita na praça como um fantasma. Talvez seja meu fantasma. Tenho certeza de que não é totalmente implausível começar a ver coisas segundos antes de morrer, não é? De qualquer forma, agora parece o momento perfeito para enlouquecer.

Vejo a sombra se aproximar cada vez mais até parar na porta da frente. Talvez seja a morte. Ou a Foice da morte ou algo assim; minha mente está me pregando peças. Não seria a primeira vez que tenho alucinações nas últimas semanas.

A sombra hesita, mas logo sobe pelo buraco na janela; vejo botas de caminhada descendo pelas estantes de livros até pousar, com um baque, no chão de madeira.

Não é o Ceifador de Almas. Meu cérebro não é tão criativo nem tão ousado para fazer um desvio tão original na trama. E quando a sombra tira o capuz e desembainha uma faca, eu sorrio e deixo seu nome escapar de meus lábios:

— Maeve...

Ela voltou.

Ela voltou para me buscar.

Sinto meu pulso se acelerar enquanto minha mente se dá conta do que isso significa: que eu sou suficiente; que eu sou suficiente para ela.

Eva afasta a faca de meu pescoço quando o nome sai de minha boca e se vira com os olhos arregalados. Posso respirar de novo; deixo o ar frio inundar meus pulmões e vou cambaleando para a frente, mais para dentro da loja. Ninguém me impede. Abocanho goles de ar como jamais fiz, porque achava que nunca mais respiraria.

— Ah, não! Cheguei atrasada para a festa? — diz Maeve, ajeitando a faca na mão.

Tristan solta um palavrão, olhando de Maeve para mim e de novo para Maeve. Então, volta sua atenção para Eva, avança e arranca a faca de suas mãos. Ela não parece nem um pouco chateada com isso.

— Deveria ter matado ela e acabado logo com isso — murmura ele. — Agora, temos que enfrentar duas.

Mas Maeve não espera que eles terminem a discussão. Salta sobre o balcão e vai deslizando pela madeira envernizada com a coxa esquerda. Não temos tempo para um reencontro feliz; ambas sabemos disso. Mas quero muito abraçá-la forte e nunca mais soltá-la.

Tristan se coloca à frente do grupo, pronto para assumir o comando. Mas, desta vez, Maeve também avança e o encara. Xeque-mate.

Maeve ataca primeiro, avançando para Tristan com a faca firmemente na mão. É uma arma menor que a dele, mas ela a empunha com muito mais agilidade. Tristan, lerdo demais para sequer notar o que ela está fazendo, uiva quando a faca de Maeve corta seu peito.

Becca interpreta o uivo como um sinal para entrar em ação e me atacar. Empunha uma arma menor, parece uma faca de cozinha, e a agita de uma maneira que só posso descrever como estilo helicóptero.

Claro que eu não tenho ótimos reflexos e nunca tive nenhum tipo de treinamento em combate, mas Becca também não. Só preciso sobreviver a ela até que Maeve esteja livre para me ajudar. Só tenho que desviar da faca de Becca.

— Eva, mexa essa bunda! — berra Tristan, devolvendo a Eva a faca que havia tirado dela.

Soltando um grunhido, ela ataca, cortando o bíceps de Maeve e fazendo o sangue escorrer em finas listras. Maeve aperta os dentes, estreita os olhos, mas não solta nenhum som.

Becca decide mudar de tática; empunha a faca e ficamos andando em círculos, uma de frente para a outra. Ela leva os olhos de meu rosto para meu tronco e se lança para a frente, com lábios franzidos e apertados. Coloca muita energia nesse único movimento. Eu não tenho tempo de recuar, então desvio, fazendo-a passar voando por mim e arranhar de leve minha barriga. Não dói o suficiente para que eu me incomode.

De repente, a porta dos fundos se abre, tão rápido que bate na parede. Eu me volto e vejo Benji entrar na livraria, calmo, tranquilo e controlado demais para as circunstâncias atuais.

— Não consegui encontrar Maeve — diz Benji com voz suave.

Tristan rosna e aponta para Maeve, que ri.

— Sério, Sherlock?

Benji tenta rapidamente pegar sua faca improvisada, segurando-a pelo cabo todo desajeitado. Não é nada especial, só um pedaço de metal afiado com um cabo de fita tipo a que se usa em tacos de hóquei. É pequena para as mãos dele, mas ele a segura firme, assumindo uma posição ofensiva diante de Becca. Estou começando a me sentir um peixe fora d'água com um martelo no meio de uma briga de facas.

— Para trás, Benji — murmuro diante dos dois, imitando o diálogo que li em inúmeros livros de aventura ruins, mas com ânsia de vômito. — Conheço você, sei que não faria isso.

Benji sacode a cabeça e abre um sorriso constrangido.

— Você não sabe nada sobre mim, Liz.

— Eu o conheço bem o suficiente para saber que você não quer fazer isso. Você não é esse tipo de pessoa.

Fico falando porque, enquanto estiver falando, não posso ter medo. Tá, ainda estou com medo, mas não estou prestes a fazer xixi nas calças. Já é alguma coisa.

— Cale a boca — responde Benji.

— Você acha que Thea gostaria de ver você fazer isso?

— Não me fale de Thea.

O trovão pontua o rosnado de Benji, e no silêncio que se segue, ouço as gotas de chuva que começam a cair, sibilando quando batem no chão lá fora. Olho para trás e vejo a grama murchar e morrer em segundos. De repente, meus ossos parecem feitos de chumbo.

Começou.

CAPÍTULO 35

Becca fica imóvel olhando para fora como se nunca tivesse visto uma chuva. Ela está com os lábios ligeiramente entreabertos e deixa escapar um suspiro.

— Merda — sussurra.

Chegou alguns dias antes do esperado por Eva e sua turma, a julgar pela expressão deles. Ao som da voz de Becca, todos se viram, inclusive Maeve. Todos olham pela janela, observando as gotas caírem como se estivessem hipnotizados. Mas eu não.

Aproveito os segundos que tenho e ajo depressa, o suficiente para que Benji não tenha tempo de reagir. Decido usar um movimento que aprendi com um primo meio malcriado no jantar de Ação de Graças e engancho minha perna direita em volta da de Becca, passando-lhe uma rasteira. Ela bate o cóccix no chão sem nem entender o que aconteceu. Nem Benji.

E então, saio correndo, passando o braço machucado pelo de Maeve e arrastando-a enquanto o pessoal da floresta ainda está distraído. Ouço Maeve dizer algo, provavelmente perguntar que diabos deu em mim, mas não paro. Não paro quando Tristan exclama e tenta segurar Maeve pela camiseta, mas escapamos por pouco e desaparecemos pela porta dos fundos. Tranco a porta, já ouvindo a cacofonia que irrompe enquanto Tristan e Deus sabe mais quem batem na madeira.

— O que está fazendo? — sussurra Maeve enquanto eu a puxo escada acima atrás de mim. — Estava quase pegando ele!

— Mas eu não — murmuro. — Ou eu aproveitava a oportunidade e saía correndo, ou morria; então, corri.

— E qual é seu plano genial agora que fugiu? Porque, pelo que sei, não tem outra saída aqui. A menos que você pretenda pular da janela. Estamos ferradas.

— Eles são quatro e nós somos duas. Já estávamos ferradas antes.

— Quer dizer que você não tem ideia do que vamos fazer? — confirma Maeve.

Não digo nada porque não tenho a mínima ideia do que fazer, mas não vou lhe dar a satisfação de admitir que está certa. Então, ela dá de ombros, pega a poltrona e a joga escada abaixo. Sem dúvida, isso me parece uma reação exagerada diante de meu silêncio repentino, mas decido não questionar. Cada louco com sua mania, quem sou eu para julgar Maeve se a dela é atirar móveis?

Maeve percebe meu olhar e revira os olhos.

— Quando eles inevitavelmente passarem pela porta, é melhor que não consigam subir aqui direto, não é?

— Certo.

E assim, a barricada renasce. Não posso confessar que não havia pensado nisso.

A chuva cai mais forte lá fora enquanto Tristan e cia. arrombam a porta. Com seu machado, ele abre buracos na madeira no estilo *O iluminado*. Maeve ignora o barulho, pega o micro-ondas, desliga-o e o joga escada abaixo. Ele bate na poltrona com um baque triste.

— Quer parar de destruir as coisas? — pergunto. — Como você se sentiria se eu jogasse *você* escada abaixo?

Maeve franze a testa e pega a mesinha de centro.

— Você tem uma ideia melhor?

Olho pela sala procurando uma... ideia melhor. Na pior das hipóteses, fazemos nossa última resistência aqui e aproveitamos os minutos que ganhamos para diminuir nossa frequência cardíaca perigosamente alta. Ou podemos tentar convencê-los a desistir com a porta entre nós. Talvez, se não puderem tentar nos matar senão de susto, ouçam a razão. Mas sei que estou sendo ridícula. Isso já foi longe demais, eles não vão pedir trégua, ainda mais quando estão com a vantagem.

A porta do quarto está entreaberta, empurrada pela Tempestade, e eu espio. Uma tábua de corte passa voando bem perto de meu rosto; a lona azul está se desintegrando devagar conforme a chuva passa de garoa para aguaceiro. Está tudo banhado em luz azul aqui, como o interior de uma nave alienígena de um filme de ficção científica de quinta categoria com alienígenas malfeitos em computador. Enquanto olho, algo estala em meu cérebro e me viro para Maeve, que ainda está brigando com a mesinha de centro.

— Maeve, pare, tenho uma ideia melhor.

Ela ergue uma sobrancelha, finalmente se rendendo à mesinha.

— Você?

— Sim — respondo, e acrescento: — Vamos brincar de *Esqueceram de mim.*

CAPÍTULO 36

6 DE OUTUBRO: DEPOIS DA PRIMEIRA TEMPESTADE

Fico olhando do balcão enquanto Eva folheia guias de viagem, vendo fotos da Sagrada Família e do Parque Güell. No chão, ao lado dela, há uma pilha de dicionários de espanhol-inglês e livros tipo "100 primeiras palavras!" da seção infantil. Está caindo um pé d'água lá fora, algo que ainda me provoca arrepios. Nenhuma das duas tem coragem de sair, apesar de a chuva parecer inofensiva de dentro. De modo que estamos ambas mal-humoradas; o fato de eu estar folheando *A república* deixa isso claro. Mas alguém está pior que eu.

Limpo a garganta, tentando me lembrar do espanhol que aprendi no ensino médio. *¿Has estado en Barcelona antes? Es mucho más bonito de lo que parece en esas fotos.* Já esteve em Barcelona? É muito mais bonito do que essas fotos.

Eva, sentada no banco, olha para mim com uma expressão atordoada. Franze a testa e pergunta:

— O quê?

Eu rio.

— Para que está com esses dicionários aí se você não pratica a língua? Estou só tentando ajudar você com suas habilidades de conversação.

Eva não vê graça.

— Não me leve a mal, Liz, mas não estou com ânimo para suas palhaçadas — resmunga.

— Mas poderia ser divertido! Um pequeno projeto. Eu poderia te ensinar! Lembra aquela vez que decoramos a primeira página de

Crime e Castigo por puro tédio? E eu fiz até cartões para nos ajudar a lembrar?

Um sorriso escapa de Eva.

— Eu não decorei nada, foi você.

— Foi mesmo, mas você tentou, não é?

— Mas não consegui. — Ela se cala um instante, fechando a capa do guia de viagem de Barcelona. — Você se lembra daqueles domingos superparados, antes de tudo acontecer?

— Acho que... meados de julho?

Eva dá de ombros.

— Deve ser. Parecia uma cidade fantasma com todo mundo de férias, e nós passávamos muito tempo tentando adivinhar os artistas mais tocados no Spotify.

Eu lembro. Claro que lembro. Eu me lembro de tudo, querendo ou não.

— Nunca adivinhamos o sexto lugar, não é?

Suspiro, deixando a memória preencher o espaço entre nós. Por que não pode ser assim de novo? A loja está tão vazia quanto estava naquele verão, até mais. E estamos juntas, não é? Ainda mais próximas que antes. Qual é a peça que falta nessa equação?

— Quem você acha que era?

Eva revira os olhos.

— Não tem como ver agora — murmura.

— Verdade, mas seria divertido. Vai, Eva.

Eva sacode a cabeça.

— Não tem nada divertido aqui. Estamos presas aqui dentro, e mesmo que não estivéssemos, não sobrou nada lá fora. — Ela engole em seco. — Estou começando a pensar que desperdicei os melhores anos de minha vida em Nova Jersey.

— Mas você ficou em Nova Jersey comigo — digo. — Então, não foi tão ruim assim.

Eva suspira.

— Você não tem vontade de sair e viver uma aventura depois que toda essa chuva parar? Não se sente sufocada aqui?

Não. Emoção e aventura são coisas legais quando vistas de longe, mas de perto, são aterrorizantes. Os sonhos são muito melhores quando estão longe o bastante para ainda parecerem sonhos. Quando se aproximam, transformam-se em realidade, e a realidade não se curva aos caprichos de uma adolescente; e a emoção nunca vem na forma que a gente quer. Vem na forma de tempestades, chuva e todas as coisas horríveis que nos espreitam.

— Estou bem aqui — digo, e viro a página de meu exemplar de *A república*.

Eva olha para longe, observando a chuva que cai lá fora.

— Não entendo você, Liz. Você vai enlouquecer um dia se ficar presa aqui para sempre.

Pois é isso mesmo que vou fazer.

• • •

Está garoando, nuvens escuras ainda cobrem o céu. Mas Eva continua parada em frente à livraria se preparando para sair.

Há uma mochila abarrotada a seus pés, com as alças levemente rasgadas de tanto usar. Ela está tão concentrada em embrulhar os tênis com sacos plásticos que não me vê quando entro pela porta dos fundos. Ou talvez tenha visto, mas fingiu que não.

Mamãe tinha o péssimo hábito de fazer esse tipo de coisa. Nós chamávamos isso de audição seletiva. Ela tinha audição supersônica sempre que Thea tentava sair escondida, ou sempre que eu assistia a um filme estrangeiro supersangrento sem ela saber. Mas quando eu tinha que lhe dizer que ia perder o jantar de família porque tinha o show de uma banda para ver ou precisava pedir cinquenta dólares emprestados para pagar uma excursão, ela ficava surda. Era muito conveniente para ela e irritante pra caramba para todo mundo.

— O que está fazendo? — pergunto, indo em sua direção de meias e pijama.

Está muito frio e estou cansada demais para vestir roupas socialmente aceitáveis.

Eva vira a cabeça em minha direção como se houvesse esquecido que eu existia. Pega sua mochila e a abraça contra o peito antes de responder.

— Vou sair um pouco.

— Com esse tempo?

Eva confirma.

— Precisamos de comida.

Quero acreditar no que ela diz, mas noto que seus bíceps se contraem pelo esforço de segurar sua mochila enigmática com sei lá o que dentro. Ela não precisaria levar tanta coisa para conseguir comida. Na verdade, precisaria de espaço na mochila. Se eu tivesse um detector de mentiras, estaria disparando agora.

— O que tem aí na mochila?

Eva engole em seco, olha para os pés e sacode a cabeça.

— Não interessa, Liz. Você não precisa ficar me vigiando o tempo todo.

— Como é que é? — digo, mordendo o lábio. — Desculpe por me preocupar e tentar garantir que você não acabe morta sem que ninguém saiba onde está.

— Sou adulta — diz Eva. — Vou ficar bem sozinha.

Ela diz isso com tanta naturalidade que me pega desprevenida. Sozinha. Sua voz é pesada, como se fosse uma declaração final.

— Sozinha? — pergunto.

— Maneira de dizer. Vou voltar.

Mas ela não diz quando voltará, nem mesmo promete que voltará. Apenas deixa sua mentira pairar no ar, sem vida.

— Aonde você vai, Eva? De verdade.

Eva bufa, passa a mochila pelo outro braço e fecha o zíper do casaco. Olha para mim sem dizer nada, até finalmente confessar:

— Vou embora, Liz — murmura. — Sinto muito.

Suas palavras me pegam desprevenida. Não sei o que pensei que ela diria. Talvez que ia passar férias em um lugar superlegal e que voltaria em duas semanas com umas lembrancinhas. Mas isso seria ridículo, e isto aqui é a vida real.

Sinto uma pontada no peito, bem abaixo das costelas; minhas entranhas se contorcem e reviram. Tenho certeza de que isso não é anatomicamente correto, mas sentimentos geralmente não são mesmo.

— O quê?

É uma pergunta ridícula, porque eu, sem sombra de dúvida, ouvi o que ela disse. Mas talvez seja melhor ter certeza. Talvez agora, depois que eu a questionar, ela mude de ideia ou revele que tudo não passa de uma brincadeira terrivelmente cruel.

Eva leva a mão à maçaneta.

— Estou indo embora.

Um milhão de perguntas irrompem em minha cabeça, mas começo a pensar que talvez eu não tenha tempo para fazer todas. Sempre pensei que Eva ficaria aqui para sempre, do mesmo jeito que presumia que Thea também ficaria. Nunca pensei que haveria um fim para isso.

— Para sempre? — pergunto, e minha voz sai baixinha, patética.

Eva bufa de novo. Enquanto a vejo com a mão ainda na maçaneta, percebo que ela não pretendia ter esta conversa. Provavelmente ela esperava ir embora antes que eu acordasse. Assim, já estaria muito, muito longe quando eu percebesse que ela havia ido embora. Mas ela não teve tanta sorte.

Acaso eu não mereço nem uma conversa? Um adeus?

— Não sei, Liz — responde Eva, e retira devagar a mão da maçaneta.

Isso é um bom sinal. Talvez se eu me esforçar bastante, ela mude de ideia. Talvez fique um pouco mais. É só disso que eu preciso, um pouco mais. Um dia de cada vez.

— Talvez eu volte — prossegue —, depois que as coisas tenham mudado um pouco. Mas não posso ficar aqui com você para sempre, vou enlouquecer. Nós duas sabemos disso. Tem que haver vida fora desta livraria; talvez haja comunidades, cidades com eletricidade. Estamos nos fechando para o mundo aqui, Liz.

É por minha causa, não é? Há mil coisas que Eva não diz, mas eu entendo todas elas. *Você está me deixando louca, Liz. Não posso ficar aqui com você para sempre. Eu preciso de mais. Eu preciso de algo melhor. Eu não preciso de você.*

— Você ia simplesmente ir embora sem dizer nada?

Ela não responde.

— Ia, Eva?

Ela dá um passo hesitante em minha direção.

— Achei que seria mais fácil assim. Se te contasse, você ia tentar me convencer a ficar. Mas eu não posso. Não vou ficar.

— Então é um adeus?

Eu não a abraço. Não sei se ela gostaria que a abraçasse. Acho que eu não aguentaria se ela me rejeitasse.

— Lamento, mas não posso mais ficar.

— Você não quer ficar *comigo*, não é? — digo, pois entendo muito bem o que ela quer dizer sem que o diga. — Já entendi.

Não nos abraçamos, não sorrimos, não acenamos. Não desejamos boa sorte uma à outra. Eva apenas assente com a cabeça quando abre a porta e sai.

Não tento impedi-la. Não importa o que eu faça, ela não vai ficar. Não está disposta a enlouquecer comigo.

CAPÍTULO 37

Esperamos no alto da escada, mal conseguindo respirar, ouvindo a comoção lá embaixo. Vão conseguir entrar em questão de segundos, mas ganhamos tempo suficiente para bolar algo que se possa chamar de plano. E só o que nos custou foi uma poltrona, um micro-ondas, uma mesinha de centro e quatro tábuas de corte de plástico. Uma pechincha!

Olho para Maeve, que está parada à beira da escada com a faca na mão. Coloca o cabelo atrás da orelha, e não posso deixar de notar como ela é forte, impressionante. Quero lhe perguntar por que voltou. Quero lhe perguntar o que a fez mudar de ideia. Não há nada que eu queira mais agora do que lhe contar as milhares de coisas que borbulham dentro de meu cérebro, mas sei que não é hora para isso. Mais tarde, quando meu coração parar de tentar sair pela garganta e minha mão parar de tremer, conversaremos.

Deixo o martelo no balcão e escolho uma faca de chef; seu cabo de borracha gruda em minha mão suada. Provavelmente não saberei empunhar uma faca, mas é melhor que ser a única sem uma arma adequada, apesar de meu martelo ser muito legal. Assumo minha posição mais uma vez enquanto a porta é arrancada de suas dobradiças, soltando um estalo.

Maeve olha do corte em meu pescoço para a faca que ainda seguro na mão com dedos pálidos e trêmulos. Então suspira, seu peito murcha e ela estende a mão em minha direção. Deixo que me puxe pela nuca e encoste a testa na minha.

— Não temos tempo — sussurra, e sinto sua respiração em meus lábios —, mas quero que você saiba que eu sinto muito.

— Eu também sinto muito... — começo, mas ela me interrompe.

— Nós vamos sair dessa. Teremos tempo para pedir desculpas depois.

Então ela me solta e nos separamos. O mundo está em movimento de novo; o rosto de Tristan surge ao pé da escada.

Endireito a coluna enquanto Maeve olha para mim com um leve sorriso nos lábios.

— Vamos sair dessa, não é? — pergunto, sem saber se realmente quero saber a resposta.

Maeve dá de ombros.

— Claro que vamos. Vou levar eles para o quarto. Você só precisa enrolar um pouco e não deixar o resto entrar. Não abra a porta do quarto, não importa o que aconteça. Eu vou ficar bem. Nós vamos ficar bem. — Ela se cala um instante. — Moleza, não é?

Não é bem um voto de confiança, mas serve.

Tristan é o primeiro a passar pelo batente da porta arrebentada. Ele para, olha para os móveis da sala que bloqueiam o caminho, solta um palavrão e começa a subir. Em trinta segundos estará aqui. Só me resta esperar, mantendo minha posição.

— Não atire até ver o branco dos olhos deles — murmuro para Maeve enquanto Tristan abre caminho e passa por nossa mesinha de centro.

— O quê? Eu não tenho revólver — diz Maeve.

Eu bem que queria ter um. Mas apenas sacudo a cabeça e explico:

— É uma piadinha da Guerra da Independência.

Becca sobe a escada atrás de Tristan; Maeve recua, posicionando-se entre o batente da porta e o balcão da cozinha. A dupla dinâmica não terá escolha, terá que levar a briga para o quarto, assim como planejamos. O que vai acontecer depois depende de Maeve. Chegou a hora.

Quando Becca chega ao último degrau, Maeve avança fazendo um amplo movimento com a faca, obrigando Becca e Tristan a recuar para o quarto. Maeve os segue, agachada em uma posição ofensiva, lançando um último olhar para mim. Dá uma piscadinha e desaparece lá dentro.

Somos só eu, Benji e Eva na sala de estar vazia. Eu me abaixo um pouco, dobrando os joelhos em um ângulo estranho, com a faca de chef à minha frente. Benji depressa faz o mesmo e olha para Eva, que devagar se abaixa na mesma posição.

— Então, Eva — digo enquanto começamos a andar em círculos.

Benji ataca minha perna, mas eu desvio cuidadosamente. Ele não é sutil, por isso consigo prever seus movimentos.

— Há quanto tempo, hein?

Soava mais legal na minha cabeça.

— Eu também não gosto disto — responde Eva, estreitando os olhos.

— Nem eu — interrompe Benji, mas eu lhe lanço um olhar mortal.

— Eu não estava falando com você, Benji. — Volto a atenção para Eva, que segura melhor sua faca. — Achei que a conhecia melhor.

Benji parece ansioso para dizer algo sobre o fato de ele também ter colocado uma faca em meu pescoço, mas Eva intervém antes.

— Se eu tivesse escolha, não estaria aqui.

— Está me dizendo que você foi forçada a vir, é isso?

Talvez assim tudo isto fizesse sentido. Talvez assim eu seria capaz de entender o que mudou.

— Eu faço o que tenho que fazer para sobreviver — murmura ela.

— E quanto à minha sobrevivência?

O rosto de Eva fica vermelho.

— Eu tentei fazer você ir embora daqui!

— Mas você me traiu! Supostamente, você era minha amiga!

Essa afirmação parece minúscula, mas isso não a torna menos verdadeira.

Antes que ela possa responder, Maeve aparece na porta; sua silhueta vai se agigantando. Sangue mancha a parte de trás de seu moletom e escorre por trás de sua perna. Quero saber o que fizeram com ela, mas sei que não posso fazer nada a respeito ainda. Tristan e Becca já estão no meio do quarto, avançando depressa. Maeve espera até que eles estejam na posição correta. Espera até que eles estejam bem embaixo da lona, e então, arranca-a, revelando o céu tempestuoso.

Observo o rosto de Tristan quando ele sente as primeiras gotas atingirem sua pele. Arregala os olhos, sua boca se abre e ele solta um grito, deixando as gotas caírem em sua língua como uma criança em dia de neve. Minha nuca se arrepia, minha pele toda se arrepia e gela enquanto ele grita e a chuva cai. E não para. Ela não poupa ninguém, sei disso muito bem. Sou transportada de volta à cozinha de minha casa, meus ouvidos se enchem do som dos gritos de Thea tentando encontrar abrigo. Vejo-me ali parada, sem fazer nada, incapaz de salvá-la.

Estou paralisada — todos nós estamos. Minhas pernas se recusam a se mexer. Maeve corre para a porta do quarto, fecha-a e fica segurando a maçaneta. É como se houvéssemos esquecido por que estamos aqui. Ficamos paralisados, ouvindo o som ecoante da morte. E mesmo não tendo sido eu quem arrancou a lona do teto, e não tendo sido eu quem fechou a porta, compartilho com Maeve a responsabilidade pelas consequências.

Maeve não me olha; fica encarando a porta fechada. Espero que ela saiba que eu entendo o que se passa dentro da sua cabeça, que sinto sua dor e compartilho seu fardo.

Temos que fazer o que for preciso para sobreviver.

Benji é o primeiro a falar, indo em direção a Maeve com a faca estendida à sua frente.

— Que diabos você fez? — grita ele.

Mas seus gritos não são páreo para os de Tristan, apesar de seu esforço.

Maeve se vira devagar, com a mandíbula apertada, e sustenta o olhar furioso de Benji.

— Fiz o que você faria comigo. Fiz o que aqueles dois pretendiam fazer comigo.

É uma justificativa meio furada, mas Benji não responde.

Os gritos já se aquietaram; o único som que ouvimos da sala são as gotas de chuva batendo no telhado. E agora, continuamos lutando?

Mas a porta do quarto se abre com força, jogada para a frente por uma rajada de vento. Um choque corre por minha espinha e atinge meus tímpanos. Nós quatro nos viramos para olhar, e Maeve segura firme a faca, dando um passo para trás para se preparar para o que nos espera lá dentro. Não quero ver um cadáver. Mais um. Mas é como se o destino quisesse que víssemos; como se quisesse que entendêssemos o que fizemos.

Mas não há um corpo morto diante da porta. É Becca, mancando, mas viva. Bolhas cobrem o lado esquerdo de sua cabeça, uma cena digna de *O fantasma da ópera.* E quando ela estende um dedo trêmulo em direção a Maeve, vejo a carne viva e sangrenta.

Pestanejo, acho que estou vendo coisas. Talvez seja a manifestação da culpa que fervilha dentro de mim. Como ela pode ter sobrevivido à chuva? Então, eu me lembro do banheiro, aninhado no canto do quarto, fechado e protegido de qualquer coisa que entre pelo telhado. Becca estava bem perto, podia correr para ele, mas atrás dela há uma sombra escura. Tristan não teve tanta sorte.

Becca avança em direção a Maeve, apontando o dedo bem para o peito dela. Maeve vai cambaleando para trás até bater na parede; até não poder recuar mais.

— Você matou ele — rosna Becca, parando a menos de um metro de Maeve e virando-se para mim com uma expressão de loucura no rosto. — Vocês o mataram!

Maeve se balança um pouco, como se toda a vida houvesse sido sugada dela. Seu lábio treme enquanto ela procura a resposta certa. Mas não acho que haja uma nesta situação.

Becca pega sua faca e ergue o braço, preparando-se para atacar. Maeve tateia a parede com seus dedos tensos em busca de apoio. Não faz nenhum movimento para se salvar.

Enquanto Becca avança, eu faço o mesmo. Eu sei o que tenho que fazer, e sei que tenho que deter o ciclo que parece me seguir aonde quer que eu vá. Não posso mais ficar parada enquanto as pessoas que amo morrem. Não posso simplesmente ficar olhando enquanto todas as pessoas importantes para mim me deixam para trás.

Os olhos de Maeve estão arregalados e olham para mim, que avanço, pronta para me posicionar entre a faca de Becca e Maeve.

Estou quase conseguindo quando sinto uma mão forte em meu ombro me puxando para trás. Os segundos se arrastam; Eva avança à minha frente e Becca se dá conta do que está acontecendo. Mas ela já está em movimento; está perto demais. E a faca afunda, fazendo o sangue escuro brotar da ferida. Becca queria matar, pois conseguiu.

Eva cai no chão com a faca cravada na barriga.

Nós quatro — Maeve, Becca, Benji e eu — ficamos sem ação. Até que caio em mim e reajo. Corro para Eva, me agacho ao lado dela, batendo os joelhos no piso de madeira. O sangue continua jorrando de seu corpo. Muito; rápido demais. E não sei o que fazer. Para minha surpresa, ninguém me impede. Ninguém, nem mesmo Becca, faz um movimento.

Minhas mãos começam a tremer, fico olhando para o rosto de Eva. Vejo-o passar de pálido para cinza, sua pele desaparecendo, monocromática, enquanto ela faz caretas de dor. Tiro meu moletom, debatendo-me descontroladamente para tirar o braço machucado da manga puída que gruda em minha pele. Faço uma bola com ele e pressiono seu ferimento o mais forte que posso, mesmo sem saber se o que estou fazendo é certo. Mas foi o que eu vi nos filmes, as pessoas gritando *Faça pressão no ferimento!* Então eu faço, porque é melhor do que não fazer nada. Faço porque não há mais nada que eu possa fazer. O rosto de Eva se contorce quando pressiono o tecido contra sua carne; ela faz de tudo para evitar mostrar que está com dor, mas seus olhos parecem estar pegando fogo.

Por fim, Eva deixa escapar uma rajada de ar de seus lábios e diz:

— Liz, por favor...

Não sei o que ela está me pedindo. Salvação ou libertação?

Tento falar com voz firme:

— Você vai ficar bem.

Eva ri. Não é sua risada calorosa de sempre; ela ri porque precisa rir.

— Acha mesmo?

Olho nos olhos dela até não mais poder e me afogar neles. Então, olho para minhas mãos, meus dedos tingidos de vermelho. Vejo os nós de meus dedos brancos pela pressão. E agradeço às minhas estrelas da sorte por estar com um moletom vermelho, porque isso me permite imaginar que estou em qualquer outro lugar, menos aqui. Fico olhando para minhas mãos e escutando.

— Desculpe — sussurra Eva, e sua voz sai quase inaudível na última sílaba. — Quero que você saiba que sinto muito por tudo.

— Por favor, Eva, agora não.

Ela geme; ouço as tábuas do assoalho rangerem enquanto Becca anda pela sala passando os dedos por seus cabelos escuros.

— Lamento pelas coisas terem chegado a este ponto — murmura Eva com uma expressão vazia. — Desculpe por ter transformado você nisto, por não a ter protegido.

— Você não tinha que me proteger.

Minha garganta arranha como se eu houvesse engolido serragem.

— Você não merecia isto... não merecia nada disso.

— Não, não, eu mereço, sim. Quando você foi embora a primeira vez, eu não entendi. Não consegui ver que você também estava sofrendo. Desculpe. De verdade, desculpe.

As desculpas caem de minha boca como peças de dominó. Sinto o sangue se acumulando em volta de meus dedos, ainda quente.

— Agora entendo por que você foi embora. Desculpe por não ter conseguido deixá-la ir.

Eva sacode a cabeça, morde os lábios rachados.

— Eu só queria uma vida melhor que tudo isso.

Olho fixamente em seus olhos azuis; seus lábios tremem. Não sei o que dizer para melhorar a situação. Não sei se há algo que eu possa dizer. Só consigo encará-la enquanto seus olhos ficam estáticos. Até que percebo que minhas mãos não estão mais subindo e descendo sobre o estômago de Eva.

Ela se foi.

Não! Não agora. Não agora, no meio de tudo isto. *Não!*

Levanto minhas mãos, finalmente consciente de que é o sangue de Eva que as cobre. O sangue da pessoa que eu achava que sempre existiria, mesmo que fosse muito, muito longe de mim. Estas não são minhas mãos; são de outra pessoa. Elas tremem enquanto eu as observo procurando algo de familiar nelas, tão estranhas. Elas não são minhas. Isto não é real.

Esfrego as mãos em minhas coxas, arrancando o vermelho com pura fricção. Esfrego uma vez, depois outra, depois outra, até minha pele ficar quase em carne viva e arder. Esfrego as mãos em minhas coxas até não sentir mais nada. Até não haver mais dor para eu sentir.

Então, surgem as lágrimas, deslizando por minhas faces uma depois da outra e caindo no chão. Em Eva. Deixo meu peito arfar como se quisesse explodir. Deixo o lamento escapar de meus pulmões, porque segurá-lo me faria desmoronar. Isso não deveria acontecer. Não assim. Era para tudo acabar antes de chegar a isso.

Ela não merecia isso.

Passo os dedos ensanguentados por meu cabelo, arranho minha cabeça com as unhas. Quero sofrer como Eva sofreu. Quero sentir sua dor. Quero sangrar como ela sangrou, de uma maneira significativa.

Esfrego as mãos nas pernas mais uma vez, repetidamente, até que a pele crua fica tão rosa que posso ver meu sangue passar embaixo. Quero sentir a dor dela. Preciso sentir a dor dela.

— Liz, pare.

Sinto a mão de Maeve em meu ombro e eu a pego, agarrando-me aos seus dedos como se fossem tudo que me restasse. Talvez sejam. Olho para Eva; o sangue continua vazando de seu ferimento, apesar de seu coração já ter parado. Observo enquanto ele mancha o chão.

Quando eu era pequena e esfolava os joelhos na calçada de concreto perto do parquinho, papai me pegava no colo e, com seus dedos fortes, tirava as pedrinhas que ficavam presas em minha pele e me levava até o bebedouro. Enquanto deixava a água correr sobre meus ferimentos minúsculos, ele dizia baixinho que desejava ter ralado o joelho em meu lugar. Nunca entendi por que queria tirar minha dor, se assim ele teria que a sentir

Mas agora, diante do cabelo louro de Eva espalhado no chão, eu sinto o que ele sentia. Entendo o que ele queria dizer. Como se estivesse em transe, como se houvesse perdido o controle de meus membros, pego a faca que se projeta do estômago de Eva. É uma faca de chef.

Uma faca de chef como a que eu brandi momentos atrás e que agora está abandonada no chão. Com a mão no cabo, puxo a faca.

Eu me levanto devagar, como Lázaro dos mortos; Becca para de andar e olha para mim. Todos os que sobraram olham para mim, para minhas mãos ensanguentadas e para a faca que elas seguram.

A pergunta brota de dentro de mim, sai de meus lábios como cinzas vulcânicas, como uma erupção, enquanto me aproximo de Becca.

— O que é que estamos fazendo? — berro com a voz áspera como uma lixa.

Becca cambaleia para trás, virando-se para evitar a porta aberta do quarto.

— Não foi culpa minha — retruca ela, pegando uma faquinha de carne que está no balcão da cozinha. — Você matou Tristan. Não acha que merece morrer?

— Eva merecia morrer?

— Ela entrou na frente! Como pode ser culpa minha? Ela fez isso por você! É *culpa sua!*

Benji atravessa a sala correndo, ansioso para se juntar à última pessoa que ainda está do seu lado.

Becca olha para o corpo caído no chão e logo se vira para Maeve.

— Eu não queria matá-la. Eu não queria que isso acontecesse. — Ela se cala um instante. — Eu queria matar você.

Maeve se aproxima de mim e pega minha mão. A dela está quente, é segura. Por um instante — só um instante —, esqueço Eva. Mas tão logo surge, a sensação desaparece.

— Então, continuamos? — pergunto, com a voz embargada. — Querem que continuemos nos matando?

Benji olha para o corpo no chão; Becca faz o mesmo, parada, imóvel. Os trovões rugem lá fora, sacudindo as janelas.

Antes que eu possa responder à minha própria pergunta, sinto algo quente em meu ombro, pequeno e se espalhando como uma chama. Talvez seja a dor que eu mereço que finalmente chegou, alguns minutos tarde demais. Mas quando olho para o teto, perco o ar. Quando vejo a rachadura se formando e crescendo a cada segundo, a tinta lascando e caindo enquanto o teto desaba, agarro a mão de Maeve e entrelaço meus dedos nos dela. Tudo range devido à força da Tempestade furiosa. A chuva ácida começa a pingar do teto, respingando com força no chão gasto. Precisamos sair daqui.

Imediatamente.

Sem dizer uma palavra, desço correndo a escada puxando Maeve, cravando as unhas em seu braço e deixando marcas em sua pele. Ela se deixa levar; segue-me cegamente, quase tropeçando nos próprios pés. Mas Benji não; Becca ainda ao seu lado, enraizada no chão. Ele hesita, talvez se perguntando se deve abandonar sua última aliada.

Penso em Becca, ainda dominada pela raiva e prestes a explodir, com mil pensamentos zunindo em seu cérebro. Seria mais fácil não dizer nada e resolver um dos meus problemas sem esforço, mas muita gente já morreu hoje. Não precisamos de mais corpos.

— Saia daí agora — grito para Benji, rezando para que ele consiga me ouvir apesar dos trovões de fora.

Não preciso falar duas vezes. Ele pega Becca e a arrasta porta afora; seu cabelo voa quando ele se vira e sai correndo. Ela tenta resistir, mas seu corpo frágil não é páreo para o instinto de sobrevivência de Benji. Seus joelhos cedem e ela o segue como se estivesse no piloto automático. Ele a arrasta escada abaixo atrás de nós, batendo forte os pés em cada degrau.

Mal saímos do apartamento quando o teto cede e a chuva o inunda.

CAPÍTULO 38

Benji não hesita em bater a porta com tudo. O som ricocheteia pela escada.

— O que está acontecendo?

Ele não está falando com ninguém em particular; sua pergunta é para nós três. Quando chegamos à livraria, cambaleantes, ele olha ao redor, primeiro para Becca e depois para mim, boquiaberto.

A pele pálida de Benji está corada; o brilho do suor é visível em sua testa.

— Quer dizer que não estamos seguros nem aqui dentro? O que vamos fazer?

Ninguém responde.

O vento aumenta; ouço ruído de metal no estacionamento; é um rangido, como um prego arranhando uma lousa. Maeve se vira devagar e olha pela janela de trás, enquanto eu tento dar uma resposta coerente à pergunta de Benji.

— Não conseguimos terminar os reparos a tempo. Não estávamos preparadas para enfrentar outra Tempestade.

Benji passa os dedos por seus cabelos; sua mão treme. Ele olha para Becca em busca de algum consolo, mas ela não está presente. Sim, o corpo dela está aqui, foi arrastado escada abaixo, mas sua mente está em outro lugar, bem distante. Metade do rosto dela está coberta de bolhas, um olho branco vítreo e em volta da íris totalmente vermelho devido ao rompimento de vasos sanguíneos.

Penso no corpo de Eva, ainda lá em cima; ainda nem esfriou e já está sendo destruído. O que ela fez para merecer isso? Por que não eu?

Por que ela foi um sacrifício mais digno que eu? Agora ela morreu e eu estou aqui, e não há nada que eu possa fazer.

— E o gerador? — pergunta Benji, enquanto o vento uiva lá fora.

Não estou nem aí para o gerador. Quero que se exploda. Por mim, ele pode se dissolver inteiro. Espero que desapareça completamente.

O rangido no estacionamento volta, mais alto que antes. Maeve olha pela janela; seus olhos vão de um lado para o outro. Tento não prestar atenção; tento não notar que minha nuca está arrepiada. Mas Maeve continua alerta, e a ouço respirar fundo enquanto o vidro da Sala das Crianças se estilhaça e uma porta de carro bate no chão, jogada pelos ventos ferozes. A chuva entra pelas janelas quebradas.

O medo aperta minha garganta quando Maeve se vira para mim:

— Temos que sair daqui.

Mas eu não a ouço. Apenas observo a chuva entrar e chamuscar o carpete azul-claro. Apenas observo, página após página, meus livros sendo destruídos. A porta do carro arrebentou a última parte meio decente da parede, e agora, o lado oeste do edifício está exposto à intempérie. Se ficarmos aqui, o vento e a chuva nos matarão.

— É melhor irmos para o porão — murmura Maeve.

— Tem um porão aqui? — pergunta Benji, segurando a mão de Becca, mole na dele.

— Às vezes inunda — respondo. — Não é seguro. Está cheio de excedentes e livros que não tivemos tempo de devolver.

Além de um monte de cópias de *O doador de memórias,* mas decido não mencionar isso.

Mas os olhos de Maeve vão do buraco nas janelas da frente para a destruição nos fundos.

— Mas é mais seguro que isto, não é?

Não sei se é mais seguro que isto, mas o vento decide por mim quando aumenta de novo, lascando os pedaços quebrados de nossa colcha de retalhos de madeira.

Engulo em seco.

— É mais seguro que isto.

Procuro uma maneira de descermos ao porão escuro e, sem dúvida, mal-assombrado. Não vai ser fácil chegar lá. A entrada para o porão fica do outro lado da sala, o que exigirá que corramos sob um teto cheio de vazamentos, passando por uma lateral exposta e rezando para não sermos pegos pela chuva ou pelos destroços que caem. Como um real e assustador jogo "Tente pisar o mínimo possível no chão", só que, neste caso, não é um jogo e um passo em falso significa morte certa.

Mas Becca não faz nenhum movimento para me seguir em direção ao porão. Ela está olhando fixamente para a frente, como se estivesse hipnotizada. Só quando Benji pousa uma mão hesitante em seu ombro é que ela volta à realidade.

— Eu não vou — rosna com a mandíbula apertada, cuspindo as palavras. — Eu não vou a lugar nenhum com essas duas.

Benji retira a mão e se volta para Maeve em busca de ajuda. Mas Maeve não parece interessada em persuadir Becca a sobreviver.

Benji se inclina para o ouvido de Becca e sussurra algo. A expressão dela de suaviza, mas seu olhar logo se perde de novo. Com seu rosto pétreo, ela olha para a janela e declara:

— Vou arriscar ficar aqui em cima; sozinha, se for preciso.

— Seria uma missão suicida — diz Benji, implorando, e mordendo o lábio, acrescenta. — O que acha que seu irmão diria?

Imediatamente o rosto de Becca fica vermelho, em brasa. Ela pestaneja e olha para Benji.

— Quem é você para falar do meu irmão? Você não conhece ele!

Maeve sacode a cabeça.

— Bem, eu vou. Por mim, você pode ficar aqui em cima e morrer.

Maeve dá um passo em direção ao porão como se esperasse que eu a seguisse. Mas não a sigo. Eu me viro para Benji, que assente e segue Maeve. Cada passo que dão faz meu estômago revirar. É uma agonia ver Maeve andando com cuidado pela sala e temer que um erro possa significar o fim da família que acabei de encontrar.

Respiro fundo antes de seguir seus passos. É agora ou nunca. Passo por cima de uma pilha de livros de Percy Jackson, desviando por pouco de um fluxo constante de água que cai do telhado afundado. O vento me empurra contra a parede e espirra gotas em minhas pernas. Um gemido de dor escapa de meus lábios e me abaixo para esfregar a pele borbulhante. Maeve e Benji estão quase na porta do porão. Maeve hesita, olhando para mim.

Olho para trás e percebo que Becca não está nos seguindo.

Ela está exatamente no mesmo lugar, olhando para o carpete azul, que está se dissolvendo devagar diante dela. Ventos fortes assobiam pela loja e fazem seu cabelo escuro voar ao redor do rosto como um bonecão do posto.

— Vamos! — grito acima do rugido da Tempestade. — Não é seguro aqui.

— Eu sei — responde Becca, apertando os lábios.

— Você vai morrer.

Becca não responde. A porta do carro desliza pela sala; mais estantes de livros caem, lançando lascas de madeira no chão encharcado de chuva. O vidro da única janela restante se estilhaça, e entendo que nossas chances de encontrar um lugar seguro estão acabando.

— Então tá — grito. — Se você quer tanto morrer, fique à vontade.

Estou assustada e cansada, e sei que se eu não andar logo, terei o mesmo destino de Tristan, de Eva, de todas as pessoas que se foram antes de mim. Como Thea. Acaso eu sobrevivi por tanto tempo só para desistir agora? É assim que as coisas deveriam terminar?

Com os pés firmes no chão, dou um passo, depois outro. É só o que posso fazer. Não tenho tempo para pensar, não tenho tempo para parar, só posso desviar de livros e da chuva que cai.

Só paro quando ouço os gritos, e minha cabeça se vira por puro instinto.

Becca está esparramada no chão, contorcendo-se em agonia. Uma estante de livros caiu sobre suas pernas, prendendo-a no chão, enquanto a água inunda tudo. Seus dedos estão contorcidos, agarrando as fibras do carpete com o que sobrou de suas unhas depois de tentar arrancar a estante de cima de seus pés. Não parece uma pessoa pronta para morrer.

Corro e seguro Becca pelo braço cheio de bolhas e sangrando. A dor em meu próprio braço, aquele que ainda está se recuperando depois de ter sido comido pelo gerador, é lancinante. Gotas de chuva caem nele. Tento puxá-la, mas Becca não tem forças para mexer as pernas.

Vejo seu rosto se transformar no de Thea, seu cabelo escuro ir ficando mais claro, minha imaginação me dominando e distorcendo a realidade. Vejo seus olhos escuros ficando azuis e seus gritos se tornam familiares demais para mim.

Ouço as botas de Maeve fazendo o chão ranger quando ela corre para ajudar.

— Preciso que você puxe as pernas dela — digo sob o vento forte que abafa minhas palavras.

Serei corajosa. Por Thea.

Respiro fundo e puxo de novo. A borda da madeira branca se crava na pele de meus dedos. Meus All Star escorregam no carpete áspero enquanto levanto a estante, tirando-a de cima dos pés de Becca apenas uns centímetros, mas é o suficiente. Maeve se estica para a frente, puxa as pernas de Becca e faz um sinal para eu soltar a estante.

Deixo-a cair no chão; o som do vento uivante ecoa em meus ouvidos, entorpecendo meus sentidos. Passo meu braço bom por baixo do tronco de Becca enquanto Maeve pega os pés, a uma distância segura da janela aberta. Mordo a língua, o gosto de sangue inunda minha boca enquanto me curvo e me levanto. As gotas de chuva atingem minha pele; não vou gritar. Não vou dar nem um pio.

Becca é pequena, não pesa mais que um frigobar, mas parece muito mais. Minhas panturrilhas ficam tensas e minha coluna se comprime enquanto Maeve e eu a arrastamos pelo chão; meus pés escorregam e se enroscam.

A chuva dilacera minhas costas. Livros voam pela sala como um tornado. Estou perdendo as forças. Maeve e eu estamos lutando para arrastar Becca para a segurança do porão. Não vamos conseguir.

Eu não vou conseguir.

Desabo no chão segurando meu braço mutilado. Não consigo reunir as forças de que preciso para continuar e Becca escorrega de minhas mãos. E de repente, sinto algo frio me envolver. Uma névoa preenche meus sentidos e é como se eu estivesse a um milhão de quilômetros daqui. Isto aqui não existe; não é real. Tive medo durante tanto tempo, fui tão hesitante, tão insegura, mas agora não mais. Se é assim que tenho que morrer, que assim seja.

A dor desaparece quando penso em Thea, em meus pais, em Eva.

Em Maeve.

Maeve.

Vejo-a entregar Becca para Benji e voltar em minha direção, e me lembro por quem quero continuar vivendo, um dia de cada vez. Ela me pega e me puxa em direção ao porão. De soslaio, vejo Benji arrastando Becca pelo chão atrás de mim, suas panturrilhas tensas. E eu desabo. Não há nada que eu possa fazer, exceto me deixar cair.

Brian Henderson
28 anos
Columbus, Ohio

Eu sei que deve ser estranho dizer isso — por favor, tenha paciência comigo —, mas realmente acho que minha vida começou quando tudo acabou. Eu vivia uma vida de trabalho constante, estudo constante, solidão constante. Eu estava fazendo residência, dando tudo de mim. E quando aconteceu, tive sorte de sobreviver. Foi sorte, de verdade. Eu estava na frente do hospital esperando minha carona chegar quando a chuva começou, então simplesmente entrei. Não corri, não entrei em pânico, simplesmente entrei e ajudei quem pude ajudar. Fiz o que podia para salvar as pessoas que ficaram. Também as protegi da enchente e da violência que vieram depois. E quando as ruas foram liberadas e pudemos sair, saímos juntos, porque eu era necessário. E não estava mais sozinho.

CAPÍTULO 39

Estamos no porão tentando evitar pensar nos corpos que ficaram lá em cima. A Tempestade ainda ruge lá fora, e quer Benji e Becca gostem ou não, estão presos aqui até que ela passe. Lembramos disso toda vez que ouvimos o vento uivar e o som de vidros quebrados.

Maeve e eu estamos sentadas perto de uma prateleira de excedentes, com as costas apoiadas em uma pilha de livros ilustrados. Estou com um cobertor sobre os ombros empolados. Ela segura minha mão, apesar de não haver mais ninguém tentando nos matar. Apesar de Maeve nunca sentir medo. Ela segura minha mão apesar de tudo, entrelaça seus dedos nos meus e aperta com força cada vez que algo ecoa lá em cima. Estamos sentadas em cima de um arquivo enquanto a água ácida começa a entrar devagar, mas constantemente, e vai cobrindo o chão. Está escuro demais para dizer a profundidade da água, mas podemos ouvi-la no silêncio do porão, fluindo.

Benji e Becca estão na porta do porão, em cima de uma mesa, ela deitada de costas enquanto ele a observa. Estou longe demais para ver a expressão no rosto de Becca, mas vejo como seus ombros tremem enquanto ela chora baixinho. Benji a observa a uns centímetros de distância, com as mãos nos joelhos. Ele não diz uma palavra; nem se mexe. Tenho certeza de que ele não tem ideia do que dizer a Becca.

Quero dizer algo a ela, mesmo sabendo que não deveria. Quero dizer a Becca que entendo como ela se sente. Sei como é ver um irmão morrer e saber que não podemos fazer nada para salvá-lo. Eu lembro como é; a gente se sente afogar enquanto o mundo nos devora vivos. A gente não sabe mais como respirar depois que eles se vão. Talvez ela também desejasse ter morrido. Eu desejava.

Dói saber que eu ajudei a causar essa dor, saber que sou responsável pelo que Becca sente agora. Mas eu tinha que fazer o que fiz, não é? Não tínhamos escolha. E ao contrário dos livros infantis que pressionam minha coluna, não há uma resposta fácil. Não há um equivalente apocalíptico de *As fábulas de Esopo.* Se bem que talvez valha a pena perder tempo escrevendo um para todas as crianças pós-apocalípticas que vierem depois de mim. Não há certo ou errado, apenas dez milhões de possibilidades entre dois extremos.

Não sei o que vai acontecer quando a chuva parar e o chão finalmente secar. Não sei o que Becca e Benji farão. Virão atrás de nós mais uma vez, ou se lembrarão de Eva? Contarão a seu grupo sobre Eva e como ela se jogou na frente da faca de Becca? Becca se lembrará de quem a carregou até um lugar seguro? A paz que temos agora durará um pouco mais? Uma pequena parte de mim se lembra de que talvez não haja mais nada pelo que lutar quando sairmos daqui.

— Desculpe, Liz.

Sou arrancada de meus pensamentos quando Maeve aperta minha mão. Sinto o calor subindo pelo meu rosto ao me lembrar da sua presença. Será que posso sentir um pouco de felicidade em um momento como este? Não sei se devo me sentir culpada.

— Por quê?

— Por Eva, por ter ido embora... por tudo isto.

— Eva não foi culpa sua — respondo, apertando sua mão gentilmente. — Foi escolha dela. Eu teria feito o mesmo.

Fico ouvindo o edifício ranger com o vento.

— Não diga isso — murmura Maeve.

— É verdade.

— Tá. — Maeve gira até ficar de frente para mim e pega minha outra mão com cuidado. — Então, desculpe por ter ido embora.

— Mas você voltou, não é? Você está aqui agora, e isso é o que importa.

— Mas é culpa minha que essas pessoas vieram para cá. Elas não saberiam do gerador nem de você se eu não tivesse levado você junto.

Eu sacudo a cabeça.

— Fui eu que contei a eles. E se não tivesse contado para Benji, teria contado para outra pessoa. De qualquer forma, eles acabariam aparecendo na nossa porta uma hora ou outra. Talvez isto tudo fosse inevitável.

Maeve ergue uma sobrancelha; há um leve indício de riso escondido em sua voz.

— Nunca pensei que você acreditasse no grande plano do universo.

— Sou cheia de surpresas.

Um trovão ecoa lá fora, sacudindo os vidros que restam nas janelas do edifício.

Maeve se cala um instante, passando o dedo pela poeira que cobre a superfície do arquivo.

— Mesmo assim, desculpe.

Uma capa dura de *A parábola do semeador* se dissolve devagar na água rodopiante. Ela tem que parar de subir em algum momento. Tem que parar.

— Chega de desculpas, Maeve.

— Estou falando sério. Eu deveria ter ficado. Talvez as coisas tivessem sido diferentes se eu ficasse.

Ela olha para minha mão sangrando, enrolada firmemente em uma velha bolsa de lona que encontramos jogada na escada. Escondo a mão no cobertor para que ela não a veja. Nada disso importa agora.

— Talvez as coisas tivessem sido diferentes se eu fosse embora com você.

Tenho vontade de falar sobre o efeito borboleta, do fato de que qualquer uma das milhões de decisões que tomamos ao longo da vida pode ter sido a que nos trouxe até aqui. Pode ter sido o sucrilhos que ela escolheu aos nove anos que a fez cair em espiral neste fio do tempo. Pode ter sido qualquer combinação de coisas, e nada disso é culpa dela.

— Sejam quais forem os pecados que você acha que precisa expiar, já estão perdoados — murmuro.

Maeve ri, de verdade desta vez, e o som corta o ranço pesado do ar. Benji olha para nós com as sobrancelhas erguidas.

— Vai começar a citar a Bíblia agora, Liz?

— Eu li sobre isso há uns meses; faço de tudo para combater o tédio. Quer saber uns fatos engraçados sobre a atiradora russa Lyudmila Pavlichenko?

— Tem certeza de que são fatos engraçados? — pergunta Maeve.

Isso não é um não, então decido continuar:

— Fato não tão engraçado número um: ela alega ter matado trezentas e nove pessoas, o que a torna a...

— Por favor, poupe-me dos detalhes sangrentos — diz Maeve, pegando algo atrás de mim.

— O que está fazendo?

Ela pega algo na prateleira, retira um pedaço de plástico e o joga no chão, observando-o se dissolver diante dos nossos olhos. Becca diz algo a Benji, que franze a testa e pousa a mão no joelho dela. Ela o afasta.

Maeve está com um caderno de capa de couro na mão. Não é meu caderno de couro — a capa deste ainda está nova e imaculada —, mas é bem parecido. Ela se aproxima e o deixa em meu colo. Sua capa marrom é quase invisível no porão escuro.

— O que é isto? — pergunto enquanto ela abre o caderno.

— Lembra que, quando nos conhecemos, você quis saber minha história?

— E você disse que ainda não estava pronta para contar.

Maeve folheia as páginas e para em uma.

— Acho que estou pronta agora, se você estiver.

Eu sorrio.

— O quê? Este é seu grande final feliz?

— Não, mas pode ser nosso começo, não é?

Faço que sim com a cabeça.

• • •

Escrevemos juntas usando o único lápis que foi deixado nas gavetas do arquivo. Eu sussurro minhas palavras em seu ouvido, ela as escreve no papel com sua caligrafia perfeita. Minha escrita é melhorada pelo fato de ter sido feita por sua mão.

Escrevo sobre minha irmã e minhas primeiras lembranças com ela. Dançando na chuva quando tínhamos cinco anos, sem ligar para o fato de ficarmos encharcadas, sem fugir dos trovões que rugiam no alto. Cantando juntas em um show de talentos no ensino fundamental, usando fantasias ridículas que não faziam muito sentido. Ela se recusando a usar playback, apesar de que sem isso cantávamos horrivelmente. Não havia trompetes gerados por computador capazes de mascarar nossas notas desafinadas. Escrevo sobre as vezes que ficávamos acordadas até tarde da noite, sussurrando sobre qualquer coisa; contando segredos uma à outra, coisas que não podíamos nem imaginar contar a mais ninguém. Eram segredos só para irmãs. Segredos que me deixariam louca se eu não os contasse a alguém, por isso os contava a ela. Quando lavávamos a louça e contávamos músicas de séries juntas, ela sempre cantando melhor que eu. Ela era Maureen e eu era Joanne, apesar de elas serem namoradas e nós irmãs. Apesar de as notas serem altas demais para mim e minha voz inevitavelmente falhasse. Eu não ligava quando ela ria de mim; só queria que estivéssemos juntas.

Maeve escreve sobre Nova York, sobre os quarteirões que cheiravam a comida ou a lixo, nunca se sabia a qual exatamente. Escreve sobre o Jefferson Market Garden e sobre o projeto que teve que fazer sobre ele no segundo ano. Parece que havia um centro de detenção lá antes de ser transformado em biblioteca. Ela escreve sobre o portão em frente a seu apartamento que separava a escada da calçada. Conta que ela costumava montar barracas de limonada, bem na Ninth Street, nos dias de verão. Escreve sobre a lojinha de chocolate na Bleecker Street à qual ela ia com seu pai antes de se mudar porque o aluguel ficou muito alto. Escreve sobre coelhinhos de chocolate e balas de framboesa. Escreve com tantos detalhes que posso imaginar o gosto.

Eu escrevo sobre Maeve e seu amor por Fiona Apple. Escrevo sobre o carrinho que ela puxa para todo lado e como ele range. Escrevo sobre o cheiro dela e que ela fala dormindo.

E Maeve escreve sobre mim e o gerador. Escreve sobre meu All Star surrado e conta que às vezes sou teimosa. Escreve sobre meu ronco e afasta minha mão quando tento riscar isso.

Nós escrevemos sobre nós. Escrevemos tudo. Escrevemos até que todo o resto desaparece, só por precaução caso nós também desapareçamos.

EPÍLOGO

O mundo começou a voltar à vida; flores pequeninas foram espreitando do solo enquanto abril se aproximava devagar. O ar tem um cheiro doce. Um cheiro bom. Cheiro de lar. E claro, tem o cheiro do ar de antes de tudo ir para as cucuias, mas tento esquecer isso. Tento me concentrar no que é bom.

Becca e Benji partiram depois que o céu clareou e ela se sentiu bem o suficiente para caminhar. Não nos disseram nem uma palavra quando partiram, mas Becca olhou em meus olhos e assentiu, e eu entendi. Uma trégua, por enquanto. Até que as coisas mudem ou tomemos uma decisão a respeito da Carolina do Norte. Tento me concentrar no lado bom.

Vejo Maeve deitada ao meu lado quando rolo na cama, enquanto o sol da primavera entra pela janela aberta. Os reparos no quarto levaram muito tempo, mas conseguimos, e dessa vez, eu consegui ajudar, meu braço estava quase curado. Medimos e cortamos a madeira usando um velho manual de carpintaria que eu encontrei na seção de "Faça você mesmo" lá embaixo. Até remendamos o telhado, e fizemos direito dessa vez. Depois de tudo isso, voltamos para minha casa e pegamos as coisas de que precisávamos. E talvez até algumas de que não precisávamos. Uma por uma, viagem após viagem.

A velha cadeira de balanço que ficava escondida no quarto de hóspedes de casa agora está no canto, com uma pilha de livros em cima do estofamento bem gasto. Quase desmaiamos tentando carregá-la pelos dez quarteirões de minha casa até a loja, mas conseguimos. E depois, ficamos deitadas no chão, nadando em nosso suor e nos recusando a levantar até quase morrermos de fome.

A livraria não é mais meu velho apartamento de solteira. Maeve a transformou em um lar. Infelizmente, sua definição de lar inclui um monte de fotos embaraçosas de bebê roubadas de minha antiga sala de estar. Talvez um dia voltemos para Nova York e eu possa retribuir a gentileza. Até lá, terei que encontrar outras maneiras de envergonhá-la também.

Cutuco Maeve para acordá-la e saio da cama. As vidraças intensificam o calor do sol.

— Que horas são? — resmunga, jogando a colcha velha de minha avó no chão.

Essa colcha ficava pendurada aos pés de minha cama e era usada apenas quando esfriava bastante. Agora, tem o cheiro de Maeve.

Coloco uma camiseta por cima da regata surrada e saio do quarto. Maeve faz o mesmo, esfregando os olhos para espantar o sono enquanto descemos para a loja.

Há uma lista de tarefas no balcão da frente, escrita com letra de mão perfeita. Os reparos estão indo mais rápido agora que o gerador foi consertado — algo em que eu não tive absolutamente nenhuma participação —, mas ainda há muita coisa para fazer. Leio os tópicos, examinando cada volta e traço e sorrindo. Maeve pretende repintar o mural que adornava as paredes da Sala das Crianças, o que significa que tenho que ir à loja de ferragens no fim da rua para pegar mais tinta azul.

Apanho um pouco, mas ligo o aparelho de som a pilha que fica na estante de Ficção Científica e espero até os tons suaves de Pinegrove flutuarem no ar.

Maeve passa por mim em direção à porta da frente, mas para, olhando para a faquinha que está na prateleira acima do balcão. É a arma de Becca, o cabo gasto, a lâmina já limpa. Nenhuma das duas sabe o que fazer com ela, então, fica aí, como um santuário. Nós duas lembramos.

Eu apenas assinto e Maeve segue em frente e tira a placa de metal que está pendurada na porta da frente. As janelas ainda precisam ser consertadas, mas temos tempo. Seja lá o que for que ainda está por vir, tenho certeza de que chegaremos ao ***depois.*** Temos tempo.

— Acha que existe uma razão para termos sobrevivido? — pergunta Maeve, virando-se para mim como se lesse meus pensamentos.

Eu sorrio, mostrando os dentes.

— São sempre as baratas que sobrevivem às explosões.

Risadas encobrem o fim de minha frase e Maeve sorri para mim.

— Você e eu somos teimosas demais para morrer.

— Ainda bem que você foi teimosa.

Por um segundo, não entendo bem o que ela quer dizer. Mas só por um segundo.

— Ainda bem que você foi teimosa também — digo.

Através dos restos da janela da frente, vejo o Homem do Casaco de Marinheiro se aproximando com Sawyer ao seu lado. Quando ele vê minha sombra na janela, sorri. Eu sorrio também.

AGRADECIMENTOS

Primeiro, meu muito obrigada a Lily Dolin, da UTA, que acreditou nesta história desde o começo e a defendeu com unhas e dentes. E ao resto da equipe de agentes — Viola Hayden, Ciara Finan, Atlanta Hatch e Roxane Edouard —, obrigada! À minha maravilhosa editora, Hannah Hill, e ao resto da equipe da Delacorte Press, obrigada por abraçar esta história, e abraçar Liz e Maeve com tanto entusiasmo. Meus agradecimentos também a Carmen McCullough, da Penguin UK, por sua percepção e dedicação do outro lado do oceano.

Meu imenso amor e gratidão a toda a gangue da Watchung Booksellers — Margot, Maddie, Marni, Kathryn, Nicole, Aubrey, Katie, Emma, Felisa, Asia, Caroline, Evelyn (as Divas!). Obrigada pelo espaço incrível que vocês criaram e por me receberem nele de coração aberto. Este livro não existiria sem vocês.

Obrigada a meus pais, Peter (que leu *Um cântico para Leibowitz*) e Tim (que tem uma vasta coleção de toalhas de mesa vintage), que apoiam a mim e à minha escrita desde que eu tinha seis anos e rabiscava histórias inacabadas sobre vagões mágicos do metrô. Não consigo colocar em palavras o quanto vocês significam para mim. Eu os amo para todo o sempre.

E obrigada a Bea, que suportou as muitas noites em que eu tagarelava sem parar sobre o apocalipse à mesa de jantar. E obrigada por me resgatar do baile de formatura. Desculpe por ter empurrado você em cima do aquecedor há tantos anos.

Meu muito obrigada também às pessoas maravilhosas de minha vida que me ensinaram a trabalhar duro e correr atrás dos meus objetivos: tia Betsy, Kathleen, Anne, Maggie, Kat, Daniella e vovô. E agradecimentos especiais a tio Joel, tia Karen, Phoebe e tio Nick, que leram rascunhos de *A última livraria da Terra* em vários estágios de elaboração e continuaram lendo mesmo assim.

Obrigada aos professores incríveis que incentivaram a mim e ao meu trabalho, especialmente sr. Hernandez, sra. Duerson, sra. Dorian e sra. Schulz.

Por fim, obrigada às pessoas que, sem saber, criaram a trilha sonora de minha obra: Julien Baker, Alanis Morissette e Harvey Danger. Vocês não têm a mínima ideia de quem sou, mas talvez sejam a única razão pela qual eu terminei de escrever este livro.

FARO EDITORIAL
AGORA ESSE É O NOSSO MUNDO
ERIK J. BROWN

LEIA TAMBÉM

WIBKE BRUEGGEMANN
A VINGANÇA do CUPIDO
FARO EDITORIAL

FARO EDITORIAL

ESTA OBRA FOI IMPRESSA
EM JUNHO DE 2025